KB239638

루즈벅 제국
루즈마이론
엘라시아 마을
세이지탈 산맥
원글 강
로스 강
슈프림 왕국
유니온
어퍼 그랜져
원글로스 왕국
아이노 강
정선 지역
리퍼블릭
로어 그랜져
벨런시아 강
레오
레술트
시아라인 만
벨런시아 공화국
제이드 대륙

마리오 제국
로헨 왕국
포르안 강
메틀라인
왕국
바첼러 백작령
N

기갑영검 아스카론 1

신가 판타지 장편 소설

초판 1쇄 찍은 날 § 2009년 3월 11일
초판 1쇄 펴낸 날 § 2009년 3월 20일

지은이 § 신가
펴낸이 § 서경석

편집장 § 문혜영
편집책임 § 서지현

펴낸곳 § 도서출판 청어람
등록번호 § 제1081-1-89호
등록일자 § 1999. 5. 31
어람번호 § 제1-1037호

주소 § 경기도 부천시 원미구 심곡2동 163-2 서경B/D 3F (우) 420-822
전화 § 032-656-4452 팩스 § 032-656-4453
http://www.chungeoram.com
E-mail § eoram99@chollian.net

ⓒ 신가, 2009

ISBN 978-89-251-1722-5 04810
ISBN 978-89-251-1721-8 (세트)

기갑영검
아스카론
ASKARON
신가 판타지 장편 소설
FANTASY FRONTIER SPIRIT
1
[이슈인 바첼러]
도서출판 청어람

CONTENTS

작가의 말   6

Chapter 0 영검   9

Chapter 1 메틀라인 왕립군사아카데미   13

Chapter 2 내일을 바꿀 만남   33

Chapter 3 마나의 축복   59

Chapter 4 새로운 모습   91

Chapter 5 만남   127

Chapter 6 졸업, 그리고 입대   167

Chapter 7 왕국군 훈련소   205

Chapter 8 일 년   253

Chapter 9 건국절   291

작가의 말

안녕하세요. 신가입니다. 참으로 오랜만에 새로운 이야기로 인사를 드립니다.

벽천십뢰가 완결을 본 것이 2007년 9월이니 1년하고도 6개월 만입니다. 대학 졸업반이라는 것을 너무 우습게 본 탓에 벽천십뢰를 너무 빨리 부랴부랴 완결을 지었습니다. 그리고 졸업하고 취업하고 일을 하느라 정신이 없었네요.

너무 늦게 새 이야기로 찾아온 변명이라면 변명입니다.

작년 한해는 정말 정신이 없었습니다. 준비하던 시험을 치르고 합격하고, 그리고 직장을 구하고요. 여전히 강원도 산골에 있습니다만, 안정적인 수입이 있다는 것은 참 든든한 일이더군요.

그 덕에 이야기에 집중할 수가 없었습니다. 한 번에 두 가지 일을 한다는 것은 무척 어렵더군요. 학교를 다니면서 글을 쓴 경험이 있어서 자신했습니다만, 그것과는 또 달랐습니다.

문피아에 연재를 개시한 것이 2008년 6월 20일입니다. 그리고 출판은 2009년 3월. 시간이 걸려도 너무 많이 걸렸습니다. 그사이 몇몇 설정의 수정도 있었고, 제목의 변경도 있었습니다. 오랜 시간 책으로 나오길 기다려 주신 여러 독자분들과 출판사 관계자분들께는 그저 죄송할 따름입니다.

그래도 이제는 이 생활에 적응을 했기에 별 탈 없이 완결까지 꾸준히 나올 것이라 약속드리겠습니다.

이 책이 나올 때까지 인내심을 갖고 기다려 주신 출판사 사장님, 꾸준히 원고를 독촉해 준 제 담당 지현 씨를 비롯해 이 책이 나오기까지 많은 수고를 해주신 모든 청어람 관계자분께 감사드립니다.

그리고 글의 진행은 물론, 제목의 결정에도 많은 조언을 주신 권경목 작가님을 비롯한 여러 작가님들께 감사드립니다.

마지막으로 이 책이 나올 수 있게 제가 풀어낸 이야기를 재미있게 봐주시는 독자분들게 감사드립니다.

덧. 문피아 작가연재에 아스카론의 연재란이 살아 있습니다. 인터넷 연재는 없을지라도 간혹 글의 진행에 관해서나, 또는 제

소소한 이야기를 올릴 생각입니다. 혹여라도 관심있으신 분들께
는 방문 부탁드립니다.

2009년 강원도 산골에서 봄을 맞으며,

신가 드림.

소소한 이야기를 올릴 생각입니다. 혹여라도 관심있으신 분들께
는 방문 부탁드립니다.

푸른 하늘을 꿰뚫은 하나의 창과 같이 솟아 있는 거대한 탑.

홀로 고고히 솟아 있는 대륙 최고, 최강의 마탑 롱기누스 주변으로 치열한 전쟁이 펼쳐지고 있었다. 막으려고 하는 마법사들과 마검사들. 뚫으려고 하는 신관들과 성기사들.

생명이 오가는 치열한 전장과 자신은 아무 상관 없다는 듯 하늘은 푸른빛으로 오롯이 빛나고 있었다.

"시간이 얼마 없습니다."

"알고 있어요."

롱기누스의 최상층. 지상은 너무도 까마득한 아래인지라

치열한 전장마저 제대로 볼 수 없는 곳이다.

지금 이곳에 두 사람이 심각한 얼굴로 마주 앉아 있었다.

"어차피 우리의 시대는 끝이 났습니다. 이제 남아 있는 타이탄도 없어요."

흰 수염을 길게 기른 얼굴에 주름이 가득한 노마법사가 모든 것을 포기한 표정으로 말했다.

"결국 신은 우리를 버렸습니다."

꼿꼿한 모습의 노검사가 딱딱하게 굳은 얼굴로 말했다.

"우리 역시 그들과 같은 신의 피조물, 아니, 같은 인간입니다. 단지 우리가 드래곤에게만 허락된 힘을 스스로 이루어냈다 하여 자식을 버리다니, 신이란 존재는 너무나 가혹하군요."

노마법사의 얼굴에는 회한이 가득했다.

"이제 이 롱기누스가 무너지면 우리의 모든 것은 사라질 겁니다."

"그럴 수는 없어요. 우리 인간들이 이런 힘을, 이런 문명을 가졌었다는 사실을 어떻게든 남겨야지요."

노마법사 아스와 노검사 카론의 눈빛이 허공에서 얽혀들었다.

인간의 몸으로 9서클의 마법을 마스터한 최고의 마법사이자 롱기누스의 탑주, 아스.

무도시대의 유산을 얻어 그랜드 마스터의 경지에 오른 대륙 최강의 검사, 카론.

두 사람은 중대한 결심을 하고 시대의 마지막을 건 중요한 전쟁을 뒤로한 채 롱기누스의 최상층에 올랐다. 지상에 남은 마법사들과 검사들은 어떻게든 이 두 사람이 마지막 소임을 다할 시간을 만들어주는 방패막이의 역할을 할 뿐이었다.

모두들 알고 있었다, 마법으로 찬연히 빛난 마도의 시대는 이제 곧 끝날 것이라는 것을.

신이 간섭을 했다.

신기(神器)의 힘이 미치는 곳의 마나는 정지했다. 마나를 움직여 그 힘을 이용해 마법을 사용하는 마법사들은 그야말로 아무것도 못하는 상황이 되어버리는 것이다.

이 시대 마법사들의 구심점인 롱기누스가 무너지는 순간 마도의 시대는 종말을 고할 것이다. 남아 있는 마법사들은 뿔뿔이 흩어져 신관과 성기사들에 의해 하나둘 지워질 것이다.

"우리의 모든 것을 집약해 남겨야 합니다."

"더불어 신의 힘을 극복할 방법도 찾아야 하죠."

카론과 아스는 서로를 바라보며 고개를 끄덕였다. 그리고 한 곳으로 두 사람의 시선이 향했다.

허공이었다.

빛으로 이루어진 기묘한 문자들이 허공에 구체를 만들고 그 중심에 한 자루의 검이 있었다.

"기록을 남기고 연구를 하려면 보통의 서먼 소드(Summon Sword)로는 안 됩니다."

"그래요. 소환검으로는 단지 기록을 남길 뿐이죠. 영검을 만들어야 해요. 그것도 창조된 영혼이 아닌 실제의 영혼이 깃든."

아스의 두 눈이 깊게 가라앉았다.

"신의 힘을 극복하기 위한 에고 소드(Ego Sword), 그것을 위해서 우리 두 사람의 영혼이 필요합니다."

카론의 결연한 말에 아스가 고개를 끄덕였다.

"우리가 존재했다는 것을 시대에 남기기 위해, 우리를 지운 창조주의 힘에 대항하기 위해 우리는 자신의 영혼을 바쳐 한 자루의 영검을 남겨야 해요."

"그렇습니다."

두 사람은 마주 보며 고개를 끄덕였다.

두 사람은 구체를 가운데 두고 마주 보고 섰다. 두 사람의 손이 구체를 이루는 빛의 문자에 닿았다.

아스의 입에서 주문이 흘러나오기 시작한다.

빛의 문자로 이루어진 3차원 마법진이 천천히 빛을 흩뿌리기 시작했다.

이윽고 아스의 주문이 완성되는 순간, 강렬한 빛이 롱기누스의 최상층을 지배했다. 그리고 강렬한 빛이 롱기누스의 천장을 뚫고 하늘로 사라졌다.

그리고 롱기누스는 무너졌다.

마도의 시대는 그렇게 종말을 고했다.

CHAPTER 1
메틀라인 왕립군사아카데미

"에… 그러니까 이 마법진은……."

두꺼운 안경을 쓴 교수가 칠판을 가리키며 복잡한 도해와 공식에 대한 설명을 이어가고 있다. 그런 교수의 수업을 듣는 이들의 눈은 하나같이 반짝거리고 있었다.

모든 학생이 집중하는 수업.

모든 교수들의 꿈이 아닐까. 그 꿈같은 수업이 지금 이곳에서 이루어지고 있었다.

뎅뎅뎅.

그때, 수업이 끝났음을 알리는 종이 울렸다.

"응? 벌써 끝인가? 그럼 제어 마법진에 대한 수업은 다음에 계속하도록 하지. 여러분이 직접 이 마법진을 설계할 일은 없지만 그래도 반드시 알아두어야 하지. 구조와 원리를 이해해야 기간테스를 움직이는 데 더욱 수월할 테니. 그럼 다음 주에 보도록 합니다."

그 말을 남기고 교수는 교실을 나섰다.

그제야 수업을 듣던 학생들의 집중도 풀렸다.

"아아, 역시 마법진 수업은 언제 들어도 어려워."

"그래도 들어야지. 단독 작전을 나갔다가 마법진 오작동이라도 일어나면 우리가 직접 수리해야 하는데. 기본적인 지식은 있어야 지시를 받아서라도 수리는 할 거 아니야."

"그러니까 이렇게 열심히 듣고 있지."

"그래도 이 수업은 저 녀석이 독보적이겠지?"

학생들은 수업 후 잡담을 나누다가 잠시 한곳을 바라보았다.

모든 학생이 집중해서 수업을 들은 반면 책상에 머리를 박고 있는 단 한 명. 그럼에도 눈에 띄지 않은 단 한 명. 그는 여전히 머리를 책상에 박아둔 채 달콤한 잠을 청하고 있었다.

"불공평해."

한 여학생이 마음에 안 든다는 듯 입술을 삐죽이며 말했다.

"하지만 검술 수업은 저 녀석이 확실히 바닥을 만들어주고 있잖아."

"아아, 그건 그래."

검술 이야기가 나오자 엎드려 있던 학생의 몸이 꿈틀 반응을 보였다.

잠에 빠져든 것은 아닌 것 같았다.

"어머, 이슈인 자고 있는 게 아닌 것 같아."

한 여학생이 그의 움직임을 발견한 듯 옆자리의 친구에게 작게 소곤거렸다.

그녀의 속삭임을 들은 이들의 시선이 이슈인을 향했다.

"아함~ 잘 잤다."

친구들의 시선을 느껴서인가. 이제껏 엎드려 있던 이슈인은 크게 기지개를 켜면서 일어났다.

"응? 왜 그렇게 날 보고 있어?"

이슈인이 주변을 두리번거리면서 물었다. 모두의 시선이 자신을 향해 있었기 때문에.

"아, 아니야."

가장 먼저 이슈인의 움직임을 발견한 여학생이 짧게 대답하고는 재빨리 자리를 떴다. 그 움직임이 신호가 된 것인지 저마다 분분히 자기 일을 시작했다.

15분의 쉬는 시간은 그렇게 긴 시간이 아니었다.

빨리 다음 강의가 있는 강의실로 움직여야 했다.

다음 시간은 각자의 선택 전공이었기에 학생들은 뿔뿔이 흩어졌다.

"뭐, 그런 거지."

텅 빈 강의실에 홀로 앉은 이슈인이 낮게 중얼거렸다.

이 강의실에서 있을 다음 강의를 듣기 위해 학생들이 하나둘 들어오자 이슈인도 자리에서 일어났다.

"아아, 공강이구나. 난 어디서 시간을 보내지?"

터덜터덜 걸음을 옮기는 이슈인의 뒷모습은 구멍 난 시간표를 어떻게 보낼까 하는 고민으로 가득 차 있었다.

어느새 하루가 저물고 학생들은 삼삼오오 기숙사로 향했다. 이슈인 역시 오늘의 수업을 모두 마친 후 자신의 방으로 향했다.

현재 이슈인이 다니고 있는 곳은 메틀라인 왕립군사아카데미로 왕국 최고의 수재들만 모여 있는 곳이다. 왕립군사아카데미에 입학하는데 있어서 신분은 상관이 없었다. 누구든 능력이 된다면 입학시험에 응시할 수 있었고, 철저한 능력 위주의 시험에 합격한다면 당당한 아카데미의 학생이 될 수 있었다.

이슈인은 그중 기간테스 라이더(Gigantes Rider) 양성과정 9학년으로 내년이면 최고 학년인 십 학년이 된다.

기숙사로 돌아오는 학생들의 발걸음이 빨랐다. 저마다 바쁘게 움직이며 책을 들고 어딘가로 다시 빠르게 지나갔다. 그 모습에 이슈인은 고개를 끄덕였다.

"그렇구나. 벌써 가을이 깊었네."

지금은 시월 초순.

시월 중순부터 중간고사가 시작되니 시험이 코앞에 닥친 상황이다.

그럼에도 이슈인은 여전히 여유로웠다.

"어이, 이슈인. 여전히 너무 여유롭잖아. 이번에도 포기한 거야?"

뒤에서 들린 목소리에 이슈인은 힐끗 고개만 돌렸다.

거구의 사내가 싱글벙글 웃으며 이슈인을 향해 다가오고 있었다.

"뭐야, 맥? 내가 포기했다니, 그건 너무 심하잖아."

"뭐, 모두 포기했단 말은 안 했어. 하지만 네 검술이 1학년 수준인 건 아카데미에 있는 사람들은 다 알고 있는 사실 아냐? 이번에도 출석 점수로 진급만 하는 거야?"

"쳇. 유급이 아닌 것만 해도 감지덕지지."

"크크. 네놈을 유급시키기엔 다른 과목 성적이 너무 좋으니까. 아무튼 신기한 놈이라니까. 대체 네가 왜 기간테스 라이더 과정에 있는지를 모르겠어. 라이더에겐 검술도 중요한데 말이지. 너 정도의 실력이면 차라리 연구학부가 훨씬 나을 텐데 어찌 군사학부에 이리 목을 매고 있냐?"

"알 거 없어."

맥의 말에 이슈인은 퉁명스레 대답했다.

입학한 이후 줄곧 들어온 말이다, 대체 왜 군사학부에 남아 있느냐고.

메틀라인 왕립군사아카데미는 크게 두 학부로 나뉜다. 그것이 연구학부와 군사학부로, 연구학부는 후방 지원과 병기 개발 등의 인재를 기르는 곳이고, 군사학부는 실전에 투입될 병력을 기르는 곳이다. 각 학부는 다시 학생의 선택에 따라 결정할 수 있는 다양한 과정으로 나뉘어 있다.

"쳇, 항상 이런 반응이라니까."

이슈인의 퉁명스런 반응에 맥이 무안하게 말했다. 항상 같은 반응이지만 도무지 익숙해지지 않는다. 하긴, 이럴 것을 알고도 매번 같은 말을 하는 그도 대단했다.

하지만 맥의 장난 같은 그 말은 진심이었다.

절친한 친구인 이슈인이 라이더 양성과정의 친구들 사이에서 어떤 평가를 듣는지 알기에, 그의 재능이 아까웠기에 그렇게 말하는 것이다.

"그러는 넌 피어스 브레이크 시험은 통과할 것 같아?"

맥은 기사 양성과정에 있었다.

"글쎄, 아직은 잘 모르겠네."

"쯧쯧. 너도 대단하다. 검술은 그렇게 뛰어난데 마나 운용은 그렇게 젬병이니. 그래서 배틀러가 될 수 있겠어?"

"시끄러, 배틀러는 내 꿈이야!"

"나도 라이더가 꿈이니까."

맥의 말에 이슈인이 싱긋 웃으며 대답했다. 그 반응에 맥은 한 방 먹었다는 얼굴로 그를 바라보았다.

‘짜식, 쪼잔하기는.’

배틀러(Battler).

마장갑이라는 이름으로 처음 만들어진 트랜스 아머(Trans armor)를 사용하는 기사들을 칭하는 말이다.

기간테스의 등장으로 전쟁의 양상은 변했지만 전투 지형에 따라 트랜스 아머는 여전히 우수한 병기였다.

현재는 기간테스와 트랜스 아머를 동시에 운용하는 것이 일반적인 전술로 자리를 잡았다.

맥은 금세 표정을 바꿨다. 그리고 살짝 웃음을 지으며 입을 열었다.

“이슈인, 그래서 말인데…….”

맥의 말이 채 이어지기도 전에 이슈인은 손가락 다섯 개를 펼쳐 보았다.

그 행동에 맥의 얼굴에 곤란하다는 기색이 어렸다.

“그건 너무 많은데…….”

“싫음 말구.”

그 말을 끝으로 이슈인의 걸음이 빨라졌다. 지금 아쉬운 것은 맥이지 자신이 아니니까.

자신은 검술에서 최하 학점을 받아도 진급할 수 있지만 맥은 아니었다.

체내에 모은 마나를 움직여 일격에 강력한 공격을 터뜨리는 필살기 피어스 브레이크. 그것을 사용할 수 있다는 것은 기사의 수준이 소드 익스퍼트 초급에 올랐다는 뜻이고, 그것은 곧 트랜스 아머를 사용할 수 있다는 기준점이 된다.

일반적으로 뛰어난 이들은 이십대 초반에 그 수준에 오른다. 군사아카데미 출신들은 스물다섯이 되기 전에 그 수준에 오르는 것이 보통이었다.

그런 가능성을 시험하는 것이 바로 피어스 브레이크 시험이다.

배틀러가 되기 위해서는 필수적인 능력이었기에 평가가 엄격했으며, 군사학부 중 배틀러 양성과정에서 가장 많은 유급생을 배출하는 과목이기도 했다.

"이슈인!!"

이슈인의 예상대로 헐떡이며 맥이 달려왔다. 잠시의 고민이 끝난 듯했다.

"알았어. 다섯 번, 다섯 번으로 하자!"

누구나 들을 수 있는 목소리다. 하지만 이슈인은 그런 것에는 아랑곳하지 않았다. 단지 자신의 목적을 이뤘다는 생각에 싱긋 웃을 뿐이다.

"그럼 저녁 먹고 8시까지 동쪽 연무장으로 와라."

뒤도 돌아보지 않고 이슈인은 곧장 자신의 기숙사로 향했다. 맥 역시 고개를 끄덕인 후 자신의 기숙사로 걸음을 옮겼다. 어쨌든 이슈인의 도움을 받으면 유급은 면할 수 있으리라.

어둠이 짙게 깔린 밤.

마나 등의 불빛만이 주변을 밝히고 있을 때 맥이 동쪽 연무장에 나타났다. 잠시 후 이슈인 역시 도착했다.

"왜 이렇게 늦었어?"

"응?"

맥의 말에 품에서 회중시계를 꺼내 본 이슈인이 피식 웃으며 말했다.

"지금이 8시 정각이야."

칼같이 끊는 이슈인의 대답에 맥이 덩치에 어울리지 않게 입술을 샐쭉거렸다.

"냉정한 녀석."

하지만 더 이상의 불만은 없었다. 이슈인이 약속을 지킨 것은 분명하니까.

"시작하자."

이슈인의 말에 맥은 연습용 가검을 뽑아 들고 자세를 잡았다. 그리고 두 눈을 감았다.

몸 안의 마나를 활성화시키기 위한 준비 과정이다.

이런 식으로 연습에 연습을 거듭하여 피어스 브레이크를 익히게 되는 것이다. 아직까지 아카데미 졸업 전에 피어스 브레이크를 익힌 이는 없었다.

이슈인은 팔짱을 끼고 가만히 맥을 지켜보았다.

맥은 더욱더 정신을 집중했다.

그때 이슈인이 조용히 맥의 등 뒤로 다가갔다.

"여기, 여기, 여기."

팍팍팍.

이슈인의 손가락이 맥의 등 세 곳을 짚었다.

이것은 매우 위험한 행동이다. 마나를 움직이는 데 능숙하지 않은 사람이 마나를 활성화시키고 있을 때 외부에서 충격을 가하면 치명상을 입기 십상이다. 충격으로 인해 마나에 대한 제어력이 떨어져 내상을 입을 수 있기 때문이다. 물론 마나의 운용이 능숙하면 그런 충격에 대한 위험도 많이 떨어진다.

맥은 매우 위험한 경우였다. 그런데 아무런 변화가 없었다. 아니, 오히려 얼굴이 조금 더 편해진 것처럼 보였다.

이슈인은 여전히 팔짱을 낀 채 그런 맥을 바라보았다.

30분쯤 흘렀을까? 맥이 두 눈을 떴다.

"이제 좀 알겠어?"

"후우, 고마워. 덕분에 이번에도 어떻게든 넘어갈 것 같다."

얼굴이 땀범벅이 된 맥이 싱긋 웃으며 말했다.

"다섯 번이다."

그 말만 한 후 이슈인은 자기 할 일을 다 했다는 듯 돌아서 걸음을 옮겼다.

"거참, 솔직히 다섯 번은 힘든데."

이슈인이 떠나는 뒷모습을 보면서 맥은 난감한 듯 중얼거렸다. 급했기에 그 조건을 수락하기는 했지만 맥으로서도 쉽지 않은 일이었다.

"그래도 약속이니 지켜야지. 일단 내 발등의 불부터 끄고."

맥은 다시 눈을 감고 정신을 집중했다.

이슈인이 지적해 준 부분의 마나 흐름이 막히지 않게 신경을 쓰면서 마나 운용을 더욱 가다듬었다.

기숙사 근처로 돌아오자 어느새 시간은 9시가 넘어 있었다. 그럼에도 기숙사에 불이 꺼진 방은 없었다. 다들 시험공부에 여념이 없었다.

"쩝. 공부는 평소에 하는 거래두."

그 모습에 입맛을 다시며 이슈인이 중얼거렸다. 수업 시간 내내 엎드려 잔 녀석이 할 말은 아닌 듯했지만 그는 묘하게 자신에 차 있었다.

방으로 돌아오자 역시 라이더 과정에 있는 8학년 후배가 공부에 여념이 없었다.

"필립, 난 먼저 잔다."

"네, 선배."

이슈인의 말에 후배 필립은 돌아보지도 않고 대답했다. 아니, 한 가지 동작을 취했다. 귀마개를 귀에 꽂은 것이다.

이슈인은 눈가리개를 하고 자신의 침대에 누웠다. 밝은 빛이 있으면 도통 잠을 이루지 못하기에 시험공부로 다들 늦은 밤까지 불을 밝히는 기간 동안에 이슈인에게 눈가리개는 없어서는 안 될 필수 아이템이었다.

평소보다 이른 시간의 취침이다.

사실 다른 이의 마나 운용 상태를 관찰하는 것은 무척이나 피곤한 일이다. 맥을 도와주는 바람에 지금 이슈인은 상당히 지쳐 있었다. 눈을 가리고 머리를 베개에 대자 이슈인은 금세 곯아떨어졌다.

드르렁드르렁! 피유유우!

시끄럽게 울리는 코 고는 소리가 그가 잠들었음을 알려주었다.

귀마개를 한 필립의 눈가에 살짝 주름이 그려졌다.

이미 1학기에 두 번이나 겪은 일이지만 역시 적응되지 않는다. 하지만 이 정도는 충분히 참을 만한 가치는 있었다.

시험 날 아침 지나가듯 이슈인이 찍어주는 문제들은 100%의 적중률을 자랑했기에.

우우우우웅!

요란한 마나 엔진 음이 대기를 울렸다.

넓은 연병장에 거대한 기간테스들이 동시에 마나 엔진에 시동을 걸며 요란한 소리를 내고 있었다.

그런 기간테스를 보는 학생들의 얼굴에는 긴장감이 가득했다.

왕립군사아카데미 기간테스 라이더 양성과정.

드디어 처음으로 실제 기간테스에 탑승하여 운용하는 시험을 보는 것이다.

지금까지는 교관 한 명에 학생 두 명으로 3인 1조로 탑승하여 연습했지만 시험은 달랐다.

오직 학생 한 명만이 타서 기간테스를 운용해야 한다.

물론 불의의 사고를 대비해 외부에서 원격조종이 가능한 시험 전용 기종이 준비되어 있었다.

시험 기종은 45년 전 메틀라인 왕국의 첫 양산 기종인 랩터였다.

마나 엔진 출력 1.0의 초기 기본 기간테스로 이미 오래전에 현역에서 은퇴한 기종이다.

현재 기간테스에 있어서 최고의 기술을 가졌다는 루즈벡 제국의 주력 기종인 마이더스의 엔진 출력이 2.5임을 감안할 때 그야말로 퇴물이나 다름없는 기종인 것이다.

그럼에도 학생들의 눈에는 긴장이 가득했다.

아무리 퇴물이라 하나 자신들이 처음으로 홀로 움직여야 하는 기간테스다. 이런 긴장은 당연한 것이다.

"1조 탑승!"

시험 감독관의 구령에 맞춰 제일 앞 열의 스무 명이 스무

대의 기간테스의 콕피트(Cockpit)에 들어갔다.

이슈인은 1조 12번이라는 숫자로 가장 먼저 랩터에 탑승한 사람 중 한자리를 차지했다.

그들이 콕피트에 들어갈 때 지금껏 랩터의 마나 엔진을 시동하고 있던 교관들이 자리를 비켜주었다.

콕피트 내부는 의외로 단순했다.

편하게 앉을 수 있는 의자에 몸을 고정시켜 주는 안전벨트와 의자의 양 팔걸이 앞에 있는 마나구가 각각 한 개. 그것이 전부였다.

이슈인에게는 너무나 익숙한 풍경이고 편안한 장소였다.

콕피트의 조종석에 앉아 안전벨트를 매는 그의 입술에는 어느새 미소가 걸려 있었다.

"기동 준비!"

그 말과 동시에 연병장에 있던 인원은 모두 안전한 장소로 대피했다. 스무 대의 기간테스가 움직이는 진동과 풍압으로부터 안전한 곳에 모두 위치하자 시험 감독관은 확성기에 대고 크게 외쳤다.

"1보 전진!"

쿵!

그 말과 동시에 스무 대의 랩터가 앞으로 한 발을 내디뎠다. 지극히 기초적인 기동이다.

"2보 전진!"

쿵쿵.

두 번의 울림.

하지만 그렇게 두 번의 울림을 내지 못한 한 대가 있었다.
한 발은 내디뎠으나 두 번째 발을 내딛지 못한 것이다.

"20번. 정지. 앉아."

시험 감독관의 사정없는 판정이 떨어졌다.

"뒤로 일 보!"

한 명의 탈락과는 관계없이 계속 진행되는 시험.

기동은 아주 기초적인 것이었다.

앞으로 가, 뒤로 가, 우향우, 좌향좌와 같은 지극히 기초적
인 제식 동작이었다.

하지만 그조차도 제대로 하지 못하는 이들이 대부분이었
다.

다들 혼자 타는 것은 처음이었으니 당연한 일이다.

기간테스의 조종.

그것은 지극히 쉬우면서도 또한 지극히 어려웠다.

라이더는 의자의 팔걸이 앞에 있는 마나구에 자신의 손바
닥을 밀착시킨 후 그곳으로 자신의 마나를 흘려보내면 된다.
마나로 기간테스와 연결된 라이더가 자신의 의지로 자신의
몸을 움직이듯 기간테스를 움직이는 것이다.

그러기 위해서는 정확하고 빠른 마나 운용이 필요했다.
의지를 마나로 변환시켜 그 명령을 기간테스에 전달하는 것

이다.

익숙해지면 자신의 몸을 움직이는 것처럼 너무나 자연스러운 일이지만 처음 하는 사람에게는 지극히 힘들고도 복잡한 일인 것이다.

시험 시작 후 5분도 채 되지 않아 서 있는 랩터는 단 두 대였다.

1번과 12번.

"좋아, 거기까지. 전원 앉아."

이미 앉아 있는 열여덟 대에 나머지 두 대도 앉았다.

"1조 복귀."

시험 감독관의 명령에 따라 1조 스무 명은 모두 기간테스에서 내렸다.

사람들의 시선은 자연히 이슈인에게로 모아졌다.

누가 보아도 가장 깔끔한 동작을 보여주었다. 10학년 졸업반이라 하더라도 그런 움직임을 보이기는 어려울 것이다.

왠지 반칙 같다는 생각이 강하게 들었다.

잘해도 어느 정도로 잘해야지, 이것은 차원이 달랐다.

이슈인은 그런 시선을 무시하고 시험장을 빠져나갔다. 보통은 다른 친구들이 시험을 치르는 것을 보는 것이 통례이지만 이슈인은 자신을 향한 시선이 부담스러웠다.

자신이 있음으로써 괜히 동기들의 경쟁심만 자극할 것 같았기 때문이다.

“이제 남은 시험은 둘뿐인가?”

어느새 중간고사도 끝나가고 있었다.

라이더 양성과정 학생들이 가장 두려워하고 어려워하는 기간테스 기동 시험은 방금 끝났다, 이슈인에게는 너무나 쉬운 것이었지만.

“기간테스는 어릴 때부터 가지고 놀았으니…….”

누가 들으면 기함할 말을 작게 중얼거린 이슈인은 무거운 걸음으로 다음 시험이 있는 곳으로 갔다.

남은 시험 둘 중 하나는 검술이었다. 그것은 정해진 마감 시한까지만 시험을 보면 되는 것이었기에 내친김에 끝내기로 마음먹은 것이다.

“그만. 거기까지.”

이슈인의 온몸이 땀으로 젖어 있다.

벌써 다섯 시간째 검을 휘둘렀다. 점심시간이 좀 지나 시험을 치기 시작했으나 어느새 서쪽 하늘이 붉게 물들어 있었다.

이제야 겨우 최하점을 맞을 만큼 검을 휘두른 것 같았다.

9학년의 검술 시험이라면 대련이 보통지만 이슈인만은 예외였다. 워낙 검술 실력이 뒤떨어졌기에 기본동작으로 시험을 대체한 것이다.

“쯧쯧. 기간테스, 기간테스 하지만 결국은 골렘을 사람이 의지로 움직이는 것이고 기간테스 간의 전투는 보병 간의 전투와 다름없다. 단지 크기가 엄청나게 커지고 단단해졌다는 차이일 뿐이지. 당연히 본인이 검을 잘 다뤄야 의지로 기간테스의 움직임도 잘 제어할 수 있다. 기간테스 운용만 뛰어나서는 반쪽짜리 라이더밖에 되지 않는다. 그러니 더욱 정진하도록.”

지쳐서 앉아 있는 이슈인을 향해 시험 감독관이 말했다. 그는 초창기 기간테스 라이더로 부상으로 인해 마나 운용에 문제가 생겨 아카데미에서 후진 양성에 힘을 쏟고 있었다. 이슈인을 향해 하는 말에는 알 수 없는 회한이 묻어 있었다.

“알겠습니다. 감사합니다.”

몸을 일으킨 이슈인은 허리를 숙인 후 검술 시험장을 빠져나왔다.

이제 중간고사는 끝이다.

앞으로 당분간은 시험 걱정 없겠지. 이슈인은 시험 자체에는 별걱정을 하지 않았다. 단지 시험 준비에 열중하는 친구들 사이에서 혼자 겉도는 듯한 그 느낌이 걱정일 뿐이다.

두 달 정도는 그런 느낌과도 안녕이다.

CHAPTER 2
내일을 바꿀 만남

"끝이다!!"

"방학이다!!"

마지막 기말고사가 끝난 시험장.

시험지와 답안지를 걷은 시험 감독관이 나가자 학생들의 입에서는 일제히 함성이 터져 나왔다.

시험이 끝난 이 순간만은 시험의 결과는 중요하지 않다는 듯한 모습이다. 사실 시험 결과를 생각할 겨를도 없을 것이다. 그저 지난 몇 주의 시간을 괴롭게 했던 기말고사가 끝난 것이 즐거울 뿐. 그들의 얼굴은 환희로 가득 차 있었다.

겨울방학이 시작한 후 집으로 성적표가 배송되어 올 때에야 성적에 생각이 미칠 것이다.

이슈인은 담담한 얼굴로 자리에서 일어섰다.

한 학년이 끝났기에 방학을 맞아 집으로 가기에 앞서 기숙사 방을 정리해야 했다. 내년에 새로운 방을 배정받을 테니 짐을 그 방에 둘 수 없었다. 아카데미 측에서는 겨울방학 기간 동안 개인의 짐을 보관해 주는 편의를 제공하고 있었기에 어서 짐을 정리해서 맡겨야 했다. 그것도 늦게 가면 학생들이 몰려 정신없이 복잡했으니. 이슈인은 가급적 빠르고 조용한 것이 좋았다.

"호오! 벌써 떠나시는가, 천재 나으리, 아니, 배신자의 후손 나으리?"

막 시험장을 빠져나가려는 이슈인의 등 뒤에서 그를 비꼬는 목소리가 들려왔다. 그 목소리에는 적대감이 가득했다.

걸음을 멈춘 이슈인은 고개만 돌려 돌아보았다, 돌아보지 않아도 누군지는 알고 있었지만.

"어이쿠! 평범하기 그지없는 소인 때문에 구태여 걸음을 멈추시다니요."

명백한 비웃음을 띤 채 이슈인을 바라보는 인물.

칼버튼.

라이더 양성과정의 전체 수석을 차지하고 있는 인물이다.

단지 아카데미에서만 인정한 수석.

열등감으로 가득 찬 수석.

그것이 그였다.

낙제를 겨우 면하는 이슈인의 검술 성적 덕에 검술 과목을 제외한 모든 과목에서 2등인 그가 종합 수석을 차지하였으니. 그 때문에 그는 이슈인에게 맺힌 것이 많은 터였다.

이슈인은 가만히 그를 바라보았다.

그러자 칼버튼의 입에 걸린 비웃음이 사라졌다. 대신 떠오른 것은 불쾌함이다.

"쳇. 마음에 안 들어, 그 건방진 눈빛. 조국을 배신한 배신자의 후손 주제에."

두 사람의 눈싸움에 환희에 싸여 있던 시험장이 조용해졌다.

배신자의 후손.

그것은 라이더 양성과정에서는 금기어였다. 아니, 정확히는 굳이 그 말을 입에 올리는 사람도 없었고 그렇게 생각하는 사람도 없었다. 이슈인에 대한 열등감에 사로잡힌 칼버튼만이 끈질기게 이슈인을 그렇게 부를 뿐.

"오빠, 시험 끝났지? 나 기숙사 정리하는 거 도와줘."

그때 두 사람의 대치 사이로 아리따운 목소리가 파고들었다.

이레아. 이슈인의 여동생이었다.

"어라? 저기 또 배신자의 후손이 등장했군."

이레아는 이슈인과 다르게 아카데미의 유명 인사였다. 아름다운 미모와 발랄하면서도 쾌활한 성격에 더해 뛰어난 천재성으로 그녀를 모르는 사람이 거의 없을 정도였다.

이슈인이 이레아의 오빠라는 사실만을 알고 있는 사람들이 부지기수일 정도다.

그런 그녀에게 그런 말을 하는 것은 아카데미 전체의 금기나 다름없었다.

그 금기를 깨는 유일한 사람이 지금 눈앞에 있는 칼버튼이지만 말이다.

이레아의 얼굴이 살짝 찡그러졌다. 하지만 이슈인의 앞이었기에 아무런 행동도 취하지 않았다.

그 순간 이슈인의 입가에 비웃음이 떠올랐다. 칼버튼을 향한 명백한 비웃음이다.

"메틀라인 왕국의 유일한 공작가인 대라이오네 가문의 칼버튼 카인 라이오네 이공자님, 가문의 배경을 빌어 다른 이의 가문을 업신여기는 어린애 같은 짓은 언제쯤 그만둘 것인지요? 과연 언제가 되어야 나에게 스스로의 모습으로 나설지 참 기대됩니다. 훗."

그 말을 끝으로 이슈인은 돌아서 걸음을 옮겼다.

명백한 조소요, 비꼼이다.

이슈인의 말에 칼버튼은 온몸을 부들부들 떨었다. 그의 열등감을 너무나 명확히 찔러 헤집어놓은 말에 그는 어쩔 줄을 몰랐다.

그런 그를 보며 이레아는 혀를 날름 내밀고는 종종걸음으로 이슈인의 뒤를 쫓았다.

"오빠, 내 방 정리가 먼저야!"

두 사람이 눈에서 사라질 때까지 시험장의 남학생들은 이레아의 뒷모습만을 바라보았다, 오늘 이레아를 보게 된 행운에 감사하며.

아카데미의 여신의 오빠와 같은 클래스라는 것은 엄청난 행운이었다.

"으으으, 이슈인!! 빌어먹을 바첼러 백작가!!"

그제야 칼버튼은 분노의 외침을 토해냈다. 시험장의 학생들은 그런 그의 눈치를 보며 슬금슬금 시험장을 떠날 뿐이다.

"어휴! 재수없어, 칼버튼 그 녀석."

짐을 정리하면서 넌더리가 난다는 듯 이레아가 고개를 흔들며 투덜거렸다.

"그러냐? 난 불쌍하던데."

"칫. 오빠 앞에서 날 보면 배신자의 가문이니 후손이니 별 유세를 다 떨지? 오빠 없이 날 볼 때면 헬렐레해서는 음흉한 눈빛까지 띠는데, 그게 얼마나 기분 나쁜지 알아?"

"한 방 먹이지 그러냐? 검도 잘 쓰면서."

"칫. 그렇다고 건장한 남자한테 통할 수준은 아니야. 오빠라면 또 몰라."

"난 건장한 남자가 아니야?"

"검을 들었을 때는."

동생의 대답에 이슈인은 쓴웃음을 지었다.

사실 맞는 말이다. 그는 아직 한 번도 검으로 여동생인 이레아를 이겨본 적이 없다. 연구학부의 마나 공학설계 과정에 있는 여동생이 건강을 위해 익힌 것보다 라이더 과정인 자신이 못했으니 자괴감이 들 수밖에 없었다.

"이레아, 덕분에 기말고사는 잘 봤어. 난 이번에 대박 터졌어. 어쩜 네가 찍어준 문제들만 다 나오니?"

그때 문이 벌컥 열리면서 이레아의 룸메이트가 들어왔다.

"어머!"

호들갑을 떨며 들어오다가 이슈인을 발견하고 걸음을 딱 멈췄다.

금남의 구역인 여자 기숙사에 남자가 들어올 수 있는 날은 딱 나흘이다. 개강일과 오픈 하우스 행사를 하는 날, 그리고 종강일과 종강일 다음날이다. 오픈 하우스를 제외한 다른 날들은 여학생 혼자로는 짐 정리에 어려움이 있을 것이라 생각한 아카데미 측의 배려였다.

"호호, 이슈인 선배도 와 계셨네요?"

호들갑을 떨던 모습은 온데간데없다.

사실 이슈인도 여학생들 사이에서는 나름 인기가 있었다. 아카데미 미의 여신이라는 별명을 가지고 있는 이레아와 한 피를 타고난 남매인데 얼굴이 못났을 리 없지 않은가.

아니, 무척이나 잘생긴 얼굴이다. 평소의 무표정하고 날카로운 인상과 함께 짙은 흑발이 절묘하게 어울려 얼음왕자라는 별명까지 있을 정도다. 본인은 모르는 별명이지만 말이다.

"응. 허락도 없이 들어와서 미안."

"괜찮아요. 다른 누구도 아닌 이슈인 선배인데요."

이슈인의 사과에 이레아의 룸메이트는 생긋 웃으며 대답했다. 그때 이레아가 대화에 끼어들었다.

"언니, 시험 잘 봤나 봐요?"

"그럼. 어휴, 근데 넌 어떻게 배우지도 않은 과목에서도 그리 잘 찍니? 아카데미 역사상 최고의 천재라는 말이 달리 나온 말이 아니야."

룸메이트 후배 덕에 시험을 잘 본 것이 즐거운지 그녀의 얼굴에 연신 웃음이 가득했다. 이슈인을 발견하고 보인 조신한 모습은 잠깐이었다.

역시 학생에게는 시험 성적이 가장 중요했다.

"아쉽다, 얘. 내년에는 너랑 한 방을 못 쓴다니. 네 도움 많이 받았는데."

"에이, 자주 찾아오시면 되죠, 뭐."

"그래도 되니? 시험공부 방해하는 건 아닐까?"

"저도 공부도 되고 좋아요."

이레아가 생긋 웃으며 대답했다.

"그럼 난 간다."

두 사람의 대화에 무뚝뚝한 목소리로 이슈인이 끼어들었다.

금세 정리를 끝낸 것이다.

"어머, 선배, 벌써 가시게요? 변변한 건 없지만 차라도 한 잔 하시는 것이……."

그제야 이슈인의 존재를 다시 상기한 그녀가 호들갑을 떨었지만 이슈인의 발은 벌써 움직이고 있었다.

"나도 내 방을 정리해야 해서."

짤막한 대답은 어느새 방 밖에서 들려오고 있었다.

"역시, 대단해. 정리의 달인."

이레아 혼자였으면 오후 늦게까지 정리했을 것들을 이슈인은 정말 순식간에 정리했다.

정말 검술만 빼면 어느 면으로 보나 흠 잡을 곳이 없었다.

"아니, 저 무뚝뚝함은 좀 고쳐야 해. 나랑 있을 때는 안 그러면서."

아, 있나?

"아, 상쾌해. 얼마만의 바닷바람이야."

갑판에 올라온 이레아는 차가운 겨울 바닷바람을 맞으면서도 미소 짓고 있었다. 그 뒤에 이슈인이 서 있었다.

"대체 왜 배를 타고 가는 거야? 날도 이렇게 추운데."

아카데미에서 마차를 타고 메틀라인 역으로 향할 때부터 무언가 이상했다. 일단 이레아가 가자고 하는 대로 움직이기는 했지만 설마 마나 열차를 타고 움직일 줄이야.

많은 양의 짐은 무리였지만 한 번에 열 명 정도의 사람은 포털 마법진을 이용하면 공간 이동이 가능했다.

이슈인의 저택에도 포털 마법진은 설치되어 있었으니 마음만 먹으면 그야말로 순식간에 집으로 갈 수 있었다.

그런데 굳이 이레아는 마나 열차를 이용해 메틀라인 남부의 란데르 항으로 가더니 거기에서 또 이 여객선을 탄 것이다.

물론 자신들의 영지로 가는 여객선이다. 메틀라인에서 바첼러 백작령으로 가는 일반적인 경로이긴 한데 왜 굳이 자신들이 이 길을 따라가야 하는지 이해할 수 없었다.

이런 적은 아카데미 입학 이후 처음이었다.

"지금쯤 언니는 이를 부득부득 갈고 있겠지? 훗."

이레아는 이깟 겨울바람은 아무것도 아니라는 듯한 얼굴로 웃으며 말했다.

이레아의 말에 이슈인은 누나를 떠올렸다. 분명 누나 성격이라면 지금 이를 갈고 있을 것이다.

"그러고 보니… 너……."

지난 여름방학 때부터였다.

이제는 일을 도울 만큼 아카데미에서 배웠다면서 이올린 누나가 자신의 연구실에 이레아를 거의 감금시키다시피 해놓고 일을 시켰다.

이레아는 그것이 싫어 이렇게 천천히 가고 있는 것이다.

빨리 가봐야 자신은 또다시 연구실에 감금될 것이 뻔하니까.

"에휴, 머리가 좋으면 뭘 해. 가문이 워낙에 대단해야지. 어쩜 그리 다들 연구에 죽고 못 사는지. 그런 면에서 난 오빠가 너무 좋아. 후훗."

이레아가 이슈인을 돌아보며 밝게 웃었다.

사실 그랬다.

바첼러 가에서 이슈인은 기간테스 연구가 싫다며 라이더를 원했다, 기간테스를 직접 움직이는 것이 더 좋다면서.

반대는 물론 엄청났다.

사실 바첼러 가 사상 최고의 재능을 타고난 이가 이슈인이었으니까.

이레아는 기간테스 연구 자체는 좋아하고 즐겼다. 대신에 다른 것들도 좋아하고 즐겼다. 그것이 다른 가족과 조금 달랐다. 바첼러 가의 사람들은 오로지 기간테스 연구만이 전부인 별종 가문이었으니까.

"그래도 지루하지 않아? 처음에는 배 멀미 때문에 고생도 했고."

“언니 연구실에 비하면 천국이야.”

일고의 가치도 없다는 듯 이레아는 단호하게 대답했다.

그 모습에 이슈인은 고개를 절레절레 흔들 수밖에 없었다.

대체 누나는 무엇을 어떻게 했기에 이레아가 저런 반응을 보이는 걸까.

알 수 없었다.

순풍을 맞은 여객선은 마나 엔진의 가동을 중지하고 돛을 올렸다. 시원한 바람을 맞으며 바다 위를 주욱주욱 미끄러져 갔다.

그렇게 이틀이 지나고 멀리 육지가 보이기 시작했다.

이슈인과 이레아의 가문인 바첼러 백작가의 영지였다.

“하아! 벌써 영지에 도착하다니……!”

멀리 육지가 보이기 시작하자 이레아는 배가 가라앉으라는 듯 한숨을 쉬었다. 그런 이레아를 곁에 둔 채 이슈인은 눈 위로 손을 올리고는 멀리 무언가를 쳐다보았다.

“네 생각보다 더 빨리 도착할 것 같아.”

“그게 무슨 말이야?”

“저기 저거, 분명 우리 가문의 문장 같은데…….”

이레아는 이슈인이 가리키는 곳을 쳐다보았다. 하지만 아무것도 보이지 않았다.

“어디에? 안 보이는데?”

"조금만 있으면 보일 거야. 쾌속선인 것 같으니까. 아무리 봐도 이올린 누나가 너 잡으러 온 것 같아. 비바체 항에서 바로 포털로 집으로 갈 것 같은데?"

이슈인의 말에 이레아의 얼굴이 하얗게 질렸다.

"말도 안 돼. 나 잡으러 올 시간에 그 좋아하는 연구나 더 할 것이지."

그사이 정말로 한 척의 배가 눈앞에 나타났다. 날렵하게 생긴 쾌속선으로 빠른 속도로 이슈인이 탄 여객선을 향해 다가오고 있었다.

여객선을 향해 정지를 뜻하는 깃발을 흔들면서 바첼러 백작가의 문장이 달린 배가 다가오자 여객선은 서서히 속도를 줄였다.

이윽고 쾌속선이 여객선 곁에 도착했다. 여객선에서 쾌속선으로 줄사다리가 던져졌고, 선장이 황급히 쾌속선의 이들을 마중하기 위해 나왔다.

순식간에 여객선으로 올라온 한 여인. 그 여인을 뒤따라 올라온 기사 둘의 모습에 선장은 천천히 허리를 숙이며 인사를 했다.

하지만 선장이 허리를 들었을 때 그 자리에는 기사 둘만이 남아 그의 인사에 답하고 있었다.

"이레아! 네가 잔머리 굴리면 내가 모를 줄 알았어?"

여객선에 많은 사람이 타고 있음에도 이올린은 순식간에

이슈인과 이레아를 찾았다. 숨어봤자 금세 잡힐 거라는 생각에 이레아가 눈에 띄는 곳에 있었던 덕도 있다.

어차피 망망대해의 바다. 공간이동이라도 하지 않는 이상은 도망칠 곳도 없었다.

"히잉, 언니."

이올린을 바라보며 이레아는 애처로운 표정을 지었지만 소용없었다.

"이동."

이올린의 한마디에 그녀의 왼쪽 손목에 걸려 있는 팔찌가 환한 빛을 쏟아냈다. 그리고 두 사람은 사라졌다.

"쯧. 난 안중에도 없군. 그나저나 이레아 잡으려고 아티팩트까지 챙겨오다니 급하긴 급했나 봐."

"말도 마십시오. 한 달 전부터 어지간히도 기다리셨습니다."

기사 둘이 이슈인에게 다가오며 말했다.

"오랜만이에요."

이슈인이 웃으며 인사를 건넸다.

"도련님을 뵙습니다."

두 기사가 동시에 인사를 했다.

"내가 계속 여기에 있으면 민폐겠지요? 어서 가요."

주위를 둘러본 이슈인이 싱긋 웃으며 걸음을 옮겼다. 그렇게 비바체 항을 향하던 여객선의 작은 소동은 마무리되었다.

“대체 뭐 때문에 그렇게 안달이 나서 아티팩트까지 챙겨온 거예요? 비바체 항으로 가면 포털 스팟(Portal spot)도 있는데.”

“한 달을 넘게 기다리셨으니까요. 이번에 새로운 디자인을 개발하셨는데 그것이 과연 구동이 가능한지를 확인하지 못하셨으니까요.”

그 말에 이슈인은 납득했다는 듯 고개를 끄덕였다.

이올린의 전공 분야는 기간테스 디자인이다.

이레아는 설계 및 마나 구동에 관해서는 천부적인 자질을 가지고 있었다. 여름방학 전까지의 학기로 기본은 모두 배웠다. 이번 학기부터는 활용과 한 차원 높은 수준의 기술들을 배웠으니 더욱 뛰어난 실력을 가지게 된 것은 당연한 일. 이올린의 몸이 달 만했다.

“우리는 천천히 가자고요. 비바체 항에서 하루 쉬고 포털 타고 내일 들어가요. 배를 타고 왔더니 피곤하네요.”

“알겠습니다.”

이슈인의 말에 두 기사는 웃음 지으며 대답했다. 어느새 그들이 탄 쾌속선은 비바체 항의 바첼러 가 전용 부두에 닿고 있었다.

대륙의 최남단인 바첼러 백작령의 겨울은 추웠다. 배로 더 남쪽으로 가면 얼음의 대지가 나오니 그 영향으로 항상 추운 겨울을 보냈다.

왜 바첼러 백작은 이 땅을 영지로 요구했는지 알 수 없었다.

겨울방학은 한가로웠다.

자신의 성적에 신경을 쓰는 아버지가 아니었기에 이슈인은 자신이 하고 싶은 것을 하면서 여유롭게 방학을 보낼 수 있었다. 방학 동안 이슈인이 주로 한 것은 가문의 기사들로부터 검술 수업을 받는 것이었다.

검술.

그것은 이슈인에게는 크나큰 콤플렉스다.

학교에서는 그런 내색을 하지 않기에 사람들은 그저 이슈인을 괴짜로 알 뿐이지만 그는 누구에게도 지기 싫어하는 강한 승부욕을 타고났다.

"자자, 어서 구동해 보자고."

한창 정원 한편에서 검을 휘두르고 있을 때 이올린의 목소리가 들렸다.

그녀의 손에는 막 완성한 것으로 보이는 14센티미터 정도의 인형이 들려 있었다. 기간테스 1/50의 모형으로 본격적인 개발에 앞서 일단 저런 소형을 만들어 갖가지 테스트를 한 후 개발에 대한 가부를 결정한다.

"쯧, 이레아는 뻗었겠네."

"호호, 이 정도로 뻗다니 아직 어려."

정원에 작은 기간테스 모형을 내려놓는 누나를 보며 이슈인은 고개를 저었다.

사실 저렇게 작은 기간테스 모형의 구동부를 완벽하게 만드는 것이 훨씬 어렵다. 부품도 부품이지만 겨우 14센티미터의 크기에 갖가지 마법진을 새겨 넣으려면 얼마나 정밀한 손재주가 필요한지는 이슈인도 알고 있었다. 그 역시 아카데미의 학생이기에 그 정도의 상식은 있었다.

"오케이. 됐어. 카이럴, 기동."

이올린의 시동어와 함께 작은 모형은 미리 주입된 동작들을 하나하나 반복하기 시작했다. 생각보다는 매끄럽지 못했다.

"음, 밸런스가 좀 안 맞는 것 같은데?"

"말 안 해도 알거든?"

이올린은 심각한 얼굴로 모형의 움직임을 체크하며 가지고 온 노트에 하나하나 메모를 했다.

디자인과 실제 운동 사이의 차이를 수정하기 위해 계속해서 자신이 본 것을 기록했다. 일단 저 디자인을 수정해야 할 테니 당분간은 이레아가 쉴 수 있을 듯했다.

집중하고 있는 누나를 방해하지 않기 위해 이슈인은 조용히 자리를 비켰다.

저택으로 걸음을 옮기던 이슈인은 문득 저택 뒤의 산을 바라보았다.

"한번 가볼까?"

새하얀 눈이 덮여 있는 카이럴 산.

방금 누나가 가지고 나온 기간테스 모형의 이름은 저 산에서 따온 것이다. 어릴 때는 곧잘 말을 타고 갔던 산이다. 카이럴이라는 이름을 들어서일까? 갑자기 한번 가봤으면 하는 생각이 들었다.

아직은 오전.

도시락을 가지고 가면 적당히 다녀올 만했다.

"좋았어."

결정을 한 이상 움직임은 재빠른 것이 좋았다.

요리사에게 부탁해 적당한 도시락을 챙겨 들고 이슈인은 자신의 말에 올랐다. 자신의 머리칼과 같은 순흑색의 털을 가진 말이다.

"자, 가자. 홀, 신나게 달려보는 거야."

이슈인의 애마 홀은 오랜만에 달리는 것이 즐겁다는 듯 힘차게 발을 구르며 달렸다. 저택의 정문을 나선 이슈인은 카이럴 산을 향해 신나게 달렸다. 차가운 바람이 뺨을 스치는데 그 기분이 묘하게 상쾌했다.

'오랜만이네, 이런 것도.'

이슈인은 작은 미소를 지었다.

점심때가 되자 이슈인은 산 중턱 아래에 이를 수 있었다. 카이럴 산은 그리 큰 산이 아니었다. 길도 잘 정비가 되어 있어 이곳까지는 말을 타고 올라올 수 있었다.

"이제부터는 걸어야 하지만."

이슈인은 점심 도시락을 먹은 후 홀을 적당한 곳에 묶었다. 백작가의 문장이 있는 말이니 누가 가져가거나 그러지는 않을 것이다. 맹수나 몬스터는 퇴치된 지 오래이니 이곳에 이렇게 묶어두어도 문제는 없었다.

홀이 적당히 쉬면서 풀을 뜯을 수 있게 한 다음 이슈인은 정상을 향해 천천히 걸음을 옮겼다.

오랜만에 왔기에 항상 오던 길과는 다른 곳을 이용해 걸음을 옮겼다.

사람들이 잘 다니지 않는 곳이기 때문인지 길은 없다시피 했다. 하지만 이슈인은 그런 것에 상관 않고 천천히, 하지만 꾸준히 산을 오르기 시작했다.

얼마나 걸었을까? 서서히 정상이 눈앞에 보였다. 그리 높지 않았기에 아직 해질 때까지 시간은 충분했다.

"응?"

정상 부근에 어릴 적 올라가 놀곤 했던 바위 주변에 이상한 것이 보였다.

어릴 때부터 의도하지도, 노력하지도 않았지만 저절로 보였던 것이다.

그것은 마나의 흐름.

알 수 없지만 이슈인은 유독 마나의 흐름에 민감했으며 눈으로 직접 볼 수도 있었다. 공간 속의 마나뿐만이 아니라 사람 몸속에 흐르는 마나까지도 볼 수 있었다.

어린 시절에는 그저 눈에 보이는 대로 모두 보아야 했지만 나이가 들면서 의지로 보는 것을 조절할 수 있게 되었다.

지금은 딱히 보려 하지 않았는데도 이슈인의 눈에 띄었다는 것은 그만큼 순수하고 강한 마나라는 것이다.

자연히 이슈인의 발걸음이 그쪽으로 향했다. 오랜만에 오는 것이긴 했지만 어린 시절 자주 놀던 곳이다. 어릴 때는 분명 그저 평범한 바위였다. 그런데 지금 그 바위 아래서 저런 마나가 질서정연하게 움직이고 있다니, 무언가 있는 것이 분명했다.

한 걸음씩 그곳으로 다가갈 때마다 호기심은 무럭무럭 자라났다. 그럴 수밖에 없는 것이, 태어나서 처음 보는 현상이기 때문이다.

'뭘까?

비정상적인 현상.

그것이 좋은 일일 가능성은 낮았기에 은근히 손바닥이 땀으로 젖어갔다.

그렇게 바위 근처에 왔을 때,

이슈인은 그 자리에 섰다. 아니, 정확히는 세워졌다.

더 이상 두 발이 움직이지 않았다. 마치 땅에서 보이지 않는 손이 솟아나 그의 두 다리를 붙잡고 있는 것 같았다.

"꿀꺽."

이슈인은 마른침을 삼켰다.

그의 두 눈에는 너무나 선명히 보였다. 마나가 자신의 두 발을 붙잡고 있는 것이 말이다. 과연 이런 것이 가능한 것일까? 분명 자연적인 현상은 아니었다.

그렇다면 누군가가 벌인 일이라는 것인데, 이런 일이 가능한 존재가 있단 말인가?

'드래곤.'

불현듯 이슈인의 머리를 스치고 지나간 생각이다.

삼천 년 전 이후로 세상에 모습을 드러낸 적이 없는, 이제는 그저 전설일 뿐인 존재를 가장 먼저 머리에 떠올릴 정도로 이슈인은 당황했다.

사실 이런 말도 안 되는 상황을 만들어낼 수 있는 존재는 그의 머릿속 범주에서는 드래곤밖에 없었다. 그것이 실재하든 안 하든 그것은 상관없었다.

"누, 누구십니까?"

이슈인이 떨리는 목소리로 입을 열었다.

"허어. 어찌 내가 있는 것을 알았지?"

이슈인의 물음을 기다리기라도 했다는 듯 노인이 걸어나왔다.. 흰 머리와 길게 기른 수염이 그를 노인이라 생각하게 했지 꼿꼿한 허리와 당당한 자세는 젊은 사람 못지않았다.

이슈인은 두 눈을 부릅떴다.

그가 바위 뒤에서 나오면서 이곳 주변에서 규칙적으로 움직이던 마나가 그의 몸속으로 빨려 들어간 것이다.

그렇게 들어간 마나는 사내의 몸에서 규칙적으로 움직이다가 배꼽 아래에 자리를 잡았다.

자신이 지금까지 수많은 사람들을 봐왔지만 그들의 마나 움직임과는 전혀 달랐다.

피어스 브레이크를 펼칠 때 몸 안에서 일어나는 마나의 움직임과도 그 궤를 달리했다.

"무엇을 보는 것이냐?"

이슈인의 시선을 느낀 노인이 물었다.

"어떻게 그런 것이 가능할 수 있는 것이죠?"

이슈인이 멍한 얼굴로 물었다.

노인의 질문은 귀에 들어오지 않는 듯했다.

"어떻게 마나가 온몸 곳곳을 그렇게 규칙적이면서도 일정하게 움직일 수 있는 것이지요? 그러면 몸이 버텨내나요?"

이어진 이슈인의 말에 노인의 얼굴에 흠칫하는 기색이 떠올랐다.

"그게 무슨 말이냐? 마나가 몸속을 움직인다니?"

"어르신의 몸 안에서 움직이는 마나를 말하는 겁니다."

"허어, 설마 보았다는 것이냐?"

노인은 믿을 수 없다는 얼굴로 물었다.

이슈인은 고개를 끄덕이는 것으로 대답을 대신했다.

그 순간 노인의 몸이 번개같이 움직였다.

눈 깜짝할 사이에 사라져 이슈인 앞에 나타났다. 어느새 이
슈인의 손목은 노인에게 잡혀 있었다.
"으으."
잡힌 손목을 보자 그곳을 통해 노인의 몸에서 나온 마나가
자신의 몸속으로 들어오는 것이 느껴졌다.
하지만 아무런 이상이 없었다. 오히려 온몸이 상쾌한 것이
청량감마저 느껴졌다.
잠시 후 노인은 손을 놓고 한 걸음 물러섰다.
"너는 누구냐?"
"제 몸에 무엇을 하신 겁니까?"
동시에 터져 나온 질문. 두 사람은 서로를 바라보았다.
"그것도 보았을 것 같다만……."
노인은 이슈인의 능력을 눈치챈 듯했다.
"보았습니다만, 그런 것이 정말 가능한 일입니까?"
"네 몸이 느끼지 않았더냐?"
그랬다.
온몸을 속에서부터 말끔히 씻어내는 듯한 청량감. 이슈인
은 분명 느꼈다. 그럼에도 믿기지 않을 뿐.
"내 질문에 대답하지 않았다만."
"이슈인, 이슈인 바첼러입니다."
이슈인의 대답에 노인은 고개를 끄덕였다.
"이곳 영주의 아들인 모양이군."

“그렇습니다.”

“넌 분명 마나의 흐름을 볼 수 있다 하였다. 그렇지?”

노인은 이미 알고 있는 사실을 확인하듯 물었다.

“그렇습니다.”

이슈인은 망설이지 않고 대답했다. 노인이 이미 눈치를 채고 있었기에 망설일 이유가 없었다.

“허어, 그저 전설인 줄로만 알았는데… 실제로 존재하다니…….”

“그게 무슨 말씀입니까?”

노인은 이슈인 자신도 그 이유를 모르는 자신의 능력에 대해 무언가 알고 있는 것이 분명했다.

가지고 있는 기이한 능력이며 자신의 능력을 눈치채는 것하며 보통 사람이 아니었다.

이슈인의 시선이 노인에게 고정되어 움직이지 않았다.

CHAPTER 3
마나의 축복

“대륙의 역사는 아느냐?”

커다란 바위 근처의 적당한 돌덩이 위에 앉은 노인이 이슈인을 보면서 물었다.

“대충은 압니다.”

이슈인은 노인의 맞은편에 서서 대답했다.

“대륙의 역사는 얼마나 되었느냐?”

“기록이 남아 있는 것은 만 년이라 알고 있습니다.”

이슈인의 대답에 노인은 고개를 끄덕였다.

“최초의 천 년은 그저 수렵을 하며 먹고살았던 시대이지. 자연의 위대함을 숭배할 뿐 그 힘을 이용할 줄을 몰랐어.”

노인의 말에 이슈인이 말을 이었다.

"그 후 이천 년은 무인들의 시대였습니다. 세상에 존재하는 힘을 몸속에 쌓아 상상할 수 없는 힘을 뿜어냈다는 기록이 남아 있습니다."

"옛 기록에는 그때를 무도시대라 칭하기도 하지. 지금은 거의 남아 있지 않지만."

"그리고 마도시대가 이천 년 동안 이어졌습니다."

이슈인의 말에 노인은 고개를 끄덕였다.

"드래곤의 고유한 힘인 마법이 인간에게 전해진 시기지. 그리고 다시 이천 년의 신성시대가 이어졌어. 태곳적부터 존재해 온 신전이 강력한 힘을 행하던 시대지. 그리고 그 후 천 년간의 혼란을 거쳐 마나 공학의 시대라 부르는 지금에 이른 것이지."

"그렇습니다."

이 정도의 대륙 역사의 큼직한 부분은 잘 알고 있었다.

하지만 그 세부적인 역사로 들어가면 머리가 아팠다. 특히 혼돈의 천 년 이전의 역사는 정말로 사람마다 말이 달랐다. 혼돈의 천 년 동안 수많은 사료가 사라지고 조작된 것이다. 지금은 그저 전설로만 남아 있는 것들이 많았다.

그나마 온전히 보전된 것은 신전의 사료들이었다. 신을 모시는 그들이었기에 혼돈의 천 년 동안에도 무사히 사료를 보존할 수 있었던 것이다.

그랬기에 오히려 그 이전의 사료들은 더욱 부정확하다는 의견이 있었다.

역사는 승자의 것이라 주장하는 이들의 말이다.

"갑자기 그것은 왜 묻는 겁니까?"

자신의 능력을 알아본 노인이 갑자기 이곳에 걸터앉은 후 처음 입을 연 것이 그 질문이었다.

"나와 관계가 있고 너와 관계가 있으니까."

노인이 잠시 하늘을 올려다본 후 말했다.

"그게 무슨 말씀이지요?"

"너는 시대가 바뀌었다고 사람도 바뀌었다 생각하느냐?"

"네?"

"역사가들이 시대를 천 년, 이천 년 단위로 끊어놓았다고 해서 딱 그 경계를 넘어가면 세상이 뒤집힌 것처럼 순식간에 바뀌었을 것이라 생각하느냐?"

"불가능한 일입니다. 항상 변화는 단계를 거치면서 퍼지게 마련입니다."

"그렇지. 그런 변화 속에서 다른 곳으로 숨어들어 사는 사람도 있지."

"그 말씀은?"

"내가 그런 사람 중 하나이다. 우리 선조들의 유언을 지키며 선조들의 삶의 방식을 지키면서 이 시대에 적응해서 살아가고 있는 사람들 중 하나이지."

이슈인의 눈이 빛났다.

대륙의 역사 이후에 저런 말을 굳이 한다는 것은 노인이 혼돈의 천 년 그 이전의 지식을 가지고 있을 수 있다는 소리다.

"그러시다면 혹……?"

"후후, 무도의 시대. 이제는 사라진 옛 사가들이 그렇게 이름 붙인 이천 년을 보내는 동안 항상 역사의 중심에 있었던 가문이 있지. 난 그 가문의 후손이란다."

이슈인은 두 눈을 부릅떴다.

이제는 전설 중의 전설이 되어버린 시대다.

현재의 상식으로는 불가능한 위력을, 힘을 보였던 무도시대의 무인들.

전설을 연구하는 학자들의 논문에 따르면 그때의 일류무사는 현재 소드 익스퍼트 최상급의 피어스 브레이크 정도는 우습게 막을 실력이라 했다. 물론 누구도 그 말을 믿지 않았다.

피어스 브레이크는 인간의 한계를 벗어난 기술이기에, 검사들이 마법사들과 자웅을 결할 수 있게 해준 마나의 폭발이기에 누구도 그 말을 믿지 않았다.

그런데 지금 눈앞에 그 시대의 주축이었던 가문의 진전을 고스란히 이었다 주장하는 사람이 있는 것이다.

무려 칠천 년 전의 가문의 후예라고.

믿을 수 있을 리 없었다.

"허허, 못 믿겠다는 것이냐?"

노인은 단번에 눈치를 챘다.

"그렇다면 네 눈으로 보는 것은 어떻게 받아들이겠느냐?"

그렇게 묻는 순간 노인의 몸속에서 마나가 움직이기 시작했다. 있을 수 없는 움직임을 보였다.

자신의 상식으로는 도저히 움직일 수 없는 길을 가고 있는 마나.

이런 모습을 두 눈으로 지켜보니 믿지 않을 수도 없었다.

"칠천 년을 이어 내려오면서 지켜낸 것보다 잃은 것이 더 많다. 그럼에도 우리는 많은 것을 가지고 있지."

노인이 싱긋 웃으며 말했다.

"그중에 너와 같은 아이에 대한 기록도 남아 있다."

노인의 말에 이슈인의 눈이 빛났다. 자신도 알지 못하는 자신의 능력. 그것에 대한 기록이 있다고 했다.

"무도의 시대. 그때의 무인들은 그들만의 방법으로 마나를 몸속에 쌓고 움직였다. 그랬기에 마법사 이상으로 마나에 민감했지. 그때는 마법이 존재하지 않은 때이기도 하고."

이슈인은 귀를 쫑긋 세웠다. 한 자라도 놓칠세라 정신을 집중했다.

"그 시대에 그들은 별의 힘을 믿었어. 하늘에 떠 있는 별에는 그마다의 의미가 있고 힘을 가지고 있다고 믿은 것이지.

그리고 별의 정기를 가지고 태어나는 이들이 있다고 믿었지. 신성시대에는 그런 이들이 신의 축복을 받았다 했지만 우리는 달랐어. 마나의 축복을 받았다고 했지."

거기까지 말한 노인은 빙그레 웃으면서 이슈인을 바라보았다.

"어느 별의 정기를 받았느냐에 따라서 마나의 축복의 종류는 달라졌지만, 자네는 별 중에서도 최고의 별의 정기를 받은 듯해. 내 눈에는 말이지. 신관들이라면 주신의 축복을 받았다고 할 정도로 말이지."

"그게 가능한 일입니까?"

"별의 정기를 받아 마나의 축복이 내린 것인지, 신의 축복이 내린 것인지는 알 수 없지. 하지만 특별한 힘의 영향을 받았다는 것만은 가능해. 바로 자네가 존재하고 있는 것이 그 증거지."

노인의 말에 이슈인의 온몸이 부르르 떨렸다.

"자네, 검술에 쥐약이지?"

이어진 노인의 말에 이슈인은 다시 한 번 두 눈을 부릅떴다.

어떻게 노인은 그 사실을 그렇게 쉽게 알아낸 것일까.

자신의 유일한 콤플렉스, 검술에 대한 사실을 말이다.

"역시 맞나 보군."

이슈인의 반응을 지켜본 노인이 피식 웃으며 말했다.

"어떻게 아셨습니까?"

"무도의 시대를 산 자의 지식이지."

"네?"

노인의 대답에 이슈인은 이해할 수 없다는 얼굴로 되물었다.

"마나의 축복을 타고 난 네 몸은 이 시대의 검술에 맞지 않는다는 것이지."

"검술에 맞지 않는 몸, 그런 것이 있단 말인가요?"

이슈인은 납득할 수 없다는 얼굴로 되물었다.

"후후, 물론 검을 단순히 움직이기만 하는 검술이라면 아무 상관이 없지. 하지만 이 시대의 검술 역시 몸속에 있는 마나의 힘을 발현하는 검술이야. 하지만 자네 몸은 그런 식의 검술로는 마나의 힘이 발현할 수 없지. 그러니 이 시대의 검술에는 맞지 않는 몸이라고 한 것이야."

"그럴 리가……."

이슈인은 믿을 수 없다는 얼굴로 중얼거렸다.

"나 역시 믿기지가 않네. 전설이나 문헌에만 존재하는 줄로만 알았던 마나의 축복을 받은 이가 존재한다니."

이슈인의 반응을 지켜보며 노인 역시 믿을 수 없다는 얼굴로 중얼거렸다.

"그러면 저는 어떻게 해야 하죠?"

잠시 멍하니 하늘을 올려본 이슈인이 물었다.

"물론 자네의 몸에 맞는 검술을 익혀야겠지."

노인은 당연하다는 듯 말했다.

"그런 것이 이 시대에 존재하나요?"

당연한 의문이다. 자신의 몸이 이 시대의 검술에 맞지 않는다 했는데 이제는 자신의 몸에 맞는 검술을 익혀야 한다니 말이다.

"내가 알고 있지."

노인이 미소를 지으며 말했다.

순간 이슈인의 두 눈은 기대감으로 가득 찼다.

어찌 그렇지 않겠는가. 자신의 고민을 해결해 줄 사람이 눈앞에 있는데.

"검술이 몸에 맞지 않았는데도 정말 꾸준히 노력한 듯하구먼. 몸 안은 엉망이지만 근육만은 검을 휘두르는 데 적절하게 발달해 있어. 하지만 마나가 따라오지 않으니 다른 이들에 비해 젬병이가 된 것이겠지."

"그렇다면……."

노인의 어조는 자신에게 무척이나 호의적이었다. 이슈인의 목소리가 떨려 나왔다.

"내가 도와주도록 하지. 원래는 이 시대를 사는 사람에게는 가르쳐 주어서는 안 되네만, 전설을 보았으니까."

"가, 감사합니다."

이슈인의 두 눈에서 눈물이 주루룩 흘렀다.

어린 시절부터 그의 몸과 마음을 옥죄어온 구속에서 벗어
날 수 있다는 말을 들었기에 자신도 모르게 이슈인은 눈물을
흘리고 있었다.

노인은 하늘을 올려다보았다.

"벌써 시간이 이렇게 되었군. 자네는 지금 내려가도 집에
도착하면 이미 밤이겠구먼."

노인의 말대로 벌써 서쪽 하늘은 붉게 물들어오고 있었다.
겨울인지라 해가 많이 짧았다. 게다가 어슬어슬한 추위가 사
방에서 몸을 타고 올라오고 있다.

"그, 그러면……."

"뭘 그리 격하게 반응을 보이나. 오늘만 날은 아닌데. 내일
당장 전쟁이 나는 것도 아니고 이곳이 사라지는 것도 아닌데.
내일 아침 일찍 오게나."

노인이 미소를 지으며 말했다. 그 말에 이슈인의 얼굴에 안
도의 표정이 어렸다.

"내 이름은 바인트 사이몬일세. 그럼 이슈인 군, 내일 아침
일찍 이곳에서 다시 보세."

그 말을 남긴 바인트는 몸을 일으켜 바위 뒤로 천천히 걸음
을 옮겼다. 이슈인은 그를 향해 허리를 숙였다.

"내일 뵙겠습니다."

이슈인은 몸을 돌려 산을 내려갔다.

그저 오랜만에 한 번 올라보겠다는 생각에 몸 가는 대로

움직인 것뿐인데 이런 인연을 만나게 되다니 참으로 기뻤다.

'기이하다면 기이해. 이런 인연이라니.'

미소를 짓는 이슈인의 발걸음은 무척이나 가벼웠다.

어느새 한 달이 흘렀다.

남은 방학은 한 달 남짓. 그 안에 어떻게든 더 배워야 했다. 하지만 이슈인은 아직 검을 잡지도 못했다.

대신 마나의 길을 몸 안에 만들고 있었다.

진정 바인트의 말대로 무도시대의 검술은 현재의 그것과 전혀 달랐다.

현재의 검술은 검술을 휘두르며 몸 안에 마나를 담는다. 그리고 마나의 힘이 적정 양을 넘는 순간 한 번에 터뜨려 그 폭발력을 이용해서 마나의 길을 만든다.

무도시대의 검술은 달랐다. 우선 마나의 길을 만든 후에 검술을 익혔다. 물론 마나의 길을 만드는 중에 기본적인 검술은 익혔다. 그러나 마나의 길이 완전히 제자리를 잡은 후에야 본격적인 검술을 익혔던 것이다.

이슈인은 바인트가 가부좌라고 말한 자세를 취한 후 천천히 마나를 느끼며 호흡을 했다.

대기의 마나를 호흡을 통해 몸 안에 받아들인 연후 일정한 경로를 따라 마나를 움직이고 그것을 한곳에 저장한다. 그것이 바인트가 알려준 마나 수련법이다.

벌써 한 달 동안이나 그 일을 이슈인은 꾸준히 반복하고 있었다. 아무것도 하지 않고 오로지 호흡만을 한다면 질릴 법도 한데 이슈인은 그러지 않았다.

오히려 바인트 덕에 알게 된 신세계에 푹 빠져 있었다. 마나를 수련할 때면 모든 것을 잊었다. 오로지 마나가 온몸을 가득 채우는 그 상쾌함에 온몸을 맡겼다.

바인트는 그런 이슈인을 흐뭇하게 바라보고 있었다.

'역시 마나의 축복을 받은 아이다워. 습득 속도가 상상을 초월할 정도야. 일단 이것으로 기본적인 길은 만들었어.'

오늘부터 검법 전수를 시작해야 할 듯했다.

점심때가 넘어 이슈인이 눈을 떴다.

"어떠냐?"

바인트가 미소를 띤 채 물었다. 이미 오늘 이슈인이 몸 안에서 겪은 변화를 읽은 듯한 얼굴이다.

"마이너 서클(Minor circle)을 완성했습니다."

"열두 바퀴를 돌렸겠지?"

"네."

이슈인의 자신에 찬 대답에 바인트는 흐뭇한 얼굴로 고개를 끄덕였다.

"더욱 정진해서 그레이트 서클까지 완성해야 한다. 그래야 네가 익히고 있는 검법의 진정한 위력을 펼칠 수 있을 거야."

"알겠습니다, 바인트 스승님."

남은 시간은 한 달. 그레이트 서클(Great circle)까지 완성시키기에는 시간이 촉박했다. 그래서 마이너 서클이 완성된 지금 검법 수련에 들어가려 하는 것이다.

"내가 알고 있는 검법은 아주 많다. 그리고 익힌 검법도 제법 많아. 하지만 그 모두를 너에게 전수할 수 없다는 것은 네가 더 잘 알 것이다. 그리고 지금의 시대에 그렇게 많은 검법들을 가르칠 필요도 없지. 내가 아는 검법 중 가장 뛰어난 것들 중 하나를 가르쳐 주마. 그것이면 너는 능히 이 시대 최고의 검사가 될 수 있을 것이다. 물론 네가 경지에 이르렀을 때의 일이지만."

자부심 가득한 말이다.

하지만 이슈인은 그 말을 믿었다. 이미 충분히 경험했기 때문이다. 마나를 수련하면 할수록 몸도 가벼워지고 머리도 맑아졌다. 체력이 훨씬 좋아졌음은 말할 필요도 없었다.

"네게 가르쳐 줄 검법의 이름은 인피니트 소드(Infinite Sword), 즉 무한지검이다. 그 끝을 알 수 없는 힘을 가진 절대적인 검법이란 뜻이지."

"광오한 이름이군요."

검법의 이름을 처음 들은 이슈인의 평이다. 그 말에 바인트는 슬며시 미소 지으며 고개를 저었다.

"절대 광오한 이름이 아니다. 네가 익히다 보면 오히려 겸손한 이름이라고 생각하게 될 거야. 내 거기에 십 골드를 걸지."

농담 섞인 바인트의 말에 이슈인의 얼굴이 더욱 진지해졌다.

"내가 알고 있는 검법 중에서도 세 손가락 안에 꼽히는 뛰어난 검법이다. 제대로 익힌다면 소드 마스터는 당연하고 그랜드 마스터도 넘볼 수 있는 검법이야. 그리고 그 뒤로도 훨씬 높은 경지가 펼쳐져 있지."

이슈인의 두 눈이 경악으로 물들었다.

소드 마스터가 당연하다고 했다. 세상에 그런 검법이 있을까? 최상급의 소드 익스퍼트만 되도 각국에서 최고의 대우를 받는다. 그런데 소드 마스터라니.

믿을 수 없었다. 믿기지 않았다.

"녀석, 믿기지 않는 모양이구나."

이슈인의 반응을 살핀 바인트는 그럴 줄 알았다는 듯 고개를 끄덕였다.

"네가 직접 익혀보면 알 게 될 것이니 문제는 없다."

그리고 한 달간의 검술 수업이 시작되었다.

시간은 빠르게 흘렀다.

남은 한 달마저 흘렀고, 내일이면 이슈인은 아카데미로 출발해야 했다.

"아쉽습니다, 스승님. 더 많은 것을 배웠어야 하는데……."

"나도 이제 슬슬 이곳을 떠나려던 참이다. 너를 만나지 못했다면 아마 한 달 전에 떠났을 거야. 너와의 인연이 나를 이곳에 한 달 더 잡아둔 것이지."

"다시 뵐 수 있을까요?"

"네가 날 찾을 수만 있다면."

모호한 대답이다.

"어디로 가야 합니까?"

"대륙에서 가장 높은 곳, 인간에게 허락되지 않은 곳이지. 그랬기에 우리가 그곳으로 숨어들 수 있었고, 우리의 맥을 이어올 수 있었던 것이다."

"인간에게 허락되지 않은 곳이라니… 제가 갈 수 있습니까?"

"너라면 능히 올 수 있을 것이다. 그레이트 서클을 완성하고 더욱 강해진다면 말이야."

바인트가 미소를 지으며 말했다.

"알겠습니다. 꼭 찾아뵙도록 하겠습니다."

이슈인은 스스로에게 다짐이라도 하듯이 대답했다. 바인트가 고개를 끄덕였다.

"그리고 아카데미란 곳이 방학을 하면 이곳으로 와서 수련하도록 해라. 이곳은 마나가 모이는 곳이다. 내가 수련을 위해 대륙을 여행하면서 이곳에 잠시 머무른 것도 그 때문이지. 대륙에서 이런 곳은 다섯 곳이 채 되지 않아."

"명심하겠습니다."

대륙에서 다섯 곳도 채 안 될 정도로 마나가 집중되는 땅이 자신의 영지 안에 있다니 엄청난 행운이었다.

"그럼 내려가 보거라. 나도 이제 여행을 마치고 우리의 땅으로 돌아갈 시간이니까. 네가 가는 대로 나도 떠나야겠다."

"그럼 건강하십시오."

이제 작별의 시간이 다가왔다. 이슈인의 눈동자가 살짝 붉어졌다. 함께한 시간은 두 달에 불과했지만 그동안 이슈인은 엄청난 것을 얻었다. 이렇게 헤어지려니 발걸음이 쉬 떨어지지 않았다.

"그래, 어서 가거라. 네가 날 찾아오면 다시 만날 수 있으니 너무 섭섭해하지 말고."

그렇게 말하는 바인트의 눈에도 진한 아쉬움이 자리하고 있었다.

스승과 제자는 이렇게 헤어졌다.

집으로 향하는 이슈인의 걸음은 무거우면서도 가벼웠다.

이제 내일 아카데미로 돌아가면 모레 개강이다.

더 이상 자신은 검술 때문에 조용히 지내야 할 이유가 없었다. 벌써부터 개강이 기다려진다.

이슈인은 날이 어둑어둑해진 후에야 집에 돌아왔다. 이제

봄이 다가오면서 해가 제법 길어졌지만 여전히 밤은 일찍 찾
아왔다.

집에 도착하기가 무섭게 이레아가 이슈인을 향해 뛰쳐나
왔다.

"오빠! 왜 이렇게 늦었어? 어서 가자!"

다짜고짜 이슈인의 팔을 잡은 이레아가 그를 잡아끌었다.

"그게 무슨 말이야? 가긴 어딜 가?"

"어디긴, 당연히 아카데미지."

다크서클이 가득한 눈으로 이레아가 힘주어 말했다.

"내일 날이 밝으면 가는 거 아니었어?"

"미쳤어? 내가 그때까지 집에 있게. 어서 가. 지금 안 가면
나 다음 학기 휴학해야 할지도 몰라."

이레아의 눈빛은 정말로 간절했다.

"하지만 지금 간다고 해도 이 시간에는 아카데미의 포털이
닫혀 있을 텐데."

그랬다.

아카데미는 일몰 후 외부로부터 들어오는 포털 마법진을
불활성화시킨다. 외부로 나갈 일이 있을 때만 일시적으로 열
었다가 다시 닫는다. 만약의 사태를 대비하기 위함이다.

"누가 아카데미로 바로 간대? 지금 가도 기숙사 방문도 잠
겨 있는데다 내 방이 어디인지도 모른다고."

"그럼?"

"당연히 레오네인이지."

이레아는 뭘 그런 것을 묻느냐는 얼굴로 말했다.

레오네인.

메틀라인 왕국의 수도다. 이레아와 이슈인이 다니는 왕립 아카데미가 자리한 곳이기도 하다.

조금 복잡하기는 했지만 정당한 절차를 밟으면 이 시간에도 레오네인 근처의 포털로 이동할 수 있었다. 더군다나 이슈인과 이레아는 바첼러 백작가의 사람이었기에 그 절차도 그다지 복잡하지 않았다.

"그래도 금방 잡힐 것 같은데? 이올린 누나라면 쫓아올걸?"

"누가? 언니가? 어떻게 우릴 잡아. 그 큰 왕도 어디에 우리가 있는지 알고. 그러니까 어서 가야 한다고. 앞으로 한 시간 후면 성문 닫힌단 말야!!"

이레아가 발을 동동 구르며 다급히 말했다.

"그래도 짐은 챙겨야지. 수속도 밟아야 하고."

"내가 아까 다 해놨거든. 어서 가자. 시간없어. 곧 이올린 언니 나올 거란 말이야."

이레아가 이올린의 연구실이 있는 쪽을 힐끔거리면서 다급히 말했다.

"휴우, 알았다."

이슈인이 한숨을 쉬며 말했다. 그 대답에 이레아의 얼굴에 금세 화색이 돌았다.

이슈인이 보기에도 하나밖에 없는 여동생의 얼굴은 지나치게 초췌해져 있었다. 눈가에만 있어야 할 다크서클이 뺨 중간 부분까지 내려와 있는 걸로 보아 지난 두 달 동안 얼마나 혹사당했는지 알 만했다.

"그래, 어서 가자. 포털에 오빠 짐이랑 내 짐 놔뒀으니까."

그때다.

"이레아! 어디 있니?"

"으힉!"

이올린의 목소리가 연구실에서 들려왔다. 목소리가 들리는 순간 이레아가 경기를 일으켰다.

그 모습에 이슈인은 고개를 절레절레 흔들었다. 잽싸게 이레아를 안아 들고는 포털을 향해 몸을 날렸다.

몸 안에 있는 마나를 운용하며 움직이자 바람처럼 빠른 속도를 낼 수 있었다.

"오빠……!"

이슈인의 행동에 이레아는 감격에 겨운 눈을 하고 이슈인을 바라보았다. 이슈인으로서는 그럴 수밖에 없었다.

그대로 두었다가는 이레아가 죽을지도 몰랐으니까.

이슈인은 순식간에 포털 마법진이 있는 장소에 도착했다. 과연 마법진 위에 이레아와 이슈인의 짐이 올려져 있었고, 가문의 마법사가 마법진을 가동하기 위해 준비하고 있었다.

“이제 오셨군요. 어서 마법진 위에 올라서십시오. 아가씨
께서 벌써 세 시간 전부터 기다리고 계셨습니다.”

마법사가 쓴웃음을 지으면서 말했다. 그도 이레아가 지난
두 달간 어떤 꼴이었는지를 잘 알고 있다.

이슈인이 이레아를 안아 든 채 마법진에 올라서자마자 마
법사는 곧바로 포털을 활성화시켰다.

곧 마법진이 밝게 빛나기 시작했다.

“멈춰!!”

마법진을 활성화시키는 동안의 시간에 어느새 이올린이
이곳에 나타났다.

하지만 한발 늦었다.

밝은 빛무리가 이슈인과 이레아를 감싸며 포털이 열린 것
이다.

이올린은 발만 동동 구를 뿐 마법진 안으로 뛰어들지는 못
했다. 이미 열린 포털에 중간에 난입하는 것이 얼마나 위험한
짓인지 잘 알고 있었기 때문이다.

그저 안타까운 눈으로 점차 사라지는 동생들을 바라볼 뿐
이다.

곧 빛이 잦아들면서 마법진만 덩그러니 모습을 드러냈다.

“어디로 갔죠?”

이올린이 날카로운 눈을 빛내며 포털을 활성화시킨 마법
사에게 물었다.

"레오네인 동문 밖의 포털 스팟입니다."

마법사가 쓴웃음을 지으며 대답했다.

"쳇. 역시."

이올린이 바닥의 잔돌을 차면서 투덜거렸다.

완벽하게 한 방 먹었다.

이레아의 계획은 훨씬 빨리 떠나는 것이겠지만 이슈인으로 인해 늦어진 것이 오히려 득이 되었다. 지금 뒤를 쫓기 위해 포털 수속을 밟는다면 적어도 한 시간은 걸린다.

아무리 바첼러 백작가라 해도 그 정도 시간은 걸리게 되어 있다. 늦은 밤에 왕도 코앞으로의 공간 이동이니 당연한 일이다.

수속을 마치고 바로 동문 밖의 포털 스팟에 도착해 봐야 레오네인의 성문은 굳게 닫혀 있을 테고, 아침에 날이 밝아서 왕도로 들어가 봐야 이레아는 유유히 아카데미의 수업을 받고 있으리라. 일단 개강을 한 다음에는 빼올 수가 없으니 영락없이 여름방학까지 기다려야 할 듯했다.

"약은 기집애."

성질 가득한 한마디를 남기고 이올린은 자신의 연구실로 향했다.

앞으로 다른 디자인을 더 연구할 생각을 하면서.

"여름방학 때 지옥을 보여주마."

원한 가득한 중얼거림.

레오네인 동문 밖의 포털 스팟에 도착한 이레아는 순간적
으로 온몸을 덮친 한기에 살짝 떨었다.

"그래도 대단한데? 이올린 누나가 몇 시간 동안이나 널 혼
자 놔두고."

오늘 필사의 탈출을 준비하려면 못해도 몇 시간을 걸렸을
것이다. 그 시간 동안 이레아가 이올린의 연구실에서 어떻게
벗어났는지 이슈인은 무척이나 궁금했다.

"그거야 내가 고생 좀 했지."

레오네인의 동문이 닫히기 직전, 동문을 지나며 이레아가
이슈인에게 말했다.

"언니가 오늘 아침에 준 수정 디자인에서 발생할 수 있는
문제를 잔뜩 뽑아줬거든. 지난 한 달간 조금씩 모은 거 한 방
에 터뜨린 거니까 고생 좀 했을 거야."

영악한 이레아는 오늘을 위해 한 달 전부터 준비했던 것이
다.

'치, 치밀한 녀석.'

아무리 여동생이라지만 이레아의 치밀함에 이슈인은 기가
질렸다.

이레아는 슬쩍 성문이 닫히고 있는 뒤를 돌아보았다.

"뭐, 어쨌든 오빠 덕이네. 이렇게 안심하고 움직일 수 있는
것은."

“응?”

“오빠가 늦게 와준 덕에 아슬아슬하게 성문을 통과할 수 있었고 이올린 언니는 성문을 통과하지 못하게 되었다는 거지. 아마 언니도 알걸. 그러니 이제 언니가 쫓아올 걱정은 없어졌다는 말씀.”

이레아는 정말 해맑게 웃으며 말했다.

“좋겠구나.”

이슈인의 말에 이레아가 고개를 끄덕이며 대답했다.

“응, 당연하지. 그래도 오빠한테 쪼금 감동했어. 그렇게 날 번쩍 안고 달려주다니 말이야.”

“네 얼굴이 그렇게 만들었어, 이것아.”

이슈인의 말에 이레아는 자신의 얼굴을 만지며 울상을 지었다.

“그렇지? 피부가 이렇게 거칠어지다니. 힝. 여자는 피부가 생명인데…….”

이레아의 말에 보아하니 그동안 거울 볼 시간도 제대로 없을 정도로 시달린 모양이다. 이제 여유를 가지고 거울을 보았을 때의 이레아의 반응은 상상하지 않는 것이 좋을 듯했다.

“그런데 대체 누나는 뭣 때문에 널 그렇게 혹사시킨 거래?”

“완전 새로운 개념의 신기종을 만든다나 봐. 프로젝트라던데? 그것을 가정으로 디자인에 디자인을 반복하고 있는데…

질렸어, 정말.”

이레아가 고개를 절레절레 흔들면서 말했다.

“왜?”

“아니, 글쎄, 출력 3.5의 마나 엔진이 탑재된다는 가정 하에 새로운 기종을 디자인하고 있다니까. 현재 정립된 이론상의 최대 출력은 3.0이야. 즉, 지금의 기간테스들의 디자인은 3.5의 출력을 버티지 못한다는 거지. 그래서 새로운 디자인을 만들고 있는 중이래. 대체 제정신인지……. 이제야 실전 배치가 끝난 루즈벡 제국의 주력 기종인 마이더스의 출력도 2.5라고. 그런데 3.5의 엔진을 대비해서 디자인하겠다니.”

이레아는 말도 안 되는 일을 하고 있는 언니의 이야기를 하면서 투덜거리느라 정신이 없었다.

그런 여동생을 쳐다보는 이슈인의 입가에 미소가 감돌았다. 왜 누나가 출력 3.5의 마나 엔진에 대비해서 디자인을 만드는지 짐작이 갔기 때문이다.

자신의 옆에서 투덜거리면서 걷고 있는 아가씨. 그녀가 분명 출력 3.5의 마나 엔진을 만들어낼 테니까.

“그리고 프로젝트 이름도 엄청 웃겨.”

“응? 프로젝트 이름?”

“응. 혼자서 겨우 디자인 잡으면서 꼴에 프로젝트라고 거창하게 이름도 정한 거 있지.”

“뭔데?”

“레퀴엠.”
“레퀴엠?”
이슈인이 되물었다.
“응, 레퀴엠. 완성만 되면 현존하는 기간테스 모두를 골로 보낼 수 있을 거라면서 기간테스들을 위한 장송곡이라나 뭐라나. 암튼 센스 하고는.”
이레아가 고개를 절레절레 흔들며 걸음을 빨리 했다.
‘레퀴엠이라……’
두 사람은 이 프로젝트가 단지 이올린 혼자만의 것이 아니란 사실을 알 수 없었다. 이레아가 레퀴엠 프로젝트의 진면목을 알게 되는 것은 졸업 후의 일이다.

＊　　　＊　　　＊

“아버님, 이슈인과 이레아가 떠났습니다.”
“그래? 결국은 도망치듯이 떠나는구나.”
“이올린이 그렇게 만들었죠.”
서재 문을 열고 들어온 젊은이가 쓴웃음을 지으며 말했다.
“허허허. 그 녀석, 한 가지에 미치면 다른 사람들 사정은 전혀 돌아보지를 않으니 말이다. 오죽하면 아카데미가 더 좋다며 저렇게 도망을 갈까.”
“그러게 말입니다.”

"뭐, 그래도 이올린이라면 출력 3.5의 마나 엔진의 구동력을 버틸 수 있는 디자인을 만들어낼 테지."

"그 녀석도 천재니까요."

큰아들의 말에 바첼러 백작가의 당대 백작 카를로 바첼러 백작은 흐뭇한 웃음을 지으며 고개를 끄덕였다.

"그렇지. 하지만 너 역시 천재 아니냐."

아버지의 칭찬에 머쓱한 웃음을 지은 바첼러 백작가의 장자 이안이 고개를 가로저었다.

"동생들에 비하면 저는 아직 멀었습니다."

"나는 사실 요즘 하루하루가 너무 즐겁단다. 나의 아이들이 각기 각 분야에 천재적인 재능을 가지고 있다는 것이 말이다."

카를로 백작의 말에 이안은 마주 보며 웃을 뿐 말을 아꼈다.

"그래, 왕도는 요즘 어떠냐?"

"조용해 보이지만 수면 아래로 무척이나 시끄럽습니다."

"공화국 때문이겠지?"

"네."

카를로 백작은 기간테스에 대한 연구를 핑계로 영지로 내려와 지내고 있었다. 대신 장자인 이안이 수도에 머물면서 백작 대리 역할을 수행하고 있었다.

그 능력이 탁월해 카를로 백작은 무척이나 만족했다. 한 가지 걸리는 것이라면 정계에 한 발을 딛는 바람에 자신이 좋아하는 연구에 많은 시간을 투자하지 못하는 아들에 대한 미안한 마음이었다. 하지만 정계에 몸을 담으면서 이안의 새로운 재능이 꽃피기도 했다.

"공화국에서 내세운 이념이라면 많은 사람을 불러 모으기에 충분하지. 모든 사람의 평등이라니 듣기에는 좋은 말이야."

카를로 백작이 피식 웃으며 말했다.

"그렇습니다. 자신의 능력에 따라 얼마든지 좋은 대우를 받을 수 있다고 하니 현재의 신분제에 불만이 많은 사람들의 지지를 받는 것은 당연하지요."

"하지만 결국 그것 역시 또 다른 신분제에 불과할 뿐이야. 보이지는 않는 선으로 나누어진 신분. 왕국과 제국의 귀족제가 보이는 선으로 신분을 나누었다면 말이야."

"맞습니다. 결국 인간이 모이는 이상 신분은 나뉘게 마련이지요. 그것이 보이느냐 그렇지 않느냐의 차이가 있지만 말입니다."

이안이 고개를 끄덕이며 말했다.

"하지만 공화국의 신분제가 낫다는 것은 인정을 해야 해. 일단은 모든 사람을 향해 열려 있으니까."

"보이기에 그럴 뿐 사실은 그렇지 않을 겁니다. 어느 사회든 기득권을 쥔 사람들은 그것을 쉽게 놓으려 하지 않으니까요."

“그래도 왕국이나 제국에 비해 신분 상승이 자유로운 것은 사실이지. 개인의 능력에 따른 것이니까. 아예 타고나는 신분이 없는 이상 능력있는 평민들은 공화국을 열렬히 환영할 거야.”

“공화국에서도 그 사실은 잘 알고 있습니다. 그래서 요즘 사방으로 세를 불리려고 하더군요.”

“원글로스가 골치 아프겠어. 공화국과 바로 맞닿아 있으니.”

카를로 백작의 말에 이안이 고개를 끄덕였다.

“그렇습니다. 아무래도 맞닿아 있으니 영향을 많이 받지요. 하지만 그건 우리 왕국도 마찬가지입니다.”

“하긴 네이비안 반도에서 공화국까지는 배로 금방이니. 우리 역시 영향을 많이 받겠지.”

카를로 백작이 고개를 끄덕이면서 말했다.

“그것 때문에 요즘 왕도가 시끄럽습니다.”

이안이 걱정스레 말했다.

“터질까?”

“아직은 모르겠습니다만… 확률은 반반입니다.”

어두운 표정으로 이안이 대답했다.

그의 대답에 카를로 백작의 얼굴에도 어두운 기색이 완연하게 번졌다.

“반반이라…… 오래가지 못하겠군.”

카를로 백작은 안 좋은 예감에 고개를 절레절레 저었다.

"그 말씀은……."

이안이 조심스럽게 물었다.

"귀족들이 자신들의 기득권을 반드시 지키려 할 거란 말이지. 현재 대륙의 귀족들에게 공화국은 언제 터질지 모르는 시한폭탄이야. 게다가 구 왕국의 망명 귀족들과 왕족들도 있고."

카를로 백작의 말에 이안은 고개를 끄덕였다.

"그렇지요. 그들은 빼돌린 재산으로 꾸준히 로비를 하고 있지요. 공화국을 무너뜨려야 한다고요."

"훗. 그러기에는 그들이 벌여놓은 실정이 너무 커. 하긴, 그러니 다들 그 많은 재산을 바리바리 싸들고 망명을 했겠지."

"솔직히 좀 웃깁니다. 십 년 전에 혁명으로 왕정이 무너지고 공화정이 수립될 때 왕족은 대부분, 그리고 귀족들도 8할이 망명에 올랐습니다. 혁명군에게 체포된 이는 거의 없는 거나 다름없죠. 이렇게 망명률이 높으려면 애초에 다들 도망갈 궁리만 하고 있었다는 말이 되니까요. 그리고 지난 십 년간 망명을 한 각국에서 그렇게 호사스런 생활을 하고 있는데도 아직 로비를 할 돈이 남아 있다니 어떻게 보면 참 대단한 족속들입니다."

"교활한 쥐새끼들이지, 남의 손으로 자신의 코를 풀려고 하는."

카를로 백작의 얼굴은 경멸감으로 가득했다.

"그나마 우리 왕국으로 망명해 온 이들은 적어서 다행입니다."

“게다가 정신도 제대로 박혀 있고.”

“정신이 제대로 박혀 있다기보다는 힘이 없다는 것이 정확하죠.”

“훗. 그렇긴 하군.”

카를로 백작은 왕도 레오네인의 대저택에 살고 있는 구 벨런시아 왕국의 막내 공주를 떠올리고는 가볍게 웃었다. 구 벨런시아 왕국에 혁명이 터졌을 당시 그녀의 나이 다섯 살이었다. 아무런 세력이 없을 때 황급히 그녀의 외조부가 바다를 통해 망명했기에 메틀라인 왕국에 자리를 잡았다.

망명할 당시 그리 많은 재산을 가져온 것이 아니었기에 십년째 조용히 생활하고 있었다.

“다른 왕국보다 공화국에서 선수를 칠 수도 있어. 공화국 내의 소식은 뭐 없느냐?”

“아직은 별다른 징후는 없습니다. 무엇 때문에 그렇게 생각하시는지…….”

“조금 전 말한 쥐새끼들 때문이지. 그런 놈들은 빨리 청소를 하고 싶은 것이 공화국 정치인들의 마음이겠지. 그들도 이제 권력의 맛을 보았을 테니까.”

살짝 웃는 카를로 백작은 눈에 훤히 다 보인다는 듯한 표정으로 말했다.

“문제로군요. 점점 더 혼란스러워지니.”

“문제지. 게다가 공화국의 국력이 상상을 초월한 속도로 강해지고 있어, 특히 기간테스 제조 기술이."

"각 국의 능력있는 평민들이 몰려갔기 때문이죠."

"그러니까. 어떤 골 빈 왕국인지는 몰라도 기간테스 제조에 관련된 이들도 평민이라는 이유로 신분 차별을 하다니 말이야. 그러니 다들 공화국으로 넘어가지."

카를로 백작이 고개를 흔들며 말했다.

"바보들이죠."

이안이 동의한다는 듯 말했다.

"바톤 프로젝트는 어떻게 되어가고 있지?"

"아직 일이 년은 더 걸릴 것 같습니다."

"골치 아프군. 이 년을 버틸 수 있을까?"

"원글로스 왕국에 달려 있다고 해야 하나요?"

"휴우… 머리 아프군."

카를로 백작이 소파에 머리를 기대며 중얼거렸다.

"우리가 할 수 있는 일을 할 뿐이죠."

"이럴 때만은 제국들이 부럽군. 아니, 로헨 왕국도 부러워. 공화국에서 멀리 떨어져 있으니."

카를로 백작은 시름 가득한 얼굴로 중얼거렸다.

CHAPTER 4
새로운 모습

3월 1일.

개강 날이다.

오늘부터 이슈인은 아카데미의 10학년이다. 올해를 마치면 내년에 정식 장교로 배속되게 된다.

전시 사태에서는 즉각 활용 가능한 병력으로 가장 먼저 차출되는 학년이다.

이슈인이 메틀라인 왕립군사아카데미의 최고 학년이 된 첫날이다.

맑은 하늘이 기분 좋은 아침.

이슈인은 기분 좋은 발걸음으로 기숙사 방을 나섰다.

오늘의 첫 수업은 검술 실기.

지금까지였다면 무거운 걸음으로 방을 나서야 했으나 지난 두 달의 방학이 그 무거움을 없애줬다.

바인트를 만난 것은 이슈인 인생 최고의 행운 중 하나였다.

강의실에 도착하자 익숙한 동기들의 얼굴이 보였다. 여전히 재수없는 칼버튼의 얼굴까지도 말이다.

칼버튼은 이슈인을 보자 비릿한 웃음을 머금었다. 무슨 의도인지는 모르겠으나 이슈인도 마주 웃어주었다. 칼버튼의 웃음보다 더한 비웃음을 담아서. 이슈인의 자신만만한 비웃음에 칼버튼의 인상이 살짝 변했다.

이슈인은 그를 무시하고 비어 있는 자리에 앉았다.

"이슈인, 방학은 잘 보냈어?"

"물론. 뜻깊은 방학이었지."

옆자리 친구의 인사에 이슈인이 미소를 지으며 답했다.

그때 검술 담당 교수가 강의실로 들어왔다. 방학 동안의 이야기를 나누느라 소란스럽던 강의실은 금세 조용해졌다.

"반갑다, 생도 여러분. 나는 올해 여러분의 검술 지도를 맡은 하론이라고 한다."

하론 교수의 소개에 웅성거림이 번졌다.

하론 뱅커스 자작.

메틀라인 왕국의 오대기사 중 한 명이었다. 왕실 근위기사인 그가 어떻게 아카데미의 교수로 초빙되었는지 알 수 없다.

하지만 10학년의 생도들은 하론에게 검술을 배우는 행운을 누리게 된 것은 분명한 사실이다.

"올해 아카데미의 최고 학년 여러분은 내가 모두 가르칠 것이다. 실전에 즉시 투입되어도 상관없을 정도로 혹독하게 가르칠 생각이니 모두 각오하도록. 실력이 없으면 무조건 낙제다. 아카데미를 졸업한다는 것은 한 명의 장교로서 역할을 충분히 할 준비가 되었다는 말이다. 바꿔 말하면 준비가 안 되었으면 졸업을 할 수 없다는 뜻이기도 하다. 알겠나?"

"네."

초반에 강의실의 분위기를 압도하는 하론의 말에 학생들은 모두 큰소리로 대답했다.

하론의 말에 칼버튼이 이슈인을 보면서 썩은 듯한 미소를 지어 보였다.

하론의 말대로라면 이슈인의 낙제는 기정사실이기 때문이다.

"여러분이 라이더 양성과정에 있다고 하나 기간테스의 운용 자체가 라이더의 정신과의 동조인 이상 실제 검술 실력도 매우 중요하다. 그런 만큼 배틀러 양성과정의 생도 못지않게 강하게 몰아칠 것이니 각오 단단히 하는 것이 좋을 것이다. 그럼 지금 즉시 연무장으로 이동한다."

그 흔한 출석 체크 한 번 하지 않고 바로 연무장으로의 이동이었다. 하지만 이미 하론은 강의실 내의 인원 파악을 마치고 학생들의 얼굴을 모두 기억한 후다. 이런 쪽으로는 비상한 재주를 가진 그였다.

학생들은 일사불란하게 연무장으로 이동했다.

하론의 기선 제압에 학생들은 빠릿빠릿하게 행동했다.

"후후. 안 됐군. 여기까지는 어찌어찌 올라왔는데 낙제라니."

이슈인의 옆을 지나치면서 칼버튼이 통쾌하다는 듯한 얼굴로 말했다.

이슈인은 그저 그런 그의 뒷모습을 보면서 미소 지을 뿐이었다. 이제 더 이상 과거의 자신이 아니었기에 저런 도발에 일일이 응수할 필요가 없었던 것이다.

지난 학기까지는 칼버튼의 도발에 기죽지 않기 위해 더 큰 도발로 그를 약 올렸었다. 하지만 이제 스스로에게 자신이 가득한 이상 그런 짓을 할 필요가 없었다.

검술 실기 수업이었기에 애초에 수련복 복장으로 강의실에 모였던 학생들은 금세 가검을 허리에 차고 연무장에 정렬했다.

연무장에 준비된 작은 단상에 올라선 하론은 아래에 있는 학생들을 돌아보았다.

라이더 양성과정의 사십 명의 학생이 질서정연하게 서 있었다.

"나는 여러분의 정확한 실력을 모른다. 지금까지의 여러분의 학점이 내 손에 있지만 그것은 다른 교수님들께서 평가한 것이지 본인이 한 것이 아니다. 그러기에 오늘은 본인의 기준으로 여러분의 실력을 확인하기 위해 2인 1조의 대련을 실시하겠다. 전체, 뒤로 이동."

하론의 명령에 학생들은 절도있는 동작으로 뒤로 물러났다. 단상과 학생들 사이에 적당한 공간이 생기자 하론이 학생들을 멈춰 세웠다.

"그대로 편히 앉는다. 지금부터 내가 호명하는 두 사람이 나와서 대련을 실시하도록 한다."

하론의 말에 칼버튼은 기대감 가득한 눈으로 이슈인을 바라보았다. 이왕이면 자신과 저 재수없는 녀석이 대련을 했으면 하는 바람이었다.

그의 바람을 하론이 어떻게 알았던 것일까?

"이슈인, 칼버튼."

그와 이슈인의 이름이 하론의 입에서 나왔다.

함박웃음을 지으며 칼버튼이 일어났다. 이제 공개적으로 저 재수없는 자식에게 망신을 톡톡히 안겨줄 기회가 생긴 것이다.

이슈인 역시 미소를 지으며 일어났다.

마음에 들지 않는 녀석을 상대로 지난 방학의 성과를 확인할 수 있다는 생각에 절로 나온 미소다.

칼버튼은 그런 이슈인의 미소를 보고 고개를 갸웃거렸다. 묘하게 자신감이 가득한 미소다. 자신이 아는 한 저 녀석은 절대 저런 미소를 지을 수 없는 상황이다. 그의 검술 실력은 자신이 뻔히 알고 있었기에.

"1등과 40등이다. 두 사람의 실력을 확인하면 내가 대강 여러분의 실력을 짐작할 수 있을 것 같아서 가장 먼저 불렀다. 두 사람은 대련을 시작하도록. 대련이라는 점을 명심하고 치명적인 공격은 피하도록 한다."

하론의 말에 이슈인과 칼버튼은 4미터 정도 떨어져서 서로를 향해 검을 곧추세웠다.

칼버튼이 싱글벙글 웃으며 한 걸음씩 이슈인을 향해 다가왔다. 저 재수없는 자식을 어떻게 요리할까 생각하니 절로 즐거웠다.

그런 칼버튼의 웃음이 마음에 안 들었는지 하론의 눈가에 살짝 주름이 생겼다. 오로지 이슈인에게 모든 신경을 집중하고 있는 칼버튼은 하론의 그런 변화를 눈치채지 못했다.

이슈인은 진중한 눈으로 자신을 향해 걸어오고 있는 칼버튼을 바라보았다.

이슈인은 제대로 된 대련 경험이 무척이나 적었다.

방학 때마다 집에서 피나는 검술 훈련을 할 때는 가문의 기사들과 대련을 가졌었다. 하지만 채 일 합도 제대로 받아내지 못했기에 그것은 대련이라 할 수도 없는 것이었다.

결국 지난 겨울방학 바인트와의 지도 대련 몇 번이 이슈인이 경험한 대련다운 대련의 전부였다.

몇 번 되지 않는 대련이었지만 이슈인은 많은 것을 배웠다. 그리고 앞으로 자신이 가야 할 길이 얼마나 까마득한지도 깨달았다.

'지금이다.'

실실 웃으며 슬금슬금 다가오던 칼버튼이 자신의 간격 안에 들어온 순간, 이슈인은 번개같이 움직였다.

선수 필승.

바인트가 강조한 말 중 하나였다.

이슈인의 선제공격은 날카롭게 칼버튼의 허리를 노리고 베어 들어갔다.

정확한 메틀라인 기본 검식에 따른 동작이었다.

마나 수련을 시작한 이후 아카데미 지정 검술인 메틀라인 기본 검식의 동작도 무리없이 펼칠 수 있게 되었다. 예전에는 이슈인의 몸에 있는 마나의 길과 검술을 펼칠 때 검술의 동작에 따라 일어나는 마나의 움직임이 전혀 달라 서로 꼬이면서 제대로 된 동작을 펼치기가 굉장히 힘들었는데 이제 그런 일은 없었다.

마나 수련법에 따라 만들어놓은 마나의 길 덕분이었다. 이제는 어떤 검술을 펼치든 이슈인이 닦아놓은 마나의 길로 마나가 흘렀다. 이제 더는 검술을 펼칠 때 마나가 꼬이는 일은 없었다.

이슈인의 검은 빨랐다.

의외의 검격에 칼버튼은 깜짝 놀랐다.

자신의 허리를 파고드는 검의 움직임은 자신이 알고 있는 이슈인의 실력이 아니었다.

칼버튼이 재빨리 자신의 검을 휘둘렀다.

챙!

검과 검이 부딪치는 소리가 울렸다.

칼버튼은 간발의 차로 이슈인의 검을 막을 수 있었다.

아니, 막았다고 생각한 순간 이슈인의 검은 또 다른 변화를 일으키고 있었다. 튕겨 나갔다고 생각한 검이 칼버튼의 무릎 아래를 찔러오고 있었던 것이다.

칼버튼은 재빨리 발을 움직여 이슈인의 검을 피했다. 그 순간 이슈인의 검이 유려한 곡선을 그리면서 쫓아왔다. 이대로 움직인다면 칼버튼의 가슴을 찌를 듯했다.

하지만 칼버튼의 실력 역시 호락호락하지 않았다. 재빨리 검을 들어 이슈인의 검을 튕겨내는 한편 그 여세를 몰아 이슈인의 어깨를 베어갔다.

이슈인은 재빨리 발을 놀려 간발의 차이로 칼버튼의 검을 피했다.

그때를 놓치지 않고 칼버튼이 뒤로 훌쩍 물러났다.

호흡을 고르고 잠시 전열을 정비하기 위한 후퇴였다.

순식간에 몇 합이 지나갔다.

그 모습을 보고 있는 학생들은 모두 어안이 벙벙한 얼굴로 이슈인을 바라보았다.

자신들의 기억 속에 이슈인의 저런 모습은 없었다.

검술만큼은 라이더 양성과정에서 독보적인 칼버튼이다. 지금까지 칼버튼과 호각으로 대련을 펼친 이는 없었다.

오늘 처음으로 이슈인이 그런 모습을 보여주고 있었다.

불과 지난 학기까지 대련을 하기에는 실력이 부족했던 이슈인이 겨우 두 달 사이에 이렇게 변해 버리다니 모두들 믿을 수가 없었다. 그렇지 않겠는가. 지난 구 년간 이슈인은 검술 시간에 항상 같은 모습을 보여왔는데 그것이 두 달 만에 이렇게 극적으로 바뀐다면 대체 누가 믿을 수 있단 말인가.

'확실히 변했어. 내가 저 녀석을 몰아붙일 수 있다니.'

칼버튼의 검술 실력. 그것만큼은 이슈인도 은근히 인정을 하고 있는 터였다. 그런 그를 선제공격으로 당황하게 만들다니 스스로도 믿기 힘들 정도의 성과였다.

방학 동안 실제로 검술을 익힌 것이 불과 한 달이라는 것을 생각하면 엄청난 결과였다.

그사이 호흡을 고른 칼버튼은 두 눈을 날카롭게 빛냈다. 방금 전 그 검의 움직임은 결코 우연이 아니었다. 믿을 수 없지만 인정할 것은 인정해야 했다. 그래야 저 재수없는 녀석에게 망신당할 일이 없을 테니까.

칼버튼은 한 걸음 한 걸음 조심스레 움직였다.

실실 웃으며 다가서던 조금 전과는 완연히 다른 모습이다. 그 모습에 하론은 고개를 끄덕였다.

"타핫!"

힘찬 기합과 함께 칼버튼이 먼저 검을 찔러갔다. 이슈인은 재빨리 옆으로 움직이면서 찔러오는 검을 쳐냈다. 그와 동시에 한 발 앞으로 나가며 그대로 칼버튼의 어깨를 베어갔다. 하지만 칼버튼은 몸을 빙그르르 돌려 검을 피한 후 이슈인의 허리를 노렸다.

이슈인은 훌쩍 뒤로 물러나 피하는가 싶더니 검이 휘둘려져 지난 후의 궤적 속으로 몸을 날렸다.

이슈인의 돌진에 칼버튼은 황급이 옆으로 몸을 피했다. 그러면서 검격을 날리는 것을 잊지 않았다.

일진일퇴의 공방.

두 사람은 한 치의 물러섬도 없이 검을 섞었다.

두 사람의 대련을 지켜보던 이들이 모두 넋을 잃었다.

하론은 고개를 끄덕이며 둘의 대결을 보고 있었다.

시간이 얼마나 흘렀을까.

"그만."

하론의 입에서 대련을 멈추게 하는 한마디가 흘러나왔다.

두 사람은 동시에 일정한 간격을 두고 떨어졌다. 두 사람 모두 땀으로 범벅이 되어 있었다.

　"작년까지의 성적이 잘못된 것인지, 지난 방학에 무슨 일이 있었는지 모르겠지만 훌륭한 대련이었다. 이번 학기 중간고사는 생략하고 기말고사는 대련으로 치를 예정이니 모두 수련에 힘쓰도록. 두 사람 모두 훌륭했다."
　하론의 칭찬에 이슈인은 빙그레 웃었다.
　칼버튼을 이기지 못했지만 지지도 않았다. 겨우 두 달의 수련으로 이 정도라면 기말고사 때는 이길 자신이 있었다.
　반면에 칼버튼의 얼굴은 좋지 못했다. 이슈인에게 유일하게 앞섰던 검술에서 호각이라니. 이건 상당히 위험했다.
　"두 사람은 자리에 들어가 앉도록. 다음은……."
　하론이 두 번째로 대련할 두 사람을 호명했으나 칼버튼의 귀에는 들리지 않았다.

　"젠장!!"
　아무도 없는 후미진 곳에 이르자 칼버튼은 벽에다가 주먹질을 하면서 욕을 하기 시작했다.
　본때를 보여주겠다고 생각했는데 오히려 자신이 당한 꼴이지 않은가.
　분을 삭이지 못하고 연방 주먹으로 벽을 쳤다. 미약하지만 마나가 실린 주먹은 벽에 조금씩 흔적을 남겼다. 마음먹고 마나를 실은 것이 아닌 무의식적인 주먹질에 마나가 실릴 정도라면 칼버튼 역시 상당한 실력을 가졌다는 증거다.

실제로 일반적인 기사들에 비해서도 빠른 성장이었다. 그런데 무참히 당했다. 결과는 무승부였지만 불과 두 달 전까지의 서로의 모습을 본다면 누가 졌는지는 뻔했다.

자신의 참패.

이제 무엇 하나 이슈인보다 앞서는 것이 없다는 사실이 그를 더욱 화나게 했다.

검술 수업이 끝난 후 연무장을 빠져나오는 동기들의 소곤거림이 머리에서 떠나지 않는다.

'천재 이슈인.'

그가 그토록 듣고 싶어하던 말이다.

실제로도 그는 분명 천재였다. 하지만 이슈인이란 존재로 인해 그저 뛰어난 한 사람으로만 머물던 자신, 그것을 오늘 다시 한 번 확인했다.

"빌어먹을 이슈인 놈."

분노에 찬 음성이 작게 흘러나왔다.

"이슈인!"

뒤에서 누군가가 헐레벌떡 뛰어와서 어깨를 툭 친다.

이슈인이 돌아보니 익숙한 얼굴이 싱글벙글 웃고 있었다. 맥이었다.

"소문 들었다. 어떻게 된 거냐?"

맥은 정말 궁금하다는 얼굴을 하고서 물었다. 그의 표정에 이슈인은 그저 싱긋 웃을 뿐이었다.

"뭐냐, 그 의뭉 떠는 얼굴은? 지금 아카데미에 네 소문 쫙 퍼져서 그것 때문에 시끄러워."

이럴 때면 아카데미가 참 좁다는 것을 느낀다. 절대 작은 곳이 아닌데도 이런 유의 소문은 정말 순식간에 퍼진다.

오전 강의가 검술밖에 없었다고는 하나 이제 겨우 점심시간 끝 무렵이나. 그런데 벌써 배틀러 양성과정의 맥이 알고서 달려오다니.

"그냥 열심히 하는 사람에게는 그만한 성과가 따르는 법이다."

이슈인이 교과서적인 대답을 내놓았다.

펙.

맥의 손이 이슈인의 뒤통수를 때렸다.

"그런 뻔한 소리를 나보고 믿으라고? 매년 연말에 아카데미 입학시험이랑 편입 시험 합격자들이 하는 소리를 누가 믿을 거 같아? 네가 지금 하는 소리는 그거랑 다를 바 없어."

맥이 두 눈을 사납게 뜨면서 말했다. 그러나 이슈인은 능글맞게 웃으면서 고개를 저었다.

"물론 그렇기야 하지만… 남에게 가르쳐 주면 그건 더 이상 비결도, 비법도 아니니까."

그러면서 이슈인은 걸음을 빨리 했다.

"이슈인, 친구끼리 그러기냐?"

맥이 재빨리 뒤쫓아 가며 말했다.

그 순간 이슈인의 고개가 획 돌아갔다.

"친구?"

"그래, 친구."

"정녕 나보고 한 소리야?"

"그러면?"

맥이 태연한 얼굴로 되물었다.

"정녕 네가 지난 학기 때 한 일을 잊은 거냐?"

이번에는 이슈인의 눈이 사납게 빛났다.

"뭘 말하는 거냐?"

맥이 억울하다는 듯 말했다.

이슈인은 두 눈을 더욱 사납게 빛내면서 손가락 네 개를 펼쳐 보였다.

그 순간 맥의 얼굴이 하얗게 변했다.

기말고사가 시작된 이후 안심하고 있다가 두 달의 방학 동안 완전히 잊었던 사실이 떠오른 것이다.

"그, 그건 말이지……."

맥이 말을 심하게 더듬었다.

"문답무용."

이슈인은 짤막하게 말하고는 더욱 빨리 걸었다.

"이슈인! 미안해! 진짜 잘못했어! 아직 한 번 남았잖아! 그건 정말 제대로 해줄게!"

맥이 이슈인을 쫓아가며 두 손을 모아 사과했다. 사과보다는 마지막 말이 이슈인의 발을 잡았다.

"정말이야?"

"응? 물론. 사실 지난 방학 때 정말 괜찮은 애를 만났거든. 그러니까 믿어도 돼."

맥이 자신에 찬 얼굴로 신나게 고개를 끄덕이며 말했다. 이슈인의 화가 풀릴 기미가 보이자 그는 필사적이었다.

지난 학기 중간고사 때 이슈인의 도움 덕에 기말고사까지 무사히 넘길 수 있었다.

하지만 이번 10학년은 정말 장난이 아니었다.

이번 학년만 마치면 실제로 트랜스 아머를 지급받고 배틀러로서 실전에 배치된다. 그만큼 마지막 학년의 평가는 엄격했고, 덕분에 매년 최다 유급생을 배출하는 학년이 10학년이었다.

이번 학기에야말로 이슈인의 도움을 반드시, 절대로, 무슨 일이 있어도, 기어코, 꼭 얻어야 했다.

"흐음… 생각해 보지."

이슈인이 관심을 보이자 맥이 자신에 찬 얼굴로 말했다.

"나만 믿어. 분명히 만족할 거야."

"언제?"

"음, 이번 달은 좀 힘들고 다음 달 중간고사 전쯤?"

맥은 자신이 있었다.

그래서 일부러 중간고사 조금 전으로 날짜를 잡았다.

그 아이를 본다면 이슈인은 분명 자신을 조건없이 도와줄 테니까. 이것도 나름대로 이번 학년을 무사히 마치기 위한 맥의 포석이었다.

사실 그 아이와 친해진 것도 이번 학년을 위해서였다.

지난 학기에 자신이 저지른 만행은 잊었지만 이번 학기에 살아남기 위해, 이슈인이 내걸 조건에 대응하기 위해 필사적으로 레오네인을 돌아다녔다. 그리고 자신만만해할 만한 수확을 얻었다.

맥의 입가에 자신만만한 미소가 어렸다.

이슈인이 그 미소를 보았다.

"좋아, 한 번만 더 속아보지."

고개를 끄덕이면서 말했다.

"탁월한 선택이야."

안도의 표정을 지으며 맥이 이슈인의 두 손을 잡고 흔들었다.

"그런데 정말 검술은 어떻게 된 거야?"

맥이 은근한 얼굴로 물었다.

하지만 이슈인은 고개를 저었다.

"그건 그거고 이건 이거야."

"쳇. 쩨쩨한 녀석."

"맘대로 생각해."

두 사람은 나란히 걸었다. 다음 수업이 있는 곳이 같은 방향이었다.

얼마나 걸었을까? 맞은편에서 낯익은 얼굴이 방긋 웃으며 다가오고 있었다.

"얼굴 많이 좋아졌네?"

먼저 알아본 이슈인이 웃으며 인사를 건넸다.

"당연하지. 여기는 아카데미인걸."

정말로 기분이 좋다는 듯 환하게 웃으며 이레아가 말했다. 아카데미에 온 지 이제 겨우 이틀이다. 그런데 이레아의 얼굴은 몰라보게 좋아져 있었다. 얼굴의 반을 차지하던 다크서클도 온데간데없었다.

'이런 게 이틀 만에 가능한가?

정말 몰라볼 정도로 변한 동생의 모습에 이슈인은 누나의 마력에 절로 존경이 일었다.

"맥 오빠, 오랜만이에요. 방학 잘 보내셨어요?"

이슈인의 곁에 있는 맥을 보고 이레아가 인사를 했다.

"물론이지. 아주 즐거웠어. 이레아는… 아."

이레아의 안부를 물으려던 맥은 말을 멈췄다. 지난 방학 후 이 말을 했다가 본 이레아의 반응이 기억이 나서였다.

그것은 자신만의 비밀이었다. 아카데미의 여신이라는 별명을 가진 이레아가 그런 모습을 보일 것이라 누가 상상했을까? 맥은 그 모습을 조용히 자신의 가슴 한편에 묻어두었다.

오늘 말을 멈춘 것은 정말로 탁월한 선택이었다. 그렇지 않았다면 지난번보다 더 엄청난 모습을 보았을 테니까.

'쳇. 그나저나 이런 여동생에 그런 누나라니. 그러니까 네 놈은 완전 반칙에 왕사기 캐릭터라고.'

이레아의 미모를 감상하면서 이슈인을 힐끗 본 맥의 속마음이다.

"오빠 대체 방학 동안 뭐 한 거야? 아카데미에 소문이 쫙 났던데?"

이레아가 이슈인을 보면서 물었다.

"너네한테까지 났어?"

"쫙 다 퍼졌다니까. 그래서 애들이 지금 난리야. 오빠가 대체 방학 동안 뭐 했냐고 나한테 물어대는데 내가 얼마나 고생한 줄 알아?"

그렇게 말하는 이레아의 두 눈에는 날카로운 가시가 솟아 있었다. 찔끔한 얼굴로 이슈인이 어색하게 웃었다.

자신이 방학 동안 한 일을 이레아가 알 리가 없었다. 당연한 일이다. 그녀는 감금되어 있었으니까.

하지만 아카데미의 동기들은 모르는 상황. 자신에 대한 궁금함을 이레아에게 묻는 것은 당연한 일이다. 그것이 오히려 이레아가 방학 동안 겪었던 참혹한 경험을 떠올리게 했음이니 이레아의 심사가 좋을 리 없었다.

"하하하! 뭐, 일이 조금 있기는 했어."

이슈인이 머쓱하게 웃으며 말했다.

"뭔 일?"

이레아가 다시 물었다. 그 순간 맥의 두 눈이 빛났다. 지금 상황은 아무리 봐도 이슈인이 약점을 잡힌 상태다. 어쩌면 자신이 원하는 내용을 들을지도 몰랐다.

"다음에 말해줄게."

이슈인이 머리를 긁적이며 곤란하다는 얼굴로 말했다. 이레아는 의외로 쉽게 물러섰다.

"알았어. 뭐, 어차피 곧 수업이니까."

맥이 실망했음은 너무나 당연한 일이다.

"그나저나 덕분에 오빠, 완전 인기 급상승인 거 알아?"

"인기?"

그게 웬 말이냐는 표정으로 이슈인이 물었다.

"응. 사실 오빠가 은근 인기 있었거든. 뭐, 그럴 만한 얼굴에 체격이긴 한데… 솔직히 그동안 오빠가 나사 하나 풀려 있었잖아."

이레아의 적나라한 표현에 이슈인의 얼굴이 살짝 굳었다.

라이더 양성과정.

메틀레인 왕국에서 가장 들어가기 어렵고 최고의 인기를 자랑하는 왕립군사아카데미에서도 단연 최고의 인기를 구가하고 있는 학부다. 학부 학생들의 인기 또한 매우 높았다.

그런 학부의 이슈인이었지만 역설적으로 검술이 형편없었다. 라이더 과정에 있으면서 형편없는 검술.

그야말로 부조화의 극치였다.

그것이 그를 나사 하나 빠진 사람으로 만들어 버린 것이다.

"그런데 이제 그 나사가 꼭 조여졌잖아. 그 재수없는 자식에게 한 방 먹이다니, 정말 잘했어."

가슴 앞에 팔짱을 낀 이레아가 고개를 주억거리면서 말했다.

"그래서?"

이슈인의 물음에 이레아가 말을 이었다.

"지금까지 그 재수없는 자식한테 뿅 가 있던 애들이 오빠 쪽으로 눈을 돌리더란 말이지."

이레아의 말에 이슈인이 피식 웃었다.

여자 애들에게 인기가 좋다는데 기분 나빠할 남자는 없었다.

뎅뎅뎅~

그때, 오후 수업 시작을 알리는 종소리가 울렸다.

"이크. 늦었다. 빨리 가자."

덕분에 세 사람의 대화는 거기에서 끝이 났다. 셋은 서둘러 각자의 강의실이 있는 건물로 달렸다.

따스한 오후의 햇살이 그런 세 사람의 등 뒤로 내리쬐었다.

오후 수업은 이슈인이 단연 최고인 과목이었다.

'기간테스 운용 원리의 이해 고급'이라는 이름을 가진 강좌다. 라이더 양성과정이라고는 하나 실제로 기간테스의 운용에 직접 관련된 과목을 배우는 것은 7학년부터다. 7학년 때 기초를, 8학년 때 초급, 9학년 때 중급을 마친 후 10학년이 되어서야 고급 과정에 들어가게 된다. 아카데미를 졸업 후 실전 배치 전 군사 교육을 받을 때 다시 실전 과정을 배우게 되어 있었다.

이슈인이 강의실 안으로 들어서자 모두의 시선이 그에게 집중되었다. 아직 교수님이 들어오지 않은 시간. 이슈인은 아슬아슬하게 자리에 앉을 수 있었다.

이슈인을 똥 씹은 얼굴로 쳐다보고 있는 칼버튼을 제외하면 다른 모든 친구들은 호감 어린 시선으로 바라보고 있었다.

단 한 번의 수업으로 이슈인은 자신에 대한 동기들의 인식을 완전히 바꿔 버린 것이다.

지난 학기까지 이슈인은 그저 괴짜에 불과했다. 수업 시간 내내 뒤에서 잠만 자면서 시험은 항상 잘 보는, 어떻게 보면 정말 얄미운 인간이었다. 그래서 친한 동기도 별로 없었다. 게다가 검술까지 약하니 그야말로 반쪽짜리 라이더인지라 먼저 다가오는 친구도 없었다.

그만큼 이슈인은 아카데미에서 외로웠다.

그런데 오늘 뛰어난 검술 실력을 선보임으로써 이슈인은

반쪽짜리 라이더에서 완전한 한 명의 라이더가 되었다. 그것도 독보적으로 뛰어난 라이더가 된 것이다.

자연 동기들의 선망의 시선이 따라오게 된 것이다.

"이슈인, 어떻게 하면 그렇게 짧은 시간에 검술이 강해질 수 있어?"

옆자리에 앉은 여자아이가 작은 소리로 물었다.

현재 아카데미 학생들 모두의 초미의 관심사가 바로 그것이었다.

이슈인은 싱긋 웃었다.

"노력하면 언젠가는 보답을 받는 법이야. 비록 그 끝이 보이지 않는 암흑의 길이라도."

정말 그랬다.

이슈인에게 지난 구 년간 검술이란 놈은 그야말로 암흑 속의 길이었다.

"에이."

물음을 던졌던 아이는 믿기지 않는다는 얼굴을 했다.

사실 이슈인 자체가 동기들에게는 노력과는 동떨어진 인간이었기 때문에 더욱 믿지 못하는 것이다.

다시 한 번 질문을 던지려 할 때 담당 교수가 강의실 문을 열고 들어왔다. 자연스레 대화는 끊겼다.

수업은 두 시간 동안 진행되었다.

검술 시간에 완전히 변한 모습으로 사람들을 놀래켰던 이슈인은 이 시간에는 여전한 모습을 보였다. 출석을 부른 후 점점 고개가 떨어지는가 싶더니 결국 5분 만에 책상에 머리를 박고는 잠든 것이다.

그 모습에 몇몇 아이들은 고개를 절레절레 저었지만 오히려 몇몇 여자아이들은 눈을 빛냈다.

이제는 저런 모습까지 멋져 보였다.

수업이 끝나고 교수가 강의실을 나섰다. 아이들도 하나둘 자리에서 일어나 강의실을 나섰다. 앞으로 한 시간은 공강이었기에 다들 시간을 보내려 나가는 것이다.

10학년의 과정은 모두 전공 필수로만 채워져 있기에 모든 학생의 수업 시간표가 똑같았다. 9학년까지는 그래도 한두 개의 선택 과목이 존재했으나 10학년은 역시나 빡빡했다.

이슈인은 그런 상태에서 여전히 자고 있었다.

"이슈인, 이제 그만 일어나는 게 어때? 아무리 한 시간 후의 수업도 이 강의실에서 하지만 설마 그때까지 자려는 건 아니지?"

한 여학생이 이슈인의 등을 두드리며 깨웠다.

이미 강의실에는 학생들이 한 명도 남아 있지 않았다.

이슈인에게 궁금한 것이 많았으나 이슈인은 자신의 잠을 깨우는 걸 별로 좋아하지 않았다. 지난 구 년간 그래 왔기에 아이들은 이슈인이 스스로 일어나려는 기색이 없자 그냥 강의실을 빠져나간 것이다.

억지로 깨워봐야 기분이 좋지 않은 이슈인이 제대로 답해
줄 리 없었기 때문이다.

그런 사실을 알고 끈기있게 마지막까지 기다리던 벨라나
는 결국 이슈인을 깨우고 말았다. 벌써 공강 시간의 10분이
지나갔기 때문이다.

"으음, 뭐야? 벌써 수업 끝났어?"

"여전하네, 자는 척하는 건."

벨라나가 피식 웃으며 말했다.

"뭐?"

이슈인이 그게 무슨 말이냐는 얼굴로 두 눈을 동그랗게 뜨
고 되물었다. 하지만 벨라나는 어림없다는 얼굴로 여전히 웃
고 있었다.

"지금까지 엎드려서 자는 척하면서 수업이랑 우리 이야기
전부 듣고 있었다는 것, 다른 아이들은 몰라도 나는 알고 있
어."

벨라나가 장난스러운 얼굴로 이슈인을 바라보며 말했다.

"무슨 말인지 모르겠네."

"어머, 시치미야? 삼 년 전에 내 룸메이트가 누군지 알아?"

"그걸 내가 어떻게 알아?"

벨라나의 물음에 이슈인이 시큰둥하게 대답했다.

"아카데미의 여신."

벨라나가 자신만만한 얼굴로 팔짱을 끼며 말했다.

그 말에 이슈인의 얼굴이 팍 일그러졌다.

"그 녀석……."

"뭐, 나한테 이런저런 걱정거리를 늘어놓더라고. 부끄러움 많은 오빠에 대해서 말이야. 호호."

"쳇."

설마 이레아가 그럴 줄은 몰랐다.

이슈인이 수업 시간에 내내 자는 척을 했던 것은 역시나 검술 때문이었다. 반쪽짜리 라이더. 친구들의 그런 시선을 받는 것이 싫었기에 차라리 엎드려 자는 척했던 것이다.

그런 사실은 오직 이레아만이 알고 있다.

타고난 재능이 너무나 뛰어난데다 가문의 환경이 있었기에 수업 내용을 보지 않고 듣기만 해도 모든 것을 이해할 수 있었다. 그랬기에 특별한 공부 없이도 꾸준히 최고의 성적을 유지할 수 있었던 것이다. 이미 그것보다 훨씬 앞선 내용을 집에서 귀에 못이 박히도록 들은 것이 가장 큰 이유이긴 했지만 말이다.

"이제 반쪽짜리 라이더라고 보는 사람도 없을 텐데 왜 엎드려서 잔 거야?"

벨라나 아카인.

훤칠한 키와 큰 눈에 붉은 머리칼이 인상적인 여자아이다. 푸른색의 눈동자가 붉은색의 머리칼과 묘한 대조를 이루어 특이한 매력을 보인다.

　그녀는 칼버튼의 뒤를 이어 종합 평점이 2등인 아이다. 검술 역시 지난 학기까지는 2등을 마크했다. 비록 칼버튼과의 격차는 컸지만 다른 남자 동기들을 물리칠 수 있을 정도로 뛰어난 실력의 소유자였다.

　"대체 어디까지 말한 거야?"

　이슈인이 어이없다는 눈으로 벨라나를 보면서 물었다. 정말로 자신의 비밀을 속속들이 알고 있는 듯했다.

　"엎드려 있지만 자는 것은 아니라는 것, 그리고 왜 그렇게 자는 척을 하느냐 정도? 그때 이레아는 정말 심각했거든."

　그래서였나? 벨라나는 그래도 라이더 과정의 동기들 중 유일하게 이슈인에게 관심을 보였던 아이다. 가끔 말도 걸고 이런저런 이야기를 나눌 정도의 사이는 되었다.

　'그러고 보니 그때가 6학년이었군.'

　벨라나가 이슈인과 가까워지기 시작한 때다.

　그 모든 것이 이레아 때문이었던 것이다.

　"오늘은 왜 그런 거야? 갑자기 뛰어난 검술을 가지고 나타난 것도 궁금하지만 오늘 엎드려 잔 것도 마찬가지로 궁금하거든."

　벨라나가 생글생글 웃으면서 물었다.

　"몰라도 돼. 신경 꺼."

　이슈인이 고개를 돌리며 말했다.

　"어라?"

그런 이슈인의 행동에 벨라나의 두 눈이 동그래졌다. 무언가를 발견한 얼굴이다.

"뭐야?"

이슈인이 짜증 섞인 목소리로 말했다.

"이레아의 말이 정말이네. 지금까지는 제대로 볼 수가 없어서 긴가민가했거든. 너, 얼굴 살짝 발갛게 변한 거 알아?"

이슈인의 동작이 멈췄다.

설마 이 정도 일에 얼굴에 반응이 나타났을 거라고는 생각하지 않았던 것이다.

"놀리지 마라."

"어라? 점점 더 발갛게 변하는데? 아니, 이젠 빨갛다고 해야 하나?"

벨라나의 말대로 이슈인의 얼굴에 홍조가 어려 있었다.

"젠장."

이슈인은 걸음을 빨리 하며 강의실을 벗어났다. 계속 있다가는 벨라나의 페이스에 말려들어 무엇이 어떻게 될지 알 수 없었다.

"이슈인, 기다려~ 이제 왜 그런지 알겠네. 아직 어리네. 후훗."

빠른 걸음으로 이슈인을 쫓아가는 벨라나. 그녀는 이슈인을 놀리는 것을 쉬지 않았다.

"신경 꺼."

앞서 걷던 이슈인은 퉁명스레 말하고 더욱 빨리 걸었다. 그러나 벨라나는 만만치 않았다. 뒤처지지 않고 이슈인의 뒤를 바짝 쫓았다.

"이제 그만 말해줘."

어느새 등 뒤에 바짝 붙은 벨라나가 이슈인의 어깨를 붙잡으면서 말했다.

"뭘?"

이슈인이 짜증 섞인 얼굴로 돌아보았다.

"당연히 아카데미 최고의 이슈지."

벨라나가 어깨를 으쓱 올리며 말했다.

생글생글 웃고 있는 얼굴을 보자니 절로 주먹에 힘이 들어갔다.

'이걸 때릴 수도 없고.'

난감했다.

그때 이슈인은 주변의 시선을 느꼈다. 지금까지는 몰랐는데 주변의 학생들이 자신을 힐끔힐끔 쳐다보고 있었다.

원래 유명했던 데다가 오늘의 일도 있었으니 학생들의 관심이 자연 그에게로 쏠리는 것이다.

"어머, 보는 사람이 많네? 괜찮아?"

은근한 미소를 지으며 묻는 벨라나.

이슈인의 얼굴이 다시 한 번 일그러졌다.

"후우. 일단 조용한 데로 가자."

“그 말을 기다렸어.”

벨라나가 싱긋 웃으며 앞장서 걸었다. 이슈인은 그 뒤를 따를 수밖에 없었다. 아무리 봐도 자신이 약점을 잡힌 듯했다. 너무나 사랑스러운 여동생 덕에 말이다.

‘이레아, 두고 보자.’

벨라나는 빈 강의실로 들어갔다.

“자, 그럼 말해주실까? 모두의 궁금증에 대한 대답을.”

“그게 왜 궁금한 건데?”

“당연히 궁금하지. 명색이 라이더 과정에서 독보적인 검술을 가진 칼버튼과 비겼으니까. 그것도 최악의 실력을 가졌던 네가.”

가슴을 아주 콕콕 찌르는 말이다.

“너무 적나라한데?”

“사실이니까.”

생긋 웃고 있는 저 얼굴에 무언가를 꽂아 넣고 싶은 충동이 순간적으로 일었다가 사라졌다.

“아까 강의실에서 말했잖아.”

“설마 그걸 믿으라는 것은 아니지?”

“다른 사람은 몰라도 이레아에게 들었다면 너는 믿어도 될 것 같은데?”

이슈인이 검술에 얼마나 노력했는지 이레아는 잘 알고 있었다, 옆에서 지켜보는 시간이 길었기에. 방학 때면 가문의 기사들에게 지도를 받으며 검술 연습을 하던 오빠의 모습. 그것은 집안의 하나의 고정된 장식물처럼 늘 존재하는 모습이었던 것이다.

"물론 알아. 하지만 그렇게 구 년을 해서 안 된 것이 갑자기 되었다니 믿기지가 않는 거지."

"구 년간의 노력이 한 번에 터진 거야."

이슈인의 말에 벨라나가 고개를 절레절레 흔들었다.

"아무한테도 말 안 할 테니까 사실을 말해주는 게 어때? 아니면 다른 사실을 사람들한테 말하고."

"뭘?"

이슈인이 불안한 얼굴로 물었다.

"지금 아카데미 최고의 화제가 되고 있는 누구 씨가 사실은 엄청난 부끄럼쟁이라고 말이지."

벨라나가 씨익 웃으며 말했다.

그 웃음이 어찌나 사악하게 보이는지 이슈인은 자신도 모르게 몸을 부르르 떨었다.

"협박이냐?"

"설마 나같이 아름다운 레이디가 그런 저속한 짓을 할까."

말이나 못하면 밉지나 않을 것을 저렇게 뻔뻔하게 나오니 더욱 치가 떨렸다.

"어디 사는 누구를 아름다운 레이디라는 건지 모르겠네."

이슈인의 이죽거림에도 벨라나는 여전히 웃음을 머금고

있었다. 그것은 승자의 미소였다.

"쳇."

결국 백기를 든 것은 이슈인이었다. 솔직히 자신의 그런 모습을 사람들에게 알리고 싶지 않았다. 하지만 여기서 이렇게 져버린다면 앞으로 벨라나에게 상당히 피곤한 꼴을 당하는 것은 자명한 일. 그 때문에 이렇게 버텨보았지만 역시 소용이 없었다. 칼자루를 쥔 것은 그녀였다.

"내 몸이 이상했대."

이슈인이 시선을 돌리며 짧게 말했다.

"몸이 이상해? 그게 무슨 말이야?"

"내 몸에 마나가 흐르는 길이 꼬여서 검술을 펼치려고 하면 오히려 몸이 아프다고 했어."

사실과는 조금 다른 말.

하지만 그녀가 진실을 알 리 없으니 조금 바꿔 말한다고 문제될 것은 없었다. 그저 그럴듯하게만 들리면 될 일이다.

"세상에 그런 몸이 있단 말이야?"

벨라나는 깜짝 놀란 얼굴로 되물었다. 적어도 지금까지 알고 있는 그녀의 지식으로 그런 사람이 있다는 말은 처음 들었다. 쉬이 믿을 수 없는 말이었다.

"그래. 분명히 있어. 바로 나. 내가 그렇게 죽어라 검술 연습을 했지만 하면 할수록 오히려 더 힘들었어. 검을 움직이면서 마나가 일어날 때마다 내 몸은 고통스러웠으니까. 난 항상 그랬으니까 다른 사람도 다 그런 줄 알았어. 마나가 처음 생기면 그런 과정을 거쳐야 한다고 생각한 거지.”

이슈인이 진지한 얼굴로 말했다. 그 표정 속에는 과거의 아픔까지 스며 있었다.

거짓말도 하면서 점점 늘고 있었다. 한마디 한마디 할 때마다 그 실력이 늘어나는 수준이다.

벨라나의 얼굴이 살짝 어두워졌다. 이슈인이 힘들어하던 모습을 떠올린 것이다.

“우연히 영지에서 한 마법사를 만났어. 그가 가르쳐 줬지. 나와 같은 체질은 대륙에서도 한 명 있을까 말까 한 체질이라고.”

“세상에!”

벨라나는 진심 어린 얼굴로 안타까워했다. 설마 그런 체질을 타고났을 것이라고는 상상도 못해봤기에. 자신이 그런 체질이었다면 과연 이슈인처럼 꿋꿋하게 행동할 수 있을까도 생각해 보았으나 절로 고개가 저어졌다.

“그 사람이 꼬여 있는 마나의 길을 바로잡아 줬어. 그리고 훌쩍 떠났지. 덕분에 지금까지 열심히 수련한 것이 갑자기 드러난 거고.”

이슈인 자신이 생각해도 참 잘 지어낸 거짓말 같았다. 진실과 거짓의 적절한 혼합. 모르는 사람은 절대로 그 속의 진실을 알 수 없었다. 그리고 진실을 알고 있는 사람은 대륙에는 없었다. 아마도 바인트가 있는 곳에나 있을 것이다.

"약속은 지켜라."

자신의 할 말이 끝나자 이슈인은 빈 교실을 벗어났다. 이제 공강 시간도 얼마 남지 않았다. 다시 강의실로 돌아가야 했다.

벨라나는 안타까운 얼굴로 그런 이슈인의 뒷모습을 지켜보았다. 그동안 이슈인이 얼마나 힘들었을까를 생각하니 쉬이 발이 떨어지지 않았다.

잠시 후 수업 시간이 임박하자 벨라나도 강의실을 빠져나왔다.

CHAPTER 5
만남

신록이 푸른 4월이 되었다.

조금 남아 있던 겨울의 기운이 완전히 물러가고 따스한 햇살이 뺨을 어루만져 주는 나른한 오후. 갓 피어난 푸른 나뭇잎을 보며 나무 아래 누워 이슈인은 한가한 공강 시간을 마음껏 즐기고 있었다.

벨라나가 귀찮게 굴 것을 염려했지만 그날 이후로는 다시 예전처럼 지내고 있었다.

이제 슬슬 아카데미의 학생들이 중간고사의 압박을 느끼기 시작할 무렵이다. 봄기운이 가득한 교정의 분위기를 순수하게 즐기기에는 조금 무리가 있는 시기에 이슈인은 맘껏 즐기고 있었다.

따스한 햇살을 맞으며 꾸벅꾸벅 졸던 이슈인은 이제 공강 시간이 30분밖에 남지 않았다는 것이 너무나 아쉬웠다.

'그냥 쨀까?'

아주 진지하게 땡땡이에 대한 고민을 시작했다. 솔직히 그 수업을 안 듣는다고 해서 대세에 영향은 없었다. 결석 한 번으로 점수를 깎인다고 해도 시험에서 만회할 자신이 충분히 있었던 것이다.

시험에 임박해 강의 시간에 혹시라도 교수님이 무심코 흘릴지도 모르는 시험 정보를 줍기 위해 혈안이 되어 강의에 들어가는 동기들이 안다면 한순간에 공적이 될 정도로 정 떨어지는 생각이다.

이슈인이 한창 땡땡이에 대한 진지한 고민에 빠져들면서 꾸벅꾸벅 졸고 있을 때, 기분을 좋게 해주는 따스한 햇살을 가리는 그림자가 나타났다. 당연히 이슈인은 두 눈을 살며시 떴다. 분명 얼굴에만 그림자가 지고 온몸으로 햇살의 기운을 받을 수 있는 명당자리에 누웠건만 순간 햇살의 따스함이 사라졌다는 것은 누군가가 의도적으로 그림자로 가렸다는 이야기.

그런 비열한 행동을 한 이의 얼굴을 확인해야 했다.

"여어, 팔자 좋은데? 지금 다른 사람들은 도서관에서, 강의실에서, 수련실에서 똥줄 타고 있는데 누구 씨는 여기서 이렇게 한가하게 일광욕이라니.”

맥이었다.

“햇빛 가리지 마라.”

고개만 살짝 든 이슈인의 말이었다.

“쳇, 인사도 없이 처음부터 그 말이냐? 너 요즘 좀 건방져
졌어.”

그랬다. 자신감에 찬 행동일 테지만 모르는 이가 볼 때는
건방지다는 생각이 들 수도 있었다.

“됐어. 남이야.”

남의 시선에 민감하던 이슈인이 조금씩 변하고 있었다. 지
난 세월 동안 이슈인을 짓누르던 검술에 대한 속박이 사라지
자 나타난 변화다. 아니, 이제야 이슈인 본디 모습이 드러나
는 것인지도 몰랐다.

“젠장, 부러운 녀석.”

맥이 이슈인의 옆에 털썩 주저앉았다.

“무슨 일이야? 한창 바빠야 할 녀석이.”

그랬다. 맥의 실력이라면 지금 중간고사 준비로 정신이 없
어야 했는데 이렇게 나타난 것이다.

“약속 지키러 왔다.”

“무슨 약속?”

이슈인이 기억이 안 난다는 듯 고개를 갸웃거리면서 물었
다. 그런 이슈인의 행동에 맥은 씨익 웃으면서 조금 전에 바

닥에 붙인 엉덩이를 뗐다.

"네가 잊었으면 난 좋고."

맥이 엉덩이를 툭툭 털면서 말했다.

이슈인의 눈이 가늘게 변했다. 맥이 말하는 약속이 무엇이었는지 기억을 더듬는 행동이다.

맥이 두 걸음쯤 움직였을까? 이슈인의 입에서 다급한 목소리가 터져 나왔다.

"잠깐! 멈춰!"

이슈인의 외침에 맥이 돌아보면서 은근한 웃음을 띤다.

"자식, 이런 쪽으로도 머리가 참 좋아요."

"시끄럽고, 이리 와서 앉아."

어느새 이슈인은 자리에서 일어나 앉아 있었다. 등에 묻은 먼지를 툭툭 털면서 자신의 옆을 눈짓으로 가리켰다. 맥이 돌아와 털썩 자리에 앉았다.

"약속을 지키러 왔단 말이지?"

이슈인이 은근한 표정으로 물었다.

"물론이지."

맥이 자신감 가득한 얼굴로 고개를 주억거렸다.

"지난 학기 네 개의 폭탄. 난 아직 안 잊었어."

"우와, 평가가 좋은데? 폭탄이 얼마나 귀한 물건인데."

"그런 말이 아니잖아."

이슈인이 얼굴을 찡그리며 말했다. 맥의 능글맞은 모습 때문이다.

화약으로 인해 강한 폭발을 일으키는 폭탄. 4서클 정도의 화염 마법과 비슷한 위력을 내기에 상당히 유용한 무기지만 제작법이 극비인지라 무척이나 귀한 물건이었다.

"그럼?"

맥이 여전히 능글맞은 얼굴로 물었다.

"내 순수한 정신세계가 펑 터지는 듯한 충격을 느끼게 했으니 폭탄이지."

이슈인의 말에 맥이 주변을 두리번거렸다.

"누가?"

맥의 물음에 이슈인의 눈가에 잡힌 주름이 한층 더 늘었다. 맥의 저 당당하면서도 능글맞은 모습에 슬슬 짜증이 치밀기 시작한 것이다.

그럼에도 맥은 여전히 유들유들한 모습을 보였다.

지금 칼자루를 쥐고 있는 것은 자신이라는 사실을 너무나 잘 알았기 때문이다. 지금이 아니면 언제 이슈인을 이렇게 놀릴 수 있을까. 할 수 있을 때 실컷 즐겨두는 것이 좋았다.

"너, 뭘 믿고 그러냐?"

이슈인이 살짝 골이 난 목소리로 물었다.

"물론 네가 만날 아가씨를 믿고 그러지."

그만큼 자신이 있다는 소리다.

맥이 이토록 자신만만하게 나오자 이슈인은 은근히 기대

가 되었다. 슬슬 몸이 달기 시작했다.

"언제야?"

다짜고짜 본론부터 들어가는 이슈인.

"일단 오늘 확인 들어가고 네가 나한테 해주는 거 봐서 날 잡을게."

한 달 사이 맥의 전략이 바뀌었다.

전에는 시험에 임박해 소개를 해주면 기쁜 마음에 그가 자신을 도울 것이라 생각했다. 하지만 지난 한 달간 이슈인의 모습을 본 결과 절대 그렇지 않다는 것을 깨달아 전략을 수정한 것이다.

일단 먼발치에서 한 번 보여주고 이슈인이 몸이 달면 중간고사 이후로 날을 잡겠다는 고도의 책략이다.

그 아이를 한 번 본다면 잠시 쥐고 있는 칼자루는 완벽하게 자신의 것이 된다. 적어도 만남을 주선하기 전까지는 말이다.

"흐음, 그렇단 말이지."

눈을 가늘게 뜨고 말을 길게 끄는 이슈인은 고민하는 눈치가 역력했다.

"오늘은 좀 바쁜데……."

"바쁘면 말고."

맥은 자신이 쥔 칼자루의 위력을 잘 알고 있었다.

전설의 명검인 크리사오르(Chrysaor)를 쥐고 있음이나 다름없었다.

맥은 자리에서 천천히 일어났다.

이슈인이 맥의 손목을 덥석 잡았다.

"좋아, 오늘 가도록 하지."

"그러면 수업 마치고 정문 앞에서."

"알았어."

이번에는 이슈인이 졌다. 어쩔 수 없이 정해진 패배였다.

아쉬운 것은 이슈인이었으니까.

맥은 빠른 걸음으로 이슈인의 눈에서 사라졌다. 어느새 다음 수업 시간이 임박했던 것이다.

"으음. 뭐, 오후에 좋은 일도 있을 것 같으니… 피부 관리를 위해서라도 조금 더 자야겠네."

그렇게 이슈인은 자기 합리화를 한 후 맥이 나타나기 전의 고민에 대한 결정을 내렸다.

＊　　　＊　　　＊

다급한 걸음으로 복도를 뛰듯이 걸었다. 본래는 왕도에 있어야 할 때이지만 너무나 갑작스러운 소식에 황급히 영지로 돌아왔다.

똑똑똑.

노크 소리가 거칠게 울렸다.

그만큼 마음이 급하다는 뜻.

"들어오너라."

서재 안에서 평소와 다름없는 목소리가 들렸다.

"예, 아버님."

이안은 문을 열고 서재 안으로 들어갔다. 문을 여는 그의 손길도 거칠었다.

"급하게 포털을 타고 왔다는 이야기는 들었다만 대체 무슨 일이기에 네가 이렇게 급하게 온 것이냐? 아직 왕도에서 처리할 일이 많을 텐데."

카를로 백작이 이안을 지그시 바라보며 물었다. 그의 얼굴에는 걱정이 어려 있었다. 자신의 큰아들이 이렇게 급하게 움직일 일이 별로 없다는 것을 잘 알기 때문이다.

"움직임이 보였습니다."

"움직임이?"

카를로 백작의 두 눈이 커졌다.

지난 한 달간 조용하다 싶었는데 드디어 움직임이 포착된 것이다.

"네. 벨런시아 공화국에서 원글로스 왕국과의 국경 쪽으로 병력을 움직이는 징후가 포착되었습니다."

"기간테스는?"

"아직 거기까지는 모르겠습니다. 저희가 확보한 라이더의 명단과 이동한 병력을 비교했지만 특별히 포착된 자는 없었습니다."

"흐음."

카를로 백작이 소파에 몸을 파묻으며 깊은 생각에 잠겼다.

일단 전쟁이 벌어진다고 하면 선봉은 무조건 기간테스다.

그것은 거의 정석화된 전술이었다.

기간테스는 그 거대한 크기 때문에 직접적으로 운송하지 않는다. 보통은 이공간에 넣었다가 필요할 때 소환하여 쓰는 방식을 선호한다.

라이더들은 이공간에 들어간 자신의 기간테스를 소환하기 위해 리콜러(Recaller)라 부르는 소환 마법진이 새겨진 물건을 하나씩 소유하고 있다. 그것이 검집일 수도 있고 장갑일 수도 있으며 작은 패일 수도 있다.

기간테스의 마나 출력이 올라갈수록 마법진의 크기 역시 커지기 때문에 가지고 있을 수 있는 리콜러의 크기도 커지게 되어 있다. 일반적으로 리콜러는 마법진으로 인해 마나의 기운을 띠고 있기에 마나를 느낄 수 있는 자라면 쉽게 찾아낼 수 있다. 그 때문에 최근 하이드 마나(Hide Mana) 마법진을 추가해 마나가 새어나가지 않게 하는 리콜러의 연구가 각국에서 한창이었다. 몇몇 국가에서는 가시적인 성과를 얻었다는 소문도 있었다.

"리콜러의 이동에 대한 체크는?"

카를로 백작의 물음에 이안은 고개를 저었다.

"마나를 띤 어떤 물품의 이동도 감지되지 않았습니다."

"이상하군."

아들의 대답에 즉각 카를로 백작이 중얼거렸다.

"그렇습니다, 아버님. 일반적으로 병력을 이동시킨다면 반드시 마법사도 따르게 마련이고, 그러면 마법 물품 이동도 있는 것이 정상인데 지나치리만큼 이동이 없습니다."

"그래, 너무 깨끗하게 없어. 절로 이상하다는 생각이 들 정도로."

"설마……."

이안이 눈살을 찌푸리며 조심스레 말을 꺼내려 했다.

"그것은 나보다는 네가 더 잘 알 것 아니냐. 영지에나 처박혀 있는 내가 무엇을 알 수 있겠느냐?"

"공화국 역시 하이드 리콜러 개발에 성공했을 가능성도 있습니다. 지금까지 움직임이 없던 것은 그 개발 때문이었을 수도 있고요."

의심 가득한 눈으로 이안이 말했다.

"그럴 수도 있지."

"점점 복잡해져 가는군요. 공화국이 조용히 있어주기를 바랐건만."

"그러게 말이다."

"저희는 준비를 해야 할까요?"

"해야지. 설마 공화국이 두 나라를 상대로 동시에 전쟁을 일으키지는 않겠지만 미리미리 대비해야 한다."

카를로 백작이 고개를 끄덕이며 말했다.

"국왕 전하께서도 같은 생각이셨습니다."

"전하를 뵙고 왔느냐?"

"네."

"물론 귀족원의 반대로 고민하고 계시겠지."

"그렇습니다. 그들은 특히 우리 백작가를 견제하고 있습니다. 너무 많은 힘이 한 가문에 몰리는 것은 옳지 않다면서요."

"권력에 눈먼 자들이니… 국가와 백성이 있어야 자신들의 권력도 유지될 수 있는데……."

카를로 백작이 안타깝다는 듯 중얼거렸다.

"어떻게 하는 것이 좋을까요?"

"이미 계획을 세워놓지 않았느냐?"

카를로 백작이 다 안다는 웃음을 띠며 자신의 아들을 쳐다보았다.

"그렇긴 합니다. 일단 우리 왕국의 네이비안 반도에서 가까운 해안가에 대해 감시 인력을 늘렸으나 그쪽으로는 특별한 병력의 이동이 관찰되지 않았습니다."

이안이 천천히 자신이 생각한 바를 풀어내기 시작했다.

"하지만 그렇다고 안심할 수 없지요. 뒤통수를 칠 수도 있으니. 바톤 프로젝트를 더욱 서둘러야죠."

"시간이 부족할지도 모르겠군."

"귀족원에서 예산을 대폭 줄여준 덕분입니다."

　이안이 쓴웃음을 지으며 말했다. 솔직히 바첼러 백작가는 메틀라인 왕국에서 거의 외톨이 귀족가나 다름없었다. 백작이라는 고위 귀족임에도 그들을 지지하거나 따르는 귀족은 소수였다.

　당연히 귀족원에서는 바첼러 백작가가 연관된 안에 대해서는 사사건건 발목을 잡고 늘어졌다. 그나마 국왕의 절대적인 지지가 버팀목이 되어주지만 오히려 그것이 바첼러 백작가에 대한 견제가 더욱 심해지는 원인이기도 했다.

　"어쩔 수 없는 일이야. 지금 가문 내에서 진행 중인 레퀴엠 프로젝트를 그들의 눈에서 벗어나게 하기 위해서는 바톤 프로젝트에 그들의 눈을 집중시켜야 했으니까."

　"그렇기는 합니다."

　레퀴엠 프로젝트라는 말에 이안이 웃음 지으며 말했다. 왕국의 기간테스 연구 및 생산 기관인 메테나이져와는 별개로 철저히 바첼러 백작가만의 힘으로 진행 중인 레퀴엠 프로젝트.

　지난 방학 동안 이올린이 이레아를 그렇게 괴롭힌 것도 그 프로젝트 중의 한 부분 때문이었다.

　바첼러 백작가 역사상 최고의 천재라 부를 수 있는 아이들이 있었기에 감히 진행할 마음을 먹었던 프로젝트다. 기존의 이론을 벗어나야 하기에 이미 머리가 굳은 나이 든 연구원들보다 아직 젊디젊은 아이들이 오히려 더 가능성이 있다고 생각했다.

　이제 이레아가 조금 더 실력을 쌓아 그 천재성을 활짝 피운다면 그 완성이 더 가까워질 것이다.

　그런 자식들을 떠올리자 카를로 백작의 입에는 절로 흐뭇한 미소가 어렸다.

　"지금까지 조용하던 공화국이 이렇게 갑자기 움직인 것에는 분명 이유가 있을 것이다. 어쩌면 모든 준비가 끝나서 한 번에 질풍처럼 몰아칠 수도 있다는 것이지."

　"전격전의 가능성도 염두에 두고 있습니다."

　"좋아. 훌륭하구나. 슈프림 왕국의 반응은 어떠냐?"

　"촉각을 곤두세우고 있는 편입니다만 우리만큼 심각하지는 않습니다."

　"쯧쯧. 그치들도 원글로스와 국경을 맞대고 있을진대……."

　"루즈벡 제국처럼 산맥을 사이에 둔 것도 아닌데, 너무 안일한 것 같긴 합니다."

　이안이 아버지의 말에 동의한다는 듯 고개를 끄덕였다.

　"하지만 우리도 눈앞의 불을 끄는 것이 급합니다."

　이어진 이안의 말에 카를로 백작이 고개를 끄덕였다.

　"일단 네 생각은 결국 전함의 건조겠지?"

　"네. 우리의 바톤 프로젝트를 견제하기 위해서 귀족원에서 전함에 많은 예산을 쏟아부었습니다. 덕분에 이미 건조가 끝나서 바다에 띄우기만 하면 되는 전함도 제법 됩니다. 그것들을 개조할 생각입니다."

"그래. 그것도 서둘러야 할 것이야."

"네. 일단 마나 엔진을 바꿀 생각입니다. 그리고 마나 캐논역시 설치할 생각이고요."

"벌써 실전 배치를 할 생각이냐?"

"네. 아직 육상용이나 기간테스용이 가능할 만큼 소형화하지는 못했습니다만 전함에는 그만한 무기도 없으니까요."

이안의 대답에 고개를 끄덕였다.

"그렇지. 화약을 사용한 대포야 마나 캐논에 비하면……."

"현실적으로 현재의 해전이라는 것이 전함끼리 맞부딪친 후 기간테스가 상대의 배에 올라가 상대를 전투 불능 상태로 만드는 것입니다. 덕분에 해전의 전술은 오히려 엄청나게 후퇴했지요. 하지만 마나 캐논이 실전 배치되면 다시 전술의 중요성이 부각될 것입니다."

이안이 자신에 찬 얼굴로 말했다.

마나 캐논.

이안이 개발한 병기로 마나 엔진과 연결된 일종의 대포다. 마법진을 사용해 마나 엔진이 만들어내는 출력이 에너지의 형태가 되게 하는 것이 그 작동 원리다.

순수한 마나를 순수한 에너지로 응집한 형태로, 한 번의 가공을 거친 파이어 볼과 같은 화염 계열의 마법보다 파괴력이 배 이상 강했다. 단지 단점이라면 아직은 전함의 마나 엔진과 같은 대형 마나 엔진에만 연결이 가능하다는 것이다. 덕분에 그 어마어마한 위력만큼 커다란 크기를 가지고 있다. 전함 한 척에 딱 한 문만 설치 가능할 정도의 크기다.

"기동력에 사거리의 확보라… 훌륭해. 그 정도면 공화국 녀석들은 감히 우리 왕국에 상륙할 수 없을 거야."

카를로 백작이 만족스런 미소를 지으며 고개를 끄덕였다.

"준비는 착착 잘되고 있구나. 그런데 무엇이 그리 급해 날 찾아왔느냐?"

카를로 백작의 물음에 이안이 머리를 긁적이며 대답했다.

"사실 자신이 없었습니다. 하지만 아버님의 말씀을 들으니 이제 자신감이 생기는군요."

"녀석, 넌 이미 훌륭하다."

카를로 백작은 듬직한 자신의 아들을 흐뭇한 시선으로 바라보았다.

'그런데 이슈인 녀석은 요즘 뭘 하고 지내려나.'

갑작스러운 검술의 발전으로 아카데미를 들었다 놓았다는 소문은 들었다. 그 소문에 자신도 깜짝 놀랐다. 방학 동안 늘 산속에 수련을 한다며 나갔다 온 것은 알고 있었지만 그런 행동이 오히려 안타까웠다.

이번에도 좌절을 느낄까 아들을 염려한 것이다.

그런데 이번에는 훌륭하게 자신의 족쇄를 극복해 냈다.

둘째 아들 또한 그렇게 대견할 수 없었다.

＊　　　＊　　　＊

그 시각.

이슈인은 아버지의 흐뭇함을 뒤로한 채 맥을 기다리고 있었다. 수업을 땡땡이 친 탓에 맥이 한창 수업에 열중하고 있는 시간부터 기다리고 있는 것이다.

정문은 조용했다.

아직 수업이 끝난 학부가 없기에 들락거리는 이들이 없는 것이다.

오로지 이슈인만이 정문 옆 벽에 기대서 하늘만 올려다보고 있었다. 회중시계를 꺼내 시간을 확인할 수도 있지만 그렇게 자주 시간을 확인할수록 시간이란 놈은 더 느리게 간다는 것을 경험으로 알고 있었기에 그저 멍하니 하늘만 보고 있었다.

그렇게 계속 보고 있노라니 태양의 미세한 움직임도 눈에 보이는 것만 같은 착각에 빠지기도 했다.

한창 착각에 빠져 태양의 움직임을 유심히 관찰하려는 찰나 그의 어깨를 두드리는 손이 있었다.

"뭐 하냐?"

맥이었다. 어느새 강의가 모두 끝난 것이다. 그러고 보니 삼삼오오 아카데미 정문을 나서는 이들이 보였다. 어차피 기숙사로 돌아올 테지만 하루 수업이 끝난 후 잠시 외출을 하는 이들이었다.

"네가 너무 안 와서 기다리고 있었지. 목 빠지는 줄 알았다."

"무슨 말이야? 내 수업이 네 수업보다 30분 정도 먼저 마치는데. 난 마치자마자 곧바로 왔고. 너, 설마?"

"뭐, 꼭 수업을 전부 들을 필요는 없잖아?"

이슈인의 당당한 말에 맥이 어이없다는 얼굴로 고개를 절레절레 저었다.

"그래, 너 잘났다."

그러면서 맥이 앞장서 걸었다.

이슈인은 잠자코 그 뒤를 따랐다.

"오늘 만날 수 있는 거야?"

"뭐, 늘 하는 일과가 있으니까. 볼 수는 있어. 하지만 만날 수는 없지."

"왜?"

"내가 소개 안 해줄 거니까."

맥이 당당하게 말했다. 칼자루를 쉽게 넘겨줘서는 안 된다. 이 일에 자신의 졸업이 걸려 있었다.

"뭐, 내가 먼저 가는 수도 있고."

"후훗. 그건 불가능해."

"왜?"

“다가갈 수 없는 곳에 있거든.”

맥이 자신만만한 미소를 띠고 말했다.

“일단 가자.”

맥의 자신만만한 모습이 마음에 안 든 것일까? 어디로 가는지도 모르는 이슈인이 걸음을 빨리하면서 앞장서 걸었다. 그렇게 재빨리 걷고 있는데 뒤에서 맥이 따라오는 인기척이 느껴지지 않았다.

“맥, 왜 안 와?”

이슈인이 뒤돌아보며 짜증 어린 목소리로 말했다. 하지만 맥은 저만치 뒤에 서 있었다.

“이쪽이다.”

유들유들 웃으며 갈림길에서 오른쪽을 가리키는 맥의 행동에 이슈인의 얼굴이 더 찡그려졌다.

맥의 안내로 두 사람은 천천히 걸었다.

이슈인은 곧 익숙한 거리를 볼 수 있었다.

왕도의 고급 저택가.

영지를 가진 귀족들, 그러니까 영주들은 자신들의 본거지가 영지인 이상 중앙에서 멀어질 수밖에 없다. 하지만 귀족이라는 존재 자체가 중앙의 움직임에 촉각을 곤두세울 수밖에 없기에 왕도에 저택을 마련해 놓는 것이 일반적이다. 절반 정도의 귀족은 아예 자신의 영지를 대리인에게 맡겨놓고 왕도에서 생활하기도 한다.

　지금 두 사람이 걷는 곳은 그런 지방 영주들이 왕도에 마련
해 놓은 저택들이 밀집해 있는 거리였다. 바첼러 백작가의 저
택도 이곳에 있기에 익숙할 수밖에 없었다.

　"이곳에는 왜 왔는데? 설마 고위 귀족가 영애야?"

　"뭐, 그렇다고 할 수 있지."

　맥이 의뭉스러운 웃음을 지으며 말했다.

　이슈인은 포기했다는 얼굴로 그저 맥의 뒤를 따랐다. 그가
향한 곳은 저택가의 중심 상권에 있는 고급스러운 찻집이었
다. 3층 건물로 전망이 아주 좋아 인근의 귀족들이 많이 찾는
곳이다.

　맥이 앞장서 들어가자 이슈인은 잠자코 그 뒤를 따랐다. 안
으로 들어온 맥은 곧장 3층으로 올라갔다. 3층의 네 벽면은
모두 커다란 창문으로 뚫려 있었다. 밖으로 테라스가 나와 있
어 날씨가 좋으면 테라스에 티 테이블을 놓고 차를 즐겨도 좋
을 것 같았다. 마침 오늘은 테라스에 티 테이블이 놓여 있었
다.

　맥은 그중 서쪽으로 난 테라스 자리에 앉았다.

　"왜 하필 이 자리야?"

　한창 서쪽으로 넘어가는 해로 인해 강렬한 햇빛이 두 사람
에게 쏟아져 내리고 있었다. 따스한 햇살을 받는 것도 좋았지
만 몸 전체로 쏟아져 들어오니 눈도 제대로 뜰 수 없었다.

　"뭐, 시간 때문에 어쩔 수 없어. 이 자리가 아니면 볼 수 없

으니까."

맥이 피식 웃으면서 말했다.

"저쪽 봐."

메뉴판을 뒤적이면서 맥이 말했다.

방학 때 여동생의 채근에 못 이겨 나왔다가 우연히 이 자리에서 발견한 아이다. 맥은 영지가 없는 중앙 귀족가의 사람이었다. 영지가 곧 귀족의 힘이었지만 모든 귀족이 영지를 가지는 것은 아니었다.

맥의 할아버지는 근위기사로 오로지 왕실을 위해 충성을 다하는 것이 귀족의 본분이라는 생각을 가진 사람이었다. 그 덕에 전대 국왕이 하사한 영지마저도 고사한 전력이 있었다. 맥의 아버지는 그런 충성심을 고스란히 물려받은 근위기사단의 기사였다.

덕분에 방학 때도 왕도에서 시간을 보내고 있었던 것이다.

그것이 맥의 졸업을 도와주는 절대적인 계기가 된 것이다.

"쳇, 이 찻집은 언제 오든 비싸단 말이야."

고급 저택가에 있는 찻집답게 가격이 무척이나 비쌌다. 덕분에 이곳을 찾는 사람은 한정되어 있었다.

"대체 뭘 보라는 거야?"

한창 메뉴판을 보면서 투덜거리는 맥을 향해 이슈인이 물었다.

"블랙 리프 티 두 잔요."

웨이트리스에게 이슈인의 것까지 주문을 한 맥이 이슈인을 돌아보았다.

"왜 내 것까지 네가 시켜?"

이슈인은 블랙 리프 티를 별로 즐기지 않는다. 이슈인은 의외로 달콤한 맛을 즐기기에 블랙 리프 티의 약간은 떫은 뒷맛이 싫었다.

"네가 낼 거면 네 건 네가 시키고."

"쳇."

이곳이 얼마나 비싼 집인지는 이슈인도 알고 있었다. 가끔 왕도에 오는 이올린이 이 집의 가격에 대해 투덜거리는 것을 들은 적이 있기 때문이다.

맥으로서도 오늘은 졸업을 위해 엄청난 출혈을 각오한, 투자를 하는 날이었다.

사실 맥도 블랙 리프 티는 안 좋아한다. 그가 그것을 시킨 이유는 단 한 가지, 이 집에서 가장 싸기 때문이다.

"지금 몇 시지?"

맥이 고개를 돌려 벽에 걸린 고풍스러운 괘종시계를 보았다.

"아직 10분 정도 남았네. 그때까진 아무리 봐도 안 보일 거야. 느긋하게 기다려."

맥이 그렇게 말하고 티 테이블의 소파에 몸을 묻었다. 과연 비싼 찻값을 받는 찻집답게 소파는 편안했다.

“쳇.”

도무지 무얼 알 수 없게 하는 맥의 말에 이슈인은 턱을 괸 채 처음 맥이 가리킨 곳을 바라보았다. 10분 후면 저쪽에서 맥이 그토록 자신만만해하는 사람이 나타난다는 것인데 얼마나 대단한지 한번 두고 보자는 심정이었다.

하루를 마감하는 햇살이 따갑게 이슈인의 망막을 쪼아댔다.

그렇게 5분쯤 지났을 때다.

툭.

이슈인이 턱을 괴고 있던 손을 테이블 위로 떨어뜨렸다. 그의 시선이 한곳으로 고정되어 있었다.

막 나온 블랙 리프 티를 마시던 맥은 그런 이슈인의 변화를 감지했다. 자연스레 맥의 시선이 돌아갔다. 그리고 시계를 힐끔 쳐다본 후 입을 열었다.

“오늘은 평소보다 5분 정도 빠르네.”

시계가 가리키고 있는 시간은 오후 5시 55분.

그녀는 6시에 테라스에 나와 저녁 식사를 즐겼다. 이 저택가의 정경을 무척이나 좋아했다. 날마다 변하는 해의 위치에 날마다 변하는 풍경이 너무나 좋다며 이 시간에 나와서 식사를 했다.

맥이었기에 그녀를 발견할 수 있었다.

겨울에는 해가 오후 5시쯤에 지기 시작해서 6시면 어둑어

둑한 기운이 사방을 뒤덮는다. 검을 수련하면서 시력 역시 수련한 맥이었기에 그 얇은 어둠이 깔린 속에서 먼 거리를 꿰뚫고 그녀를 자세히 볼 수 있었던 것이다.

4월은 해가 제법 길어져서 5시 40분 정도부터 지기 시작한다. 덕분에 아직은 밝았다. 저녁 직전의 마지막 빛을 쏟아내는 붉은 햇살 덕에 오히려 잠시간 더 밝아지는 시간이 딱 지금이다.

그렇긴 해도 이 자리에서 그녀가 식사를 하는 테라스까지의 거리는 제법 멀었다. 보통 사람이라면 사람이 있다는 것은 알 수 있지만 얼굴의 이목구비를 구분하기는 힘든 거리다.

그럼에도 이슈인이 저런 반응을 보인다는 것은 그의 시력이 생각보다 좋다는 뜻이었다.

'이건 필요없겠네.'

맥은 주머니 속에 준비해 온 오페라용 쌍안경을 만지작거리면서 생각했다.

지난겨울 바인트와의 수련 덕에 이슈인은 시력도 무척이나 좋아졌다. 마나가 전신을 돌면서 시력도 굉장한 향상을 보인 것이다. 특히 눈에 마나를 집중하면 더욱 멀리, 더욱 자세히 볼 수 있었다.

지금 이슈인은 최선을 다해 두 눈에 마나를 집중하고 있었다.

"가자."

이슈인이 그녀를 보았다는 것을 확인한 맥은 뜨거운 차를 단숨에 비우고는 자리에서 일어났다.

여기에서 시간을 더 주면 곤란했다.

그렇다면 이슈인은 저 저택이 어느 곳인지 확인해 지금 당장 쳐들어갈지도 모른다. 빨리 떠나야 했다.

이슈인이 직접 찾아가면 이것은 다 된 스테이크에 오크 침 떨어지는 꼴이었다.

"왜?"

"오늘은 잠깐 어떤 사람인지 보여주기로만 했잖아."

맥이 무뚝뚝하게 말했다.

최대한 빨리 이곳에서 이슈인이 떠나도록 해야 했다.

"조금만 더 있다가 가자."

"경비대에 신고한다? 다른 저택을 엿보는 사람이 있다고."

맥의 강경한 대응에 결국 이슈인은 일어날 수밖에 없었다.

"쳇, 치사한 녀석."

이슈인은 자리에서 일어나면서 투덜거렸다.

귀족들은 사생활을 중요시한다. 때문에 실제로는 엿보는 것이 불가능한 거리라 하더라도 그런 종류의 신고가 들어가면 피차 피곤해진다는 것을 이슈인은 잘 알고 있었다.

맥이 눈물을 머금고 계산을 마친 후 두 사람은 다시 아카데미로 향했다.

"언제 해줄 거야?"

“중간고사 끝나고.”

“너무 멀어.”

“그럼 말든지.”

“쳇.”

맥이 강하게 나오자 이슈인은 투덜거렸다.

“아, 그리고 오늘 나 검술 좀 봐주라.”

“왜? 귀찮게. 중간고사 아직 많이 남았잖아.”

“미리미리 준비해야 해.”

처음이었다, 검술에 대한 맥의 부탁에 이슈인이 조건을 달지 않은 것은. 심지어 이번에는 부탁이 아니라 거의 요구 수준이었는데 말이다.

“알았어. 저녁 먹고 동쪽 연무장에서 보자.”

이슈인은 선선히 대답했다, 만약 여기서 거절한다면 맥이 어떻게 나올지 알았기에. 그것은 지금까지 맥이 보여준 당당한 모습으로 충분히 생각할 수 있었다.

‘좋았어. 저 녀석 지금 머리가 제대로 안 돌아가고 있어. 다행이야.’

맥은 내심 쾌재를 불렀다.

그가 소개시켜 주려는 아이의 미모 덕에 이슈인은 지금 평상시와 같은 사고를 하지 못하고 있었다.

덕분에 맥이 속전속결로 나갈 수 있었다.

중간고사 이후로 날짜를 잡은 것은 일종의 도박이자 연막

작전이었다.

중간고사 전에 소개를 해주면 자신의 검술을 봐주지 않을지도 몰랐다. 그렇다고 시일을 너무 길게 잡으면 이슈인 스스로 해결하려 할 수도 있었다.

오늘이야 자신이 채근해서 자리에서 일어나게 만들었지만 이슈인이 내일 그 찻집에 혼자 찾아올지도 모르는 일이다. 그럼에도 굳이 중간고사 이후라고 못을 박은 것은 지금 맥이 원하는 것이 무엇인지 이슈인이 추측케 하기 위해서다. 거기에 더해 오늘 당장 검술을 봐달라고 했으니 이슈인은 맥이 원하는 바만 생각을 할 것이고 오히려 자신이 스스로 해결할 수 있다는 생각은 못할 것이다.

그것이 맥이 세운 계획이었다. 물론 이것은 이슈인이 그 아이의 미모에 넋이 나가 평소의 사고를 하지 못할 것이라는 전제가 깔린 도박이었고, 맥은 멋지게 승리했다.

"좀 빨리는 안 될까? 난 중간고사 중에도 시간 많은데……."

이제 검술이 해결된 이상 이슈인에게 걸릴 것은 없었다.

"뭐, 내가 피어스 브레이크만 잘 넘긴다면……. 이번에는 시험 첫날이 피어스 브레이크라서 말이야."

맥은 마지막 쐐기를 박았다.

이것으로 당분간 이슈인은 스스로 그 아이의 집을 찾아갈 생각은 못하고 어떻게든 맥의 피어스 브레이크에 관한 생각만 할 것이다.

아, 그 아이의 미모도 생각하겠지.

그 외 다른 곳으로는 생각을 돌리지 못하게 만들었다.

기숙사로 돌아가려니 어쩐 일인지 건물 입구에서 이레아가 기다리고 있었다.

"웬일이야, 네가 이 시간에 날 다 찾아오고?"

의외란 듯 이슈인이 물었다.

"오빠, 지금 시간 좀 있어? 아직 저녁 안 먹었지?"

"이제 먹으러 가려고."

"그럼 같이 가자."

이레아가 이슈인 곁에 다가와 팔짱을 끼면서 생긋 웃었다. 기숙사 식당은 남녀 학생이 함께 쓸 수 있는 곳으로 모든 기숙사생의 식사를 담당하기에 제법 큰 건물이었다.

아카데미 학생 거의 전부가 기숙사 생활을 하기에 학생들의 식사를 책임지는 곳이었다. 하지만 기숙사 밥을 싫어하는 학생도 있었기에 아카데미 내에 다른 식당도 존재했다. 몇몇 까다로운 학생들은 아카데미 밖으로 나가 식사를 해결하거나 본가가 레오네인에 있는 이들은 집까지 가서 식사를 해결하기도 했다.

이레아와 이슈인은 기숙사 식당으로 천천히 걸었다.

"무슨 일이야?"

이슈인이 궁금하다는 듯 물었지만 이레아는 딴청을 부렸다. 무언가 곤란한 부탁인 것 같았다. 이레아가 이런 모습을 보일 때면 늘 그랬으니까.

식당에 도착해 두 사람은 각자의 식판을 들고 마주 보고 앉았다. 군사아카데미였기에 식사도 거의 군인에 준하는 수준이었다.

포크와 나이프, 그리고 스푼을 놀리며 식판의 음식을 먹으면서 이슈인이 이레아를 쳐다보았다. 이제 슬슬 입을 열 때가 되었다는 생각에서다.

"오빠, 아직 그 생각은 바뀌지 않은 거야?"

"뭐?"

이슈인이 알 수 없다는 얼굴로 물었다. 저리 두루뭉수리 말하면 대체 누가 알아듣는단 말인가.

"이번에 방을 같이 쓰는 선배가 9학년인데……."

이레아는 말을 제대로 맺지를 못하고 질질 끌었다.

"뭐야? 이번에도 그거야? 오랜만이네?"

이슈인은 대강 짐작이 간다는 얼굴로 물었다. 이레아가 고개를 끄덕이며 대답했다.

"응. 오빠가 너무 좋다고 한 번만 소개해 달래."

이슈인의 반응을 알기에 이런 부탁은 이레아 차원에서 거절을 했었다. 그런데 굳이 이렇게 어렵게 말을 꺼내는 것을 보면 보통 사람은 아닌 듯했다.

"난 아카데미 학생은 싫다고 했잖아."

"오빠 진짜 속 좁다."

이레아가 이슈인을 쳐다보며 말했다.

이레아는 안다, 자신의 오빠가 아카데미의 여학생들을 좋아하지 않는 것을. 아니, 친구나 선후배로는 괜찮지만 이성으로는 싫어하는 이유를 알았다.

콤플렉스.

이슈인은 한때 혹독한 검술 교수를 만나 여학생들과 함께 검술 수련을 한 적이 있었다. 이슈인 때문에 도저히 남학생들이 진도를 나가지 못한다는 것이 그 이유였다.

일반적으로 검술에 있어서는 여학생들이 남학생들에 비해 처지는 편이었기에 저학년 때는 따로 반을 나누어 운영한다.

본 취지는 재능이 뛰어난 이와 조금 배우는 속도가 느린 이를 나눈 우열반의 개념이었다. 하지만 반수로 나누니 거의 성별에 따라 나뉘게 되어 남학생반, 여학생반 이렇게 나뉘는 것이 보통이었다.

물론 개중이 뛰어난 재능을 가진 여학생 몇몇은 남학생들과 함께 수련하는 경우도 있었다.

하지만 남학생이 여학생과 함께 수련을 한 경우는 이슈인이 최초이자 최후였다. 적어도 현재까지는 그랬다.

그것도 그 반에서조차 최하위의 성적을 기록했다. 그것이 이슈인에게는 엄청난 상처였다. 그때 여학생들의 눈빛을 잊을 수가 없었다.

깔보는 듯한 눈빛, 무시하는 듯한 눈빛.

물론 모두가 그런 것은 아니었다. 일부 몇몇만이 그랬을 뿐이다. 하지만 한창 예민한 시기에 그런 경험은 이슈인으로 하여금 모든 아카데미의 여학생으로 그 범위를 엄청나게 확장해 버렸다.

그리고 그 일이 생기기 전 이슈인의 외모에 반해 열렬히 그를 쫓아다니던 여학생들이 그 일 이후 전부 등을 돌렸음도 큰 상처였다.

아카데미라는 곳.

모두가 친구이지만 또한 경쟁 상대인 곳.

실력이 최대의 척도가 되는 곳.

이슈인은 보는 것과 달리 뚜렷한 이상형을 지니고 있었기에 이런 생리 속에서 십 년을 보내야 하는 아카데미의 여학생들이 싫었다.

이레아도 잘 알고 있었다.

하지만 그것을 구체적으로 이슈인을 만나고 싶어하는 이들에게 말하지 못했다. 그렇지 않겠는가. 자신의 소중한 오빠의 아픈 곳을 자신이 어찌 사람들에게 말할 수 있을까.

최근 몇 년간 이슈인은 그 외모로 인해 은근한 인기는 있었지만 직접적으로 그에게 다가오는 여학생은 없었다.

검술 실력. 그것이 문제였다. 잘생기고 성적도 좋으나 그뿐인 남자. 그것이 이슈인이었다.

만약 이슈인의 학부가 달랐다면 이야기 또한 달라졌을 것이다. 하나 검술이 매우 큰 비중을 차지하고 있는 라이더 양성과정에 있는 이상 관심을 받지 못할 수밖에 없었다.

그러던 것이 이번 학기에 달라진 것이다.

이레아가 그 탓에 제법 피곤했던 것으로 알고 있다. 하지만 모두 적절히 거절을 했었다.

이번에는 차마 거절할 수 없는 사람의 요청인 것 같았다.

"속 좁다고 해도 어쩔 수 없어. 그 시기의 트라우마는 의외로 크고 깊으니까."

이슈인이 애잔한 눈빛으로 말했다.

"알았어."

식사를 마친 이레아는 어쩔 수 없다는 얼굴로 일어섰다. 당사자가 저렇게 확고하게 싫다는데 더 이상 어찌해 볼 도리가 없었다.

"대체 누군데 네가 이렇게 날 찾아온 거야?"

함께 일어선 이슈인이 물었다.

그것은 순수한 호기심이었다. 이레아 정도 되는 아이가 거절을 못할 상대라니. 그리고 보니 새 학기가 시작된 지 한 달이 넘었음에도 이레아의 룸메이트가 누군지 듣지 못한 것이다.

"카롤라인 공작 영애."

이레아가 짤막히 대답했다.

그리고는 걸음을 옮겼다.

"쩝. 거물이네."

이슈인의 짤막한 한마디. 하지만 뜻하는 바는 명확했다.

"가서 그냥 내가 한눈에 반한 사람이 있어서 지금은 다른 사람은 눈에 안 들어온다고 해."

카롤라인 공작 영애 정도의 거물이라면 동생을 위한 변명 정도는 만들어줘야 했다. 그러지 않고 그냥 거절하면 그녀는 자신의 명예에 엄청난 상처를 입었다고 생각할 테니 말이다.

"진짜야, 거짓이야?"

"진짜."

이슈인이 간결하게 대답했다. 설마하는 생각으로 장난스레 물었던 이레아는 의외의 대답에 우뚝 멈춰 섰다.

"그런 사람이 있었단 말이야?"

이레아는 자신의 오빠가 절대 이상형을 찾을 수 없을 거라고 생각했다. 그런데 있었다니. 그것은 정말 놀라운 일이었다.

이슈인은 싱긋 웃으며 대답했다.

"있더라고."

"어디에? 어떻게 만난 건데?"

이레아가 빠르게 물었다.

"아직 몰라."

이슈인은 여전히 웃는 얼굴로 답했다. 그의 표정으로 보아 지금 매우 기분이 좋은 듯 보였다.

이레아는 자신의 오빠를 잘 알았다.

자랑은 아니지만 자신이나 큰언니, 둘째 언니 모두 아름다운 외모를 가지고 있었다. 당장 자신만 하더라도 아카데미의 여신이라는 별명까지 얻지 않았던가.

어지간히 아름다워서는 이슈인은 눈도 꿈쩍 안 한다. 게다가 확고한 이상형도 있었다.

만약 아카데미의 학생 중 오빠의 이상형이 있었다면 오빠는 콤플렉스도 극복했을 것이라는 데 이레아는 자신의 방학 전부를 이올린 언니에게 걸 용의도 있었다.

그런 이상형을 찾기 위해 아카데미 밖에서 많은 만남을 가졌다는 것도 알고 있었다. 하지만 헛수고라 생각했다. 그런데 만났단다.

'대체 어떻게 된 일이야?'

오빠가 대답을 해주지 않으니 이레아로서는 알 길이 없었다. 그저 때가 되기를 기다리는 수밖에 없었다.

식당을 나와 이레아와 헤어진 이슈인은 곧장 동쪽 연무장으로 향했다.

약속은 지켜야 했다.

이슈인은 지금 자신이 평소의 냉정한 사고를 하지 못한다는 것조차 인지하지 못하고 있었다.

이미 맥이 나와서 기다리고 있었다. 아마 저녁은 거른 듯했다. 그 정도로 절박했다는 뜻이리라.

이슈인은 도착하자마자 입을 열었다.

"시작하자."

이슈인의 말에 맥은 고개를 끄덕이며 마나를 일으켰다. 이번만큼은 급한 것이 자신이었기에 즉각적으로 반응을 보인 것이다.

이슈인은 천천히 맥의 몸을 살폈다.

눈에 보이는 것이 이전과는 달랐다. 이전에는 그저 마나의 흐름만 보였다면 이제는 그것이 무엇을 의미하는지도 알 수 있게 되었다.

맥이 일으킨 마나는 맥의 몸을 거미줄처럼 뻗어나갔다.

예전에 이슈인은 뻗어 나가려 했으나 미처 길을 뚫지 못하는 곳에 자극을 줘서 마나가 잘 뻗어 나갈 수 있게 해주었다.

피어스 브레이크라는 것은 마나가 몸의 한 부분으로 터져나와 상상을 초월하는 위력을 발휘하는 기술이었다. 그랬기에 이슈인은 최대한 몸의 바깥으로 터뜨리기 쉬워 보이는 길 몇 군데를 선택해서 마나가 뻗어나가기 쉽게 해주었던 것이다.

그런데 바인트에게 마나 호흡법과 마이너 서클, 그레이트 서클에 대해 배우고 나니 자신의 방법이 얼마나 잘못됐는지 알 수 있었다. 그렇다고 자신이 배운 방법을 가르쳐 줄 수도 없었다.

자신의 지식과 능력을 이용해 최대한 수정해 주는 수밖에 없었다. 사실 맥이 바라는 것은 일반적인 소드 익스퍼트가 발현하는 피어스 브레이크이고, 그런 측면에서는 이슈인이 예전에 사용한 방법이 딱히 틀린 것은 아니었다.

하지만 더 빨리 피어스 브레이크를 터뜨릴 수 있는 방법을 아는 이상 이슈인은 기꺼이 그 방법을 사용해 주기로 마음먹었다.

맥의 마나가 요동을 치면서 몸 밖으로 터져 나오려고 길을 찾기 시작했다.

우악스럽고 무식한 방법이다. 강한 힘으로 밀어붙여서 마나가 알아서 길을 뚫게 만들다니 참으로 비효율 적이면서도 시간이 걸리는 방법이다. 하지만 현재 대륙의 모든 기사들은 저 방법이 최고라며 지금도 꾸준히 마나를 수련하고 있다.

이슈인은 그중에서 적당히 맥의 몸에 부담이 없고 발현 속도가 빨라 보이는 길을 찾았다.

피어스 브레이크는 사람마다 단 하나만 발현할 수 있다. 이것은 대륙에서 상식으로 통하는 것이다. 그런 만큼 이슈인은 신중하게 마나의 길을 찾았다.

피어스 브레이크를 일으키는 마나는 저항이 가장 적은 길로 흐르려는 성질을 가지고 있다. 결국 한 번 길을 뚫는 데 성공하면 그 길이 저항이 가장 적기에 계속 그 길로만 마나가 흘러 다른 길을 만들 수 없는 것이다.

예외적으로 상급의 소드 마스터가 된다면 넘쳐 나는 마나를 터뜨렸을 때 하나의 길이 마나의 양을 모두 감당하지 못하고 다른 길을 만들기도 한다. 그렇게 상급의 소드 마스터가 된다면 두 개의 피어스 브레이크를 소유할 수 있게 되는 것이다. 하지만 그것은 요원한 일이기에 한 명의 기사에게 한 개의 피어스 브레이크가 있다고 말한다.

맥 역시 기존의 방식으로 수련하였기에 지금에 있어서 오직 하나의 피어스 브레이크를 소유할 수밖에 없었다.

두 개의 길을 뚫어줄 수도 있지만 소드 마스터가 아닌 이상 두 개의 길 중 어느 한 곳으로만 마나가 터져 나가게 조절할 수 없었다. 덕분에 이도 저도 아닌 피어스 브레이크가 될 확률이 너무나 높았다.

"맥."

이슈인의 부름에 맥이 눈을 떴다.

"왜?"

"넌 어떤 피어스 브레이크를 갖고 싶어?"

"응? 그게 무슨 말이야?"

"지금 네 몸에서 마나가 터져 나올 만한 곳이 몇 군데 있어. 하지만 어느 곳으로 터져 나오느냐에 따라 피어스 브레이크의 성격이 변하니까."

이슈인의 말에 맥은 고개를 끄덕였다.

이제 슬슬 한곳을 집중적으로 팔 때가 되었다 느낀 것이다. 마나가 흐를 길의 의도적인 조정.

보통 사람이 들으면 기함할 일이지만 맥은 이슈인의 능력을 알았다(물론 진실한 능력은 모른다). 지금까지 그 능력의 도움으로 진급을 해오지 않았던가.

"남사라빈 한 방."

맥의 고민은 길지 않았다.

"이후 마나의 회복은?"

"한 방에 끝인데 회복할 필요가 있나?"

맥의 말에 이슈인은 고개를 절레절레 흔들었다. 유급의 공포에 눌려 있던 맥의 본 성격이 나온 것이다.

"후회하지 마. 피어스 브레이크는 단 한 개야."

"알았어."

사실 피어스 브레이크의 성격을 의도적으로 만든다는 것은 불가능한 일이다. 오로지 복불복의 운에 맡기는 것이다. 불과 지난 학기까지만 해도 이슈인 역시 그랬다. 하지만 바인트에게 배운 것이 피어스 브레이크의 성격도 대강 짐작할 수 있게 만들어주었다.

"다시 시작하자."

이슈인의 말에 맥이 마나를 일으켰다.

이슈인의 손이 빠르게 움직였다.

마나의 소모가 극심하다 하더라고 단 한 방에 적을 쓸어버
릴 정도로 엄청난 위력의 피어스 브레이크. 그것을 성립시키
려면 맥의 몸 상태로 보아 배꼽 근처에서 마나가 터져 나오는
것이 좋을 것 같았다.

이슈인은 마나를 자극해 그쪽 길을 최대한 뚫었다.

길의 저항을 가능한 줄여놨으니 앞으로 대부분의 마나는
저곳으로 흐를 것이다. 일이 년 안에 맥은 자신의 피어스 브
레이크를 얻으리라. 졸업 걱정이 없음은 물론이다.

CHAPTER 6
졸업, 그리고 입대

　2월 말의 차가운 바람이 뺨을 스치고 지나간다. 그럼에도 강당을 향해 걷는 이들의 얼굴에는 자부심이 가득했다. 아카데미 제복을 입은 이들과 그들과 함께 걷는 이들까지 얼굴에는 기쁨과 즐거움, 자부심이 넘쳐흐르고 있었다.

　물론 그중에는 이슈인도 있었다.

　이레아가 이슈인의 곁에서 걷고 있었다.

　"오빠 졸업 덕에 이번에는 집에서 좀 빨리 탈출했네. 고마워."

　이번 방학에도 이레아는 어김없이 언니의 연구실에 갇혀서 혹사당하고 있었다.

"부럽지?"

이슈인이 웃으며 물었다.

"절대로. 졸업하면 이젠 하루 종일 잡혀 살아야 할 텐데…
솔직히 유급이라도 할까 하고 진지하게 고민 중이야."

동생의 대답에 이슈인은 쓴웃음을 지었다. 대체 얼마나 괴
로우면 아카데미 학생 누구나 질겁하는 유급을 일부러 당하
겠다고 할까.

그렇게 걸어가는 남매를 카를로 백작은 흐뭇하게 지켜보
았다. 곁에 이안과 이올린이 있었다.

"이제는 이슈인 차례로구나."

당당히 졸업하는 이슈인이 너무나 자랑스러웠다.

"이제부터 시작이지요. 특히 저 녀석은요."

이안이 웃으며 말했다.

이안의 말에 카를로 백작은 고개를 끄덕였다.

"하지만 저 녀석이 선택한 길이니 이겨내야지."

기간테스 라이더. 엄청나게 귀중한 자원이다. 무려 십 년
간 가르쳐서 겨우 햇병아리 라이더를 만들어내지 않았던가.

그들은 기간테스 라이더로서 아카데미를 졸업함과 동시에
십 년간 왕국군에 의무적으로 복무해야 한다. 의무 복무라 하
나 대우는 배틀러와 함께 최고였다.

"오빠, 오늘 안 왔어?"

"글쎄, 온다고 했는데."

이슈인이 주위를 두리번거리며 대답했다. 곧 강당에 들어가면 지루한 졸업식이 시작할 텐데 여기서 찾지 못하면 안에서는 찾을 수 있는 확률이 적었다.

"아, 저기 있다."

이슈인이 누군가를 발견하고는 그리로 걸음을 옮겼다. 외출을 잘 하지 않기에 설마 올까 싶었는데 와준 것이다. 반가운 마음에 뒤에 아버지와 형, 누나가 있다는 사실도 잊고 한걸음에 달려갔다. 이레아가 곁에서 따라갔음은 물론이다.

"왔어?"

"네."

이슈인의 짤막한 인사에 웃으면서 고개를 끄덕이는 여인.

"오랜만이에요, 공주님."

옆에서 이레아가 웃으며 인사를 건넨다.

"네, 반가워요."

여인도 웃으며 인사를 받았다.

아르시안 로드 벨런시아.

옛 벨런시아 왕국의 막내 공주였다.

그리고 맥의 손에 이끌려간 찻집 테라스에서 본 여인이기도 했다.

이슈인의 움직임을 눈으로 쫓던 카를로 백작이 두 사람의 모습을 보았다.

"저 아이는……."

“벨런시아 공주입니다.”

이안이 대답했다. 하지만 카를로 백작의 귀에는 아들의 말이 들리지 않는 듯했다.

너무나 낯익은 얼굴이다. 설마 다른 나라의 공주에게서 저 얼굴을 보게 될 줄이야.

이슈인과 같은 칠흑 같은 흑발에 단아한 외모는 참으로 아름다웠다. 기품까지 어려 있어 감히 함부로 할 수 없을 듯한 고결한 미모였다.

카를로는 예전에 저런 여인을 만난 적이 있었다. 그녀 역시 칠흑같이 검은 머리가 아름다운 여인이었다. 그녀의 검은 머리는 이슈인에게 이어져 간혹 카를로 백작으로 하여금 그녀를 추억하게 만들었다.

제이드 대륙에서 검은 머리카락은 무척이나 귀했다. 거의 없다시피 했다.

그럴 수밖에 없었다.

무도시대 종말 후 검은 머리칼을 가진 순수한 혈통의 제이드 대륙인은 사라졌다. 이어서 시작한 마도시대의 마도사들의 노력 덕이다. 이전까지 세상을 지배했던 힘을 지우려는 노력, 그 때문에 순수한 혈통은 숨었거나 사라졌다.

그 이후 검은 머리카락은 특정한 조건을 만족시켜야만 아주 드물게 나타났다. 특히 두 세대를 이어서 나타나는 경우는 아예 없다시피 했기에 카를로 백작은 이슈인을 보고 얼마나 놀랐던가.

　‘허허, 그랬구나. 녀석, 그랬구나.’

　카를로 백작은 고개를 끄덕였다. 벨런시아 왕국의 막내 공주와 친하게 지낸다는 이야기는 들었다. 하지만 백작이 그녀의 외모를 몰랐기에 그저 의아해했었다. 왜 하필, 하는 생각이 든 것도 사실이다. 망국의 공주란 아무런 힘이 없는, 오히려 짐이기 때문이다. 귀족으로서 지극히 당연한 생각이었다.

　하지만 카를로 백작은 보통의 귀족과 달랐기에 그런 생각을 했을 뿐 제제하지는 않았다. 그는 자식들을 믿었다.

　오늘 벨런시아 공주를 보게 되니 알 수 있었다. 왜 이슈인이 그녀에게 빠져들었는지.

　“많이 닮았지요.”

　그런 아버지의 심정을 눈치챘음인지 이안이 넌지시 말했다.

　“그렇구나. 이슈인 녀석, 아직 어리구나.”

　카를로 백작이 안타깝다는 듯 말했다.

　아버지의 말에 이안은 그저 미소 지었다.

　“하지만 하필이면 그녀라니…….”

　카를로 백작의 두 눈에 정감 어린 기운이 안타까움으로 변했다.

　“네. 설마 그 계획에 이렇게 이슈인이 끼어들게 될 줄은 몰랐습니다.”

이안의 얼굴에서 미소가 사라졌다.

국왕과 국왕파의 핵심 귀족 몇몇이 입안한 미래의 장대한 계획에 이슈인이 한 발을 걸치게 된 것이다.

“이것도 어쩌면 운명이겠지.”

카를로 백작은 모든 것을 받아들이겠다는 듯한 얼굴로 말했다.

“그리고 어쩌면 더 잘된 것인지도 모릅니다. 저 녀석은 차남이니까요.”

이안의 말에 카를로 백작은 고개를 끄덕였다.

그사이 졸업식을 거행할 시간이 임박했다. 강당으로 들어가는 사람들의 발길이 빨라졌다. 모든 사람들이 강당에 자리를 잡고 앉았고, 졸업생들은 제일 앞 중앙에 마련된 자리에 헌앙한 모습으로 열을 맞춰 섰다.

허리에 걸린 예식용 검이 멋들어진 모습을 뽐내고 있었다.

앞 단상에는 이들의 졸업을 축하하기 위해 다양한 인사들이 와 있었다. 정확히는 아카데미의 졸업식에 얼굴을 비춰 자신의 세를 과시할 생각으로 가득 찬 사람들이지만 말이다.

‘아함.’

그중 하품을 하는 젊은이가 있었다.

나이로 보아서는 결코 이 자리에 참석할 수 있는 인물은 아니었다. 하지만 아버지의 대리였기에 올 수 있었다.

어제저녁까지만 해도 젊은이의 아버지가 오기로 되어 있던 자리다. 자신의 아들이 아카데미 전체 수석으로 졸업하는 자랑스러운 자리였으니.

하지만 갑작스러운 사건이 터져 급히 왕궁으로 들어갈 일이 생기면서 젊은이가 대신 나온 것이다. 지루하고 재미없었다. 그는 아직 이런 가식적인 자리에 아무렇지도 않게 어울릴 정도로 연륜이 깊지 않았다.

속으로 하품을 삼키며 억지로 앉아 있을 뿐이다.

'쩝. 그나저나 칼버튼 녀석, 제법인걸. 아카데미 전체 수석이라니.'

간혹 집에서 본 동생은 누군가에 대한 열등감이 가득한 모습이었다. 아카데미에서의 일은 집에서는 잘 말하지 않았기에 무슨 일인지 알 수 없었지만 이렇게 당당히 수석을 차지한 동생이 대견하기도 하고 질투가 나기도 했다.

'후후, 네 재능은 대단하다만 그래도 내가 대공자다.'

졸업식이 진행되는 내내 지루함을 이기려고 이리저리 움찔거리던 그의 눈이 한곳에 멈췄다.

내빈들이 앉아 있는 자리. 그곳에 단아한 모습으로 앉아 있는 한 여인이 그의 시선을 잡았다. 여인이라 부르기에는 아직은 어려 보였다.

찰랑거리며 내려온 검은 머리칼이 매력적인 기품있는 미녀였다.

'저런 여인이 있었던가.'

사내는 자신의 기억을 더듬었다. 적어도 자신이 아는 귀족가에는 저런 여인이 없었다. 있었다면 진작에 해치웠으리라.

그의 두 눈이 빛나기 시작했다. 지루하던 졸업식이 흥미로워지고 있었다.

"이어서 전체 수석에 대한 표창장이 수여되겠습니다. 본래 시상은 하이드론 카인 라이오네 공작님께서 하시기로 되어 있었으나 갑작스런 국정 일로 케이프 카인 라이오네 대공자께서 대신하시겠습니다."

짝짝짝짝!

박수 소리가 강당을 울렸다.

"대공자님."

옆에서 자신을 부르는 소리에 정신을 차렸다. 이 지루한 졸업식장에 온 이유가 전체 수석인 동생에게 표창장을 주기 위함임을 상기해 냈다.

흑발의 미녀에게서 시선을 떼고 단상으로 올라가는 사내의 이름, 케이프 카인 라이오네였다.

'쳇.'

처음부터 끝까지 지켜보았다.

이슈인 선배와 다정하게 인사를 하는 모습부터 나란히 이곳으로 들어오는 모습까지. 그리고 감히 지금은 이슈인 선배의 가족과 나란히 앉아 있었다. 자신은 지금 이곳에 이렇게 멀리 앉아 그저 바라만 보고 있는데 말이다. 커다란 꽃다발을 가슴에 앉고 이슈인 선배를 한 번 바라보고 아르시안을 한 번 노려본다.

'저년만 아니었어도… 감히 망국의 공주 주제에… 제 나라도 없는 주제에…….'

분하고 분하고 또 분했다.

이렇게 분할 수가 없었다. 남들이 검술 실력을 가지고 뭐라고 하든 상관없이 그녀 자신이 신입생 시절부터 동경했던 이슈인 선배를 너무나 쉽게 빼앗아가다니.

눈꼬리가 살짝 올라가 성깔있어 보인다는 것만 제외하면 너무나 아름다운 금발의 미녀. 아르시안을 노려보는 그녀의 푸른색 눈동자가 표독스레 빛났다.

그녀는 카롤라인 카인 라이오네 공작 영애. 이레아와 한 방을 쓰면서 이슈인에 대한 관심을 전했던 그녀이다.

'젠장.'

형이 주는 전체 수석 표창장을 받는 그의 두 손이 떨렸다. 결국 마지막까지 지고 졸업을 하는 기분 때문이다.

이다음 순서는 전체 차석 표창 수여다. 그다음은 졸업 학년 수석 표창 수여다.

전체 수석으로 단상에 오른 칼버튼 자신이 졸업 학년 수석 표창까지 받아야 했다. 지난 구 년 동안 수석을 한 번도 놓치지 않았으니까. 하지만 졸업을 앞둔 10학년에서 그 기록은 깨졌다. 그것도 무참히.

기간테스 라이더 학부에서 아카데미 사상 최고의 학년 평점을 기록한 이슈인이 10학년의 수석이었기에.

전체 수석의 상을 받아 들면서도 칼버튼은 짙은 패배감에 몸을 떨었다.

*　　　*　　　*

넓은 정청에 수십 명의 사람이 심각한 표정으로 앉아 있다. 저마다 옆 사람과 이야기를 나누는데 그 분위기가 사뭇 무거웠다.

"국왕 전하 드십니다."

그때 밖에서 들리는 소리에 자리에 앉아 있던 이들이 모두 자리에서 일어났다. 그들이 일어난 후 커다란 문이 좌우로 활짝 열리면서 위엄 어린 모습으로 국왕이 들어섰다.

엠피엘 세이 메틀라인.

현 메틀라인 왕국의 국왕이다. 부국강병에 전력을 다하여 그가 왕위에 오른 이후 메틀라인 왕국은 많은 발전을 이루었다. 하지만 그와 동시에 왕권을 강화하면서 귀족의 권한을 약화시켰기에 귀족과는 사이가 그다지 좋지 않았다.

특히 메틀라인 왕국의 귀족 8할이 속해 있는 귀족원과는 여러 가지 사안에서 부딪쳤다.

"이번에는 무슨 일로 귀족원 회의를 소집한 것이오?"

자리에 앉은 엠피엘 국왕이 입을 열었다. 이제 오십을 넘어 곧 육십을 바라보는 노회한 국왕이었지만 그가 풍기는 기세는 여전히 대단했다.

달리 다른 국가들이 사자왕 엠피엘이라 부르는 것이 아니었다.

"벨런시아 공화국 때문입니다."

귀족원의 원장을 맡고 있는 하이드론 카인 라이오네 공작이 일어서 대답했다. 하이드론 공작은 메틀라인 왕국의 단둘뿐인 공작 중 한 사람으로서 귀족파의 수장이었다.

"벨런시아 공화국이 어쨌다는 거요?"

"현재 그들의 움직임이 심상치 않습니다."

"그들이 병력을 국경으로 전진 배치한 것은 벌써 일 년 전의 일이오."

전날 밤 갑작스레 소집된 귀족원 회의. 그것의 안건이 이것이었다면 정말 실망이다. 벌써 일 년 전부터 촉각을 곤두세우고 있던 문제를 이제야 논의한단 말인가.

"네, 알고 있습니다. 그런데 이번에는 움직임이 심상치가 않습니다. 전진 배치되어 있던 병력에 변화가 감지되었습니다."

하이드론 공작의 말에 국왕의 표정이 살짝 변했다. 그것은 그도 모르는 일이었기 때문이다. 한 나라의 국왕보다 먼저 타국의 정보를 얻을 수 있을 정도로 아직 메틀라인 왕국의 귀족들 힘은 강성했다. 비록 예전에 비해 많이 약화되었다 할지라도 말이다.

"호오, 짐은 처음 듣는 말이군. 어떤 변화가 있었단 말인가?"

엠피엘 국왕의 반응에 하이드론 공작은 득의의 미소를 지었다.

"라이더들의 이동이 포착되었습니다."

그 말에 국왕의 표정이 살짝 변했다.

라이더들의 이동이란 곧 기간테스의 전진 배치를 말한다. 그만큼 전쟁이 일어날 확률이 올라갔다는 뜻이다.

기간테스로 밀어버리면 국경이 무너지는 것은 순식간이다.

엠피엘 국왕은 곧 고개를 갸웃거렸다.

'이안 자작의 예상과는 일이 다르게 흘러가는군.'

작년 이안은 국경에 단순 병력만이 배치된 것을 이상하게 여기며 하이드 리콜러의 개발을 의심했다. 그 보고에 엠피엘 국왕은 자국 국경으로의 병력 이동을 고려했었다. 물론 귀족원의 반대로 무산되었다. 원글로스 왕국의 존재를 이유로 공화국 쪽 해안의 방어를 조금 더 견고히 하는 선에서 타협을 봤었다. 작년이라고는 하나 불과 몇 개월 전의 일이다.

"라이더들만 이동한 것이오, 리콜러의 이동도 함께 감지되었소?"

“물론 리콜러의 이동도 감지되었습니다.”

“분위기가 점점 심상치 않게 변해가는군.”

“그렇습니다.”

엠피엘 국왕의 말에 하이드론 공작이 동의의 뜻을 표했다.

“현재 저희가 파악한 정황으로는 공화국군은 원글로스 왕국과의 국경선 전체에 군을 골고루 배치했습니다. 일거에 모든 국경에서 진격할 것 같습니다.”

“설마 공화국군이 그런 무모한 전법을 펼치겠는가?”

엠피엘 국왕이 믿을 수 없다는 듯 말했다.

“하지만 군의 배치는 분명한 사실입니다.”

“흐음.”

하이드론 공작의 강력한 말에 엠피엘 국왕은 턱을 괴고 생각에 잠겼다.

“그래서 경들이 하고자 하는 바가 뭐요?”

결국 중요한 것은 이것이다. 지금까지의 대화는 이것을 끌어내기 위한 맛보기에 지나지 않았다.

“원글로스 왕국과의 국경에 병력을 배치하는 것입니다.”

하이드론 공작의 말에 일순 엠피엘 국왕은 할 말을 잃었다. 자신이 그렇게 하려던 것이 언제던가. 그때 그것을 반대한 것이 누구던가. 그런 그들이 갑자기 손바닥을 뒤집고 나오자 그 의도가 무엇인지 자못 궁금했다.

‘허어, 이럴 때 이안 자작은 어디를 간 것인가. 그가 있었

으면 조언을 얻을 수 있었을 텐데… 대체 이들이 원하는 것이
무엇이란 말인가.'

혼란스러웠다.

*　　　*　　　*

"새로운 소식이 들어왔다 들었다."

"네."

졸업식을 보는 와중에 아버지의 물음에 이안이 답했다.

막 이슈인이 단상에서 상을 받고 내려왔다.

"그럼 우리는 이만 일어나도록 하지. 이올린, 너는 있다가
이슈인과 식사라도 하려무나. 나와 이안은 궁에 들어가 봐야
할 것 같구나."

"네, 아버지."

카를로 백작이 살짝 자리에서 일어나자 이올린과 아르시
안 역시 자리에서 일어나 인사를 했다.

카를로 백작과 이안은 조용히 졸업식장을 빠져나왔다. 두
사람은 준비된 마차에 올랐다. 아카데미에서 왕궁까지는 마
차로 30분 정도의 거리였다.

"이야기해 보거라."

마차에는 두 사람만이 타고 있었다. 사일런트 마법이 걸려
있기에 내부의 소리가 밖으로 새어나갈 염려는 없었다.

“역시 공화국은 하이드 리콜러의 개발에 성공한 것 같습니다.”

“흐음. 미스트(Mist)의 정보냐?”

“그렇습니다.”

“미스트가 쉽지 않은 결심을 했군. 아무리 그래도 그 역시 공화국민인 것을 자랑스럽게 여기는 친구인데.”

“하지만 우리나라에서 있었던 것 역시 사실이지요.”

이안의 말에 고개를 끄덕였다.

미스트.

안개를 뜻하는 말로 카를로 백작과 이안이 바첼러 백작가에서 공화국의 고위층에 심어놓은 세작을 일컫는 말이기도 했다.

“하이드 리콜러의 개발에 성공했는데 지금까지 조용한 이유가 뭐였지?”

“다른 문제가 있었나 봅니다. 그리고 그 문제를 해결한 듯하고요. 어제 연락이 왔습니다. 단지 그런 내용만요.”

“그렇다면 공화국에서 눈에 띄는 움직임을 보였겠군.”

“네. 리콜러를 보유한 라이더들이 국경선으로 움직였습니다.”

“어젯밤에 귀족원이 소란스레 모였던 것도 그 때문인가?”

“그런 것 같습니다.”

두 사람의 얼굴이 심각해졌다.

“함정이군.”

“네. 들어온 정보에 의하면 모든 국경에 고루 배치했다 합니다. 아무리 공화국이 강력한 국력을 가졌다 해도 이제 겨우 생긴 지 십 년이 좀 넘은 나라입니다. 그런 넓은 국경을 모두 감당할 수 있을 리 없습니다.”

이안이 당연하다는 듯 말했다.

“그러면 이미 하이드 리콜러를 보유한 새로운 라이더들이 한 곳에 뭉쳐 있다는 이야기인데…….”

카를로 백작의 이마에 주름이 생겼다.

“귀족원으로 빨리 가봐야 할 것 같습니다.”

“국왕파인 우리를 호락호락 들여보내 주겠느냐?”

“전하께서 계십니다.”

이안의 말에 카를로 백작은 고개를 끄덕였다.

하긴 어젯밤부터 모여서 작당을 하고 있으니 국왕의 성격상 분명 찾아갔을 것이다.

“문제는 공화국에서 하이드 리콜러의 개발을 언제 성공했느냐 이거군.”

마차의 소파에 몸을 묻으며 카를로 백작이 낮게 중얼거렸다.

“대체 박스터 통령의 의중이 무엇인지 모르겠습니다.”

이안이 고개를 저으며 말했다.

박스터.

성이 없는 평민으로 혁명을 일으켜 벨런시아 왕국을 무너뜨리고 벨런시아 공화국을 수립한 신화적인 인물이다.

지금 그의 움직임에 벨런시아 공화국 주변 국가들이 골머리를 앓고 있었다.

카를로 백작과 이안이 귀족원의 입구에 도착했을 때 마침 엠피엘 국왕이 귀족원을 나서고 있었다.

"국왕 전하를 뵙습니다."

카를로 백작과 이안이 동시에 한쪽 무릎을 꿇으며 예를 취했다.

"오, 카를로 백작, 이안 자작. 마침 잘 왔네. 어서 일어서도록 하게."

엠피엘 국왕은 반색을 하며 두 사람을 맞았다. 도무지 의도를 알 수 없는 귀족원의 요구에 일단 조금 더 생각해 보겠다 말하고 나오는 참이다.

그런 때에 자신의 충실한 조언자인 두 사람을 보자 절로 반가웠다. 특히 카를로 백작은 아들에게 자신의 역할을 맡기고 영지에 틀어박혀서는 일 년에 한두 번 볼까 말까 한 사람이었으니 그 반가움이 어떻겠는가.

"일단 들어가지."

엠피엘 국왕은 자신의 궁전으로 두 사람을 이끌었다.

국왕의 서재. 과연 그 규모는 엄청났다. 하지만 국왕의 방이라 하기에는 화려한 모습은 찾아볼 수 없었다. 엠피엘 국왕의 성품이 드러나는 방의 모습이었다.

“그들이 국경선으로 병력의 이동 배치를 요구했단 말씀이
십니까?”

“그래. 도대체 의도를 모르겠어. 대체 무슨 일이 있었기에
불과 몇 달 만에 손바닥 뒤집듯 입장을 바꾸니.”

“알 수 없는 일입니다.”

카를로 백작이 고개를 갸웃거리며 말했다. 무언가 움직임
이 있을 것이라 생각은 했지만 설마 병력의 전진 배치라니.
그 의도를 알 수 없었다.

“자네 역시 그런가?”

엠피엘 국왕이 실망한 얼굴로 말했다. 적어도 카를로 백작
이라면 명쾌한 답을 내줄 것이라 기대했기 때문이다.

“전하, 저는 일개 기간테스 연구자일 뿐입니다. 그런 전술
쪽으로는 저도 그다지 뛰어나지 않습니다.”

카를로 백작이 황망한 얼굴로 말했다. 엠피엘 국왕이 고개
를 가로저었다.

“아니야. 내가 자네의 조언 덕을 얼마나 보았는데. 자네의
혜안은 뛰어나.”

“무언가 노리는 것이 있는 것 같은데 도무지 짐작할 수 없
습니다. 그토록 강하게 반발하던 일을……”

이안이 알 수 없다는 얼굴로 고민에 빠졌다.

“그들이 그렇게 하자고 하는 것은 분명 이익이 있기 때문
인데 그 이익이 무엇인지 모르니 답답할 노릇이지.”

엠피엘 국왕이 말했다.

"일단 그들의 움직임을 관찰해야지요. 그들이 원하는 것을 수용하면서 우리의 이익도 취해야 합니다, 전하."

카를로 백작의 말에 엠피엘 국왕이 고개를 끄덕였다.

"바톤 프로젝트의 예산을 최대한 끌어와야지. 군비에 관한 예산은 귀족원의 승인을 받아야 한다라……. 참으로 곤란한 조항이야."

"어쩔 수 없지 않습니까. 국법이 그런 것을요. 그것을 고치려 해도 귀족원의 동의가 필요하니……."

카를로 백작이 쓴웃음을 지었다.

메틀라인 왕국은 본디 귀족의 힘이 강한 국가다. 국가의 건국 과정에서 귀족들의 힘이 크게 작용한 탓이다. 이후 왕권 강화를 위해 많은 노력이 있었으나 건국 당시 제정한 국법에 발이 묶여 제대로 된 결실을 보지 못했다.

엠피엘 국왕에 이르러서야 여러 가지 정략적 교환을 통해 왕권을 조금씩 강화해 가고 있지만 아직 멀었다.

"레퀴엠 프로젝트는 어떤가? 여전히 지지부진하지? 바톤 프로젝트가 그 모양이니……."

엠피엘 국왕이 걱정스레 중얼거렸다.

바톤 프로젝트의 연장선상에 레퀴엠 프로젝트가 있었다. 바톤 프로젝트는 레퀴엠 프로젝트를 가리기 위한 목적도 있지만 또한 레퀴엠 프로젝트에 있어서 중요한 한 축을 담당하고 있기도 했다.

"네. 아무래도 기체의 디자인 과정에서 문제가……."

"그렇겠지. 바톤 프로젝트가 적용되어야 제대로 된 디자인이 나오겠지."

"엔진 부분은 순조롭습니다."

카를로 백작의 말에 엠피엘 국왕은 웃음 지었다.

"꼭 성공해야 하네. 그간 왕실의 비자금이 모두 투입된 계획이야."

엠피엘 국왕이 결연한 눈으로 말했다.

"물론입니다. 저희 가문의 사활을 걸었습니다."

그랬다.

새로운 기간테스를 개발한다면 천문학적인 자금이 들어가게 마련이다. 그 자금을 왕실의 비자금과 바첼러 백작가의 전 재산을 모아서 만든 것이다.

사실 지금 바첼러 백작가의 재정 상황은 처참했다. 왕실 역시 마찬가지다.

"공화국에서 하이드 리콜러의 개발에 성공한 것 같습니다."

귀족원에 대한 이야기가 끝나자 카를로 백작은 이곳에 온 목적을 이야기했다.

"빠르군. 우리는 자네 덕에 개발한 지 이제 겨우 이 년인데……."

엠피엘 국왕이 침음을 삼켰다.

“아무래도 이미 실전에 배치된 것 같습니다. 귀족원은 아직 하이드 리콜러의 존재 자체를 모를 테니 아무래도 그들도 공화국의 의도대로 움직이는 건 아닌지 모르겠습니다.”

“머리 아프군.”

“그래도 일단 귀족원의 요구는 어느 정도 수용해야 합니다. 공화국의 압박이 점점 거세지는 지금 이쪽도 빨리 레퀴엠 프로젝트를 완성해야 하니 말입니다.”

“알고 있네. 그런데 라이더는 준비되었나? 보통 기체가 아닌데…….”

“물색 중입니다.”

“빨리 찾아야 할 것이야. 레퀴엠 프로젝트에 맞게 훈련도 해야 할 테니.”

“네, 알겠습니다.”

이후 세 사람은 벨런시아 공화국, 윈글로스 왕국과 귀족원의 움직임에 대한 의논에 긴 시간을 보냈다.

*　　　*　　　*

졸업식 후 시간은 빠르게 흘렀다.

이슈인은 모처럼 영지로 돌아와 한가한 시간을 보냈다. 하루의 일과는 단조로웠다. 새벽 일찍 일어나 바인트을 만났던 카이럴 산으로 향했다. 바인트에게 검법을 배우던 자리에서 검법을 수련한 후 점심때쯤 산을 내려와 집으로 향했다. 늦은 점심을 먹은 후 서재에서 책을 보다가 저녁 식사 후 집 지하 연구실에 있는 기간테스로 기동 연습을 조금 한 후 잠에 드는 것이 그의 일과였다.

바첼러 백작가의 진정한 힘은 지하에 있었다. 지하 어디까지 땅을 파고 연구실을 만들었는지는 알 수 없었다. 하지만 기간테스 다섯 기가 동시에 무리없이 기동할 만한 거대한 기동 공간까지 갖추고 있었다.

지상으로 드러난 저택보다 몇 배 큰 공간이 지하에 있었다.

왕도에 있는 기간테스 생산 공장 메테나이져에 못지않은 크기와 전문적인 설비가 완벽하게 갖추어져 있는 곳. 그곳이 바첼러 백작가였다.

물론 이 사실을 아는 이는 국왕을 포함해 극소수였다. 이런 사실이 귀족파의 귀족에게 흘러들어 가 좋을 것은 없었다. 귀족원에서는 그저 바첼러 가 자체의 재산으로 연구 설비와 작은 생산 설비 정도를 만들어놓은 것으로 알고 있었다.

오늘도 어김없이 이슈인은 카이럴 산으로 향했다. 바인트가 가르쳐 준대로 마나의 길로 마나를 움직이면서 발을 놀리자 놀라운 속도로 달릴 수 있었다. 말과 경주해도 이길 수 있을 정도의 속도였다.

"라이트 바디 런(Light Body Run). 역시 이 수법은 대단해. 대체 얼마나 되는 라이트 바디 런이 존재할까?"

다리를 쭉쭉 뻗으면서 이슈인이 중얼거렸다. 집에서는 이슈인이 카이럴 산에 다녀오는 것을 모른다. 단지 주변에 산책과 수련 겸 해서 다녀오는 것으로만 알고 있었다.

수련을 위해 말을 사용하지 않고 영주성 외곽의 인적이 드문 곳까지 걸어온 후 라이트 바디 런을 사용해 달렸다.

"라이트닝 윈드(Lightning Wind)라……. 어울리는 이름이야."

이슈인이 배운 라이트 바디 런의 이름이었다. 바인트는 아직 일족에 남아 있는 라이트 바디 런의 종류만 백 가지가 넘는다고 했다. 그중 자신이 아는 한 가장 빠른 것이라며 가르쳐 준 것이 라이트닝 윈드였다.

"번개와 바람. 딱이야."

서서히 카이럴 산의 초입에 도달했다. 그러자 이슈인의 움직임이 바뀌었다. 직선으로 곧게 달리던 그의 움직임에 변화가 생겼다. 어지러운 변화를 일으키면서 나무 사이를 헤치며 위로 올라갔다. 눈으로는 쫓을 수도 없는 변화다.

"이번에는 워킹 스텝(Walking Step)이다."

워킹 스텝은 변화를 주며 몸을 움직이는 수법이었다. 이것 역시 수많은 종류가 존재하는데, 그중 변화와 속도가 이슈인에게 알맞다 싶은 것을 바인트가 전수해 주었다.

"일루젼 문(Illusion Moon). 환상의 달이라……. 운치있는 이름이야."

카이럴 산에 오르는 것, 그 자체가 이슈인에게는 수련이었다.

바위 앞에 도착한 이슈인은 가부좌를 틀고 앉았다. 그리고 천천히 몸 안의 마나를 순환시켰다. 마이너 서클을 따라 열두 바퀴를 돌렸다. 그리고 그레이트 서클의 길을 따라 마나를 보냈으나 쉽지 않았다.

"후우! 그레이트 서클은 아직인가."

이슈인의 목소리에는 진한 아쉬움이 묻어 있었다.

아쉬움을 뒤로하고 이슈인은 허리에서 검을 뽑았다. 어디서나 쉽게 볼 수 있는 평범한 롱 소드였다.

이슈인은 신중히 움직이면서 검을 움직였다. 검의 움직임과 함께 몸의 움직임에도 신경 썼다.

무한의 검이라는 이름을 가진 인피니트 소드. 그것이 이슈인이 수련하는 검법이다. 그에 맞춰 인피니트 워크(Infinite Walk)라는 발놀림 역시 함께 수련했다.

이렇게 이슈인은 바인트에게 모두 여섯 가지를 배웠다. 그리고 아직 그 어느 것도 만족할 만한 수준에 이르지는 못했다. 하루가 다르게 성취가 올라가고 있었지만 이슈인은 욕심이 많았다.

이슈인이 수련하는 인피니트 소드는 다시 여섯 가지의 수법으로 나뉘었다.

첫 번째 수법, 불타는 검인 플레임 블레이드(Flame blade). 활활 타오르는 불꽃을 연상할 정도로 거침없는 자유로운 움직임을 보인다. 수준이 오르면 그 자체로도 불꽃을 일으키는 검이 된다.

두 번째 수법, 눈보라 치는 검인 블리자드 블레이드(Blizzard Blade). 사방 모든 방향을 점하여 일거에 몰아치는 모습은 흡사 눈보라 속에 빠진 듯한 착각을 일으키게 한다. 수준이 오르면 차가운 기운을 흘려내며 그 자체로도 눈보라를 일으킬 수 있었다.

세 번째 수법, 번개의 검인 라이트닝 블레이드(Lightning Blade). 번개와 마찬가지로 빠르고 파괴적인 검이다. 경지에 올라 마나를 실으면 실제로 번개가 뻗어나갈 수도 있었다.

네 번째 수법, 폭발의 검인 익스플로젼 블레이드(Explosion Blade). 말 그대로 검에 닿는 것이 그 엄청난 힘을 이기지 못하고 터져 나가는 수준이었다. 마나를 실을 수 있게 되면 그 파괴력은 어마어마할 것이다.

다섯 번째 수법, 빛의 검인 샤이닝 블레이드(Shining Blade). 눈부신 빛과 함께 떨어지는 검이다. 상대는 미처 검의 궤적조차 보지 못할 정도로 너무나 선명하기에 너무나 은밀한 검의 움직임이다. 마나를 실을 수 있다면 상대는 잠시간 실명할 정도의 광휘에 휩싸일 것이다.

마지막 수법, 무한의 검.

이 마지막 수법 때문에 이슈인이 익히고 있는 검법의 이름이 인피니트 소드였다.

인피니트 블레이드(Infinite Blade). 마지막 수법의 이름이다.

그뿐이다.

모든 것을 압도하는 한 번의 검격.

이것이 인피니트 소드의 최고의 수법이다.

그만큼 어려웠다.

수련을 하는 이슈인은 아직 인피니트 블레이드에 대한 감조차 잡지 못하고 있었다.

그저 한 번을 내리긋는 움직임, 아니면 옆으로 평범하게 베는 움직임. 그것이 전부였다.

바인트 스승은 이것을 완벽히 익힌다면 세상에 베지 못할 것이 없다고 했다. 하지만 그 말에는 작은 의심이 일었다. 이 수법에서는 그 무엇도 알 수가 없었기 때문이다.

만약 이 수법에 마나를 실으면 새로운 세상을 보게 될 것이라 했다.

이슈인은 작은 의심은 뒤로하고 열심히 검을 휘둘렀다.

바인트 스승님의 말을 굳게 믿고서 처음부터 끝까지 한 수법, 한 수법 최선을 다했다.

"후우!"

이슈인은 거친 숨을 천천히 심호흡으로 골랐다.

"대단해. 하나하나가 모두 이미 완성된 피어스 브레이크야. 어떻게 이런 것이 존재할 수 있지?"

마나를 싣는다는 것. 그것은 검에 마나를 실어 한 번에 그 힘을 폭발시킨다는 것이었다.

바로 피어스 브레이크인 것이다.

본디 마나를 싣는다는 것의 의미는 달랐으나 바인트는 현 시대의 수준에 맞추어 이슈인에게 가르쳐 준 것이다. 이슈인이 그것을 뛰어넘는다면 스스로 그 사용법을 깨닫게 될 것이다.

무한지검은 그런 검법이었다.

이슈인은 수련을 마치고 집으로 돌아왔다. 독서와 기간테스 운용을 오늘은 하지 않았다. 대신 집안 이발사에게 머리를 맡겼다. 익숙한 손놀림으로 머리카락을 다듬어주었다.

평소와 다른 것이라면 3센티미터도 안 되는 짧은 길이로 잘랐다는 것일까?

오늘이 3월 11일. 입대일이 3월 13일이다.

내일은 다시 왕도로 돌아가는 날이다.

메틀라인 군사아카데미 졸업생의 의무는 학부마다 다르다. 그중 라이더 과정과 배틀러 과정은 십 년간의 왕국군 복무다.

일부 재능있는 귀족 자제 중에는 왕국군 의무 복무규정 때문에 아카데미에 지원하지 않는다. 대신 라이더 출신의 개인 강사를 초빙해 직접 집에서 기간테스의 운용을 배운다.

거울에 비친 짧은 머리의 자신을 보자 이슈인은 기분이 싱숭생숭했다.

"머리를 잘랐구나."

언제 들어온 것일까? 카를로 백작이 서 있었다.

"네."

"잘 어울리는구나."

카를로 백작의 웃음에 이슈인은 머쓱한 표정을 지었다.

"본래 귀족은 왕국군에 복무하지 않아도 된다. 알고 있겠지? 중앙의 요청이 있을 때 영지군을 이끌고 참전해야 하기에 영지를 가진 귀족에게 병역은 면제가 되지. 하지만 예외가 있으니 아카데미의 라이더와 배틀러다. 네가 우리 집안에서는 처음으로 왕국군에 복무하게 되는구나."

이슈인의 모습을 살피며 카를로 백작이 말했다.

그의 얼굴에는 착잡함이 가득했다. 왕국군의 훈련이 어떤지 알고 있었기에 앞으로 아들에게 어떤 힘든 시련이 있을지 짐작이 간 것이다.

"네, 처음부터 알고 지원한 것입니다. 아버님께서 저를 너무 일찍, 그리고 너무 많이 기간테스에 태우셨습니다."

이슈인이 빙그레 웃으며 말했다.

가문에서 개발 후 테스트하던 기간테스. 마침 급한 테스트를 해야 하는 날 테스트가 가능한 라이더가 없었다. 발을 동동 구를 때 평소 흥미있게 기간테스의 운용을 지켜보던 이슈인이 콕피트에 오른 것이 모든 일의 시작이었다.

그때의 일을 떠올리는지 카를로 백작의 눈은 먼 추억을 향해 있었다.

"후후, 그때 네 모습에 무척이나 놀랐단다. 그리고 이제는 어엿한 라이더구나. 아니, 아직은 아니지."

"네, 훈련을 마친 후 정식으로 써드 나이트로 임관해야 하지요."

카를로 백작의 말에 이슈인이 웃으며 대답했다.

"모두 8주간의 훈련이다. 매년 끝까지 훈련을 마치지 못하고 낙오하는 인원이 1할이다. 겨우 1할이지만 네 자신이 그 1할에 들어가면 너에게는 낙오 자체가 10할이 된다. 무슨 말인지 알겠지?"

"네, 최선을 다할 겁니다."

부자의 눈이 허공에서 얽혔다. 훈훈한 정이 그 사이에 맴돈다.

봄이라 하나 아직은 3월 중순이다. 게다가 오늘이 어떤 날인지 아는 양 날씨는 변덕스럽게도 차가운 바람을 뿌려댔다.

메틀라인 왕국군 훈련소

이안과 이슈인이 서 있는 커다란 정문 위에 날아갈 듯한 필체로 적혀 있는 글이다.

"왔구나."

“그래.”

“녀석, 고생문이 훤하다.”

이안이 동생의 어깨를 툭툭 두드리면 말했다. 다음 대 백작 위를 물려받을 백작가의 장자로 현재 자작의 작위를 가지고 있는데다 국방부 차관의 자리에 있는 이안은 그 직무상 훈련소에 대한 일도 제법 소상하게 알고 있다.

매년 1할의 낙오자가 어떻게 생기는지도 잘 알고 있었다.

라이더는 귀중한 자원이다. 그래서 훈련소 측에서도 최대한 낙오자가 생기지 않게 하려고 노력하지만 그 사람의 철학 때문에 쉽지만은 않은 일이다.

두 사람은 안으로 걸음을 옮겼다.

오늘 입대 예정자는 겨우 120명이다.

라이더 과정의 40명과 배틀러 과정의 80명. 이들이 전부다.

이미 훈련소 연병장 주변에는 사람들이 제법 와 있었다. 그래도 총인원이 워낙 적었기에 넓은 연병장 주변 여기저기에 흩어져 있었다.

이안이 품에서 회중시계를 꺼내 시간을 확인했다.

“8시 40분이라……. 이제 20분 남았네.”

이슈인을 보며 씨익 웃는 이안의 얼굴에는 장난기마저 떠올라 있었다.

“그래.”

이슈인은 형의 웃음이 기분 나쁜 듯 퉁명스레 대답했다.

"짜식, 긴장했냐? 중간에 도망쳐 나오지 마라. 그러면 내년에 다시 입대해야 한다. 크크."

까칠까칠한 감촉을 느끼며 이안은 이슈인의 짧은 머리를 쓰다듬었다.

"내가 무슨 애야?"

이슈인이 기분 나쁜 듯 투덜거렸다.

그 말에 이안이 생각났다는 듯 물었다.

"아, 맞다. 너, 어른은 돼서 들어가는 거지?"

"장난해? 나 이제 열아홉이야. 어엿한 성인이라고."

이슈인이 어이없다는 듯 대답했다.

제이드 대륙 대부분의 국가는 18세부터 성인이라 인정하며 성인식을 행했다. 이슈인도 아카데미 10학년 때 성인식을 치렀다.

그 대답에 이안은 크게 웃었다.

"푸하하하하하! 짜식, 아직 애군."

"뭐야?"

형의 반응에 이슈인의 얼굴에 기분 나쁜 기색이 역력했다.

"금일 입대 예정자는 지금 즉시 연병장 가운데로 집합합니다. 5분 내로 집합 완료하도록 합니다."

그때 확성 마법을 이용해 울려 퍼지는 방송이 귀를 찔렀다.

"너 부르네. 어서 가라. 몸 건강하고."

이안이 연병장 가운데를 손가락으로 가리키며 이슈인의

등을 두드려 주었다.

"그래."

화를 내려던 이슈인은 섭섭한 얼굴로 형의 얼굴을 힐끗 본 후 연병장 가운데로 달렸다. 5분이면 충분한 시간이지만 이제부터는 군인의 신분. 설마 5분 전부를 줄 거라 생각하지는 않았다.

집합 완료까지 모두 3분이 걸렸다.

인원 파악 결과 입대 예정자 120명 모두 정확하게 왔다.

"일동 차렷!"

중앙의 구령에 120명의 입대 예정자는 일사불란하게 움직였다. 과연 아카데미 출신다웠다.

"전방을 향해 경례."

120개의 오른손이 동시에 올라갔다.

그것으로 끝이다. 자신들을 배웅해 준 가족, 친지에게 경례 한 번 하는 것으로 훈련소 입소는 끝이었다. 거창한 행사 같은 것을 기대한 것은 아니지만 너무나 간단했다.

중앙의 통제에 따라 120명은 오와 열을 맞춰 일사불란하게 움직였다. 연병장을 빠져나와 커다란 건물 뒤로 돌아 들어가는 순간 양옆에서 인솔하는 교관들의 표정이 변했다.

"제자리에 서!"

차착.

절도있게 정지했다.

“간격 벌려 선다. 실시!”

목소리도 달라졌다. 모두 재빨리 동작을 취했다. 적정 간격을 벌려 서는 것은 순식간이었다.

그 모습을 확인한 교관은 고개를 끄덕였다.

“그럼, 대가리 박아!”

그것이 시작이었다.

“5분 준다고 3분이나 걸려서 집합하나? 제일 처음에 뭐라 했나? 즉시라 했다. 알고 있나? 그럼 방송을 듣는 즉시 움직여야지, 무슨 큰일 한다고 굼뜨게 움직이는 거야? 어떻게 모두 집한하는 데 3분이나 걸려?”

이윽고 시작된 고함 소리.

말도 안 되는 억지다.

5분을 줬는데 3분 만에 해냈다. 당연히 칭찬을 들어야 할 상황이지, 이런 얼차려를 받으며 욕을 들을 상황이 아닌 것이다.

몇몇이 흥분했는지 몸을 들썩였다.

“뭐 잘한 게 있다고 움직이나! 이게 부당하다 생각하는가? 전혀 부당하지 않다! 너희들은 훈련병이고 나는 앞으로 너희들의 8주를 책임질 교관이다! 그리고 이곳은 군대다! 알겠나?”

대답은 없었다.

“한쪽 다리 든다! 실시!”

바로 터져 나오는 고함 소리.

몇몇이 다리를 들지 못했다.

"뭐 하나!"

그 즉시 뒤에 대기하고 있던 다른 교관들이 다가가 허리를 걷어찼다.

"윽!"

"큭!"

사방에서 신음이 터져 나왔다.

"어쭈? 지금 한 대 맞았다고 드러누워서 쉬는 거야? 얼른 원상복귀 못해?"

누워 있는 동안 교관들의 다리는 쉬지 않고 움직였다. 가차 없었다. 군복도 지급받지 못한 상황에서 얼차려와 구타가 먼저 시작되었다.

여자라고 예외는 없었다. 여자에게는 여성 교관이 발길질을 하고 있었다.

'빌어먹을.'

이슈인은 속으로 욕지기를 삼켰다.

졸업한 선배들에게 듣기는 했다. 연병장을 벗어나는 순간 8주간의 지옥이 시작될 것이라고. 휴가를 나온 선배들이 모두 한 말이다. 뭐, 그래도 할 만했다는 말을 마지막에 덧붙였기에 정녕 이런 것일 줄은 몰랐다.

저들의 행동에는 광기마저 어려 있는 것처럼 보였다.

"야, 이 새끼들아! 내가 누군지 알아!"

그때 누군가가 벌떡 일어나서 고함을 질렀다. 귀족가의 자제라고 생각할 수 없는 욕설까지 뱉어가면서.

돌아온 응징은 가혹했다.

그가 누구인지 아무도 관심이 없는 듯, 교관 세 사람이 주먹과 발을 날렸다.

참혹한 구타가 이어졌다.

어떻게든 반항을 해보려 했으나 소용이 없었다.

칼버튼의 훈련소 생활은 그렇게 처참하게 시작되었다.

왕국의 제일 귀족이라는 공작가 둘째 아들의 모습이라기에는 너무도 처참했다.

"너희들이 뛰어난 인재라는 것은 안다. 아카데미에서 체계적인 수련을 거쳐서 상당한 실력을 쌓았다는 것도, 일대일로 붙으면 여기 있는 나를 비롯해 다른 교관들과 대등하게 싸우거나 혹은 이길 수 있다고 생각한다는 것도 안다. 하지만 여긴 군대다. 실력이 우선이 아니다. 계급이 우선이다. 지금 너희들은 고작 써드 폰—계급상 최하의 병사. 한국군의 이등병에 해당—조차 안 되는 햇병아리 훈련병들이다. 알겠나? 반항은 용서없다. 혹여나 실력 행사해 보겠다고 덤빌 녀석이 있나 노파심에서 하는 말인데, 이곳에선 너희들의 마나는 쓸 수 없다. 이 공간 자체에 마나 락(Mana Lock) 마법이 펼쳐져 있다."

그랬다.

칼버튼 정도 되는 녀석이 그냥 두드려 맞으려 일어났을 리 없다. 분명 뒤집어엎을 생각으로 욕하면서 일어났다가 몸 안에서 요지부동 움직이지 않는 마나에 당황하는 사이 저렇게 두드려 맞은 것이리라.

미리 이곳에 도착하자마자 말해줄 수도 있었다.

그것을 희생양이 생긴 다음에야 말해주는 수석 교관의 의도가 너무나 뻔했다.

그러나 마나 락 마법엔 예외가 있었다.

이슈인이었다.

마나를 쌓고 운용하는 방법이 달랐기에 마나 락의 영향에서 벗어나 있었다. 하지만 이슈인은 반항하지 않았다. 어차피 8주간 받아야 하는 훈련이고, 자신이 훈련병인 것은 사실이다. 그리고 이곳은 군대다.

욕이 목구멍 밖으로 나오려 했지만 군대에 왔으면 군인이 되어야 했다.

그렇게 8주간의 지옥이 시작되었다.

CHAPTER 7
왕국군 훈련소

"좌향좌!"

교관의 외침에 일사불란하게 120명의 훈련병이 왼쪽으로 돌았다.

"앞으로 가!"

척척 발을 맞춰 걷는 훈련병들. 마치 한 몸이라도 된 양 멋진 모습을 보여주고 있었다.

"좌향 앞으로 가!"

왼발을 반보만 내딛는가 싶더니 그 발을 축으로 멋들어지게 왼쪽으로 90도 틀면서 오른발을 앞으로 내딛는다. 그 동작에 한 치의 어그러짐도 없이 120명 모두가 맞춰서 동일하게 움직였다.

제식훈련을 몇 달간 받은 병사들처럼 멋지게 움직였다.

"발 바꿔 가!"

구령과 함께 왼발을 반보 짧게 딛고는 오른발이 쭉 뻗어 나온다.

"우향 앞으로 가."

오른발을 반보 짧게 딛고 그 발을 축으로 왼발이 앞으로 나온다.

그렇게 네 시간 동안 훈련병들은 쉬지 않고 연병장을 걸었다.

단지 구령에 맞춰 걷는 것뿐인데도 무척이나 힘들었다.

단지 걷는 것.

그것이 이렇게 힘든 일이라는 것을 훈련병들은 오늘 처음 알았다. 아니, 정확히는 어제 알았다.

오늘로 훈련소에 들어온 지 사흘째 되는 날이다. 어제부터 시작된 제식훈련에 훈련병들은 하루 종일 걷고만 있었다. 모두의 가슴속에는 불만이 가득했다.

왕국군 최고의 엘리트라는 라이더와 배틀러. 그것이 바로 자신들이다. 그런데 고작 이런 기초적인 제식훈련이라니 불만이 없을 수 없었다.

겨우 이틀 만에 이토록 완벽한 동작으로 보여주는 것만으로도 자신들이 얼마나 우수한지 증명하고 있었다.

하지만 교관은 계속해서 트집을 잡으면서 제식훈련을 시켰다. 반항하고 싶지만 할 수도 없었다. 입소한 날, 마나 락이 걸려 있는 공간에서 모두 팔찌 하나씩을 찼다. 마나 락 마법이 걸려 있는 팔찌. 그 팔찌를 차고 있는 한 모두들 보통 사람이었다.

"좋다. 점점 좋아지고 있다. 이제 동작의 오차가 0.2초 정도로 줄었다. 오차가 0이 되는 그 순간까지 계속해서 반복 숙달하도록 한다."

악마와 같은 목소리.

어제 제식훈련을 처음 시작했을 때는 오차가 1초라면서 엄청나게 굴렸었다. 그 결과 이제는 0.2초라 한다.

과연 그 차이가 있는 것일까?

대부분, 아니, 이슈인을 제외한 모든 훈련병의 생각은 그런 차이는 인간이 구분할 수 없다는 것이다. 그저 자신들을 괴롭히기 위한 핑계에 지나지 않는다고 생각하고 있었다.

'수석 교관, 능력이 대단하다. 정확히 변화를 읽어내고 있어.'

마이너 서클이 활성화된 상태인 이슈인은 분명히 자신들의 동작이 점점 더 일치해 가고 있다는 것을 느낄 수 있었다. 물론 그 오차가 정확히 1초에서 0.2초로 준 것은 아니다. 하지만 그것을 단지 높은 곳에서 보는 것만으로 알아차리다니 수석 교관은 보통 사람이 아닌 듯했다.

‘저 정도 능력의 사람이 시키는 일이라면… 이유가 있겠
지.’

이슈인은 고개를 끄덕이면서 구령에 따라 움직였다.

“77번 훈련병, 당장 튀어나온다!”

“77번 훈련병, 이슈인!”

자신을 호명하는 소리에 이슈인이 잽싸게 튀어나갔다. 이
슈인이 단상 앞에 도착하는 순간 이미 교관은 아래에 내려와
있었다. 그리고 이슈인이 달리는 속도를 줄이려는 절묘한 타
이밍에 그대로 교관의 발이 이슈인의 복부에 박혔다.

“큭.”

이슈인은 짧은 신음을 흘렸다.

“누가 제식훈련 중 머리를 움직이라 했다. 머리는 고정시
키고 눈은 항상 정면을 바라보라 했다. 아닌가?”

“맞습니다.”

이슈인은 큰소리로 대답했다.

교관들은 잔혹했고, 덕분에 훈련병들은 단 이틀 만에 완벽
히 군인의 기본적인 소양을 익힐 수 있었다.

교관의 발이 다시 날아들었다.

“그런데 왜 그랬나? 다른 훈련병들에 비해 좀 더 잘한다고
마음 놓은 것인가?”

“아닙니다.”

교관들은 이미 이슈인이 모든 훈련병 중 단연 돋보이는 실

력을 가졌다는 것을 파악하고 있었다.

'눈 하나는 정말 끝내주는군.'

무심코 작게 움직인 머리. 그것을 그 거리에서 알아보다니. 이래서야 딴생각할 때도 긴장해야 할 것 같았다.

"잽싸게 튀어 들어간다."

"네!"

큰소리로 대답한 이슈인은 재빨리 자신의 자리로 돌아갔다. 자신이 빠져나온 공간은 그대로 비워진 채 대열이 움직이고 있었다. 과연 아카데미 최고의 엘리트 출신들다웠다.

"너희들은 기사가 아니다!"

수석 교관의 입에서 처음으로 다른 말이 나왔다. 그 순간 몇몇 훈련병은 제식훈련이 곧 끝날 것임을 직감했다.

수석 교관은 생각없이 잔혹하기만 한 것은 아니었다. 항상 자신들이 하는 일의 의미를 가르쳐 주었다.

단지 모든 것이 끝날 때 그래서 너희가 이렇게 괴로웠던 것이라고 가르쳐 준다. 미리 가르쳐 주면 훈련에 임하는 자세가 달라지겠지만 그는 그것을 원하지 않는 것 같았다. 아마도 훈련병들을 좀 더 굴리기 위함이리라.

그의 그런 행동을 눈치챈 훈련병이 서너 명밖에 되지 않는 것도 그의 행동 덕이었다. 눈치챈 훈련병들은 항상 빠릿빠릿하게 움직여 그가 훈련을 시키는 재미를 반감시켰기에 그는 최대한 더 잔혹하게 행동했다.

"전쟁은 집단전이다. 기사들이 멋 부리면서 일대일로 싸우는 그런 장난이 아니란 말이다!"

수석 교관의 말에 몇몇이 울컥하는 반응을 보였다. 기사 가문 출신들이다.

"전쟁의 승리는 얼마나 잘 일치된 모습으로 훌륭히 작전에 따라 움직이느냐, 병진을 얼마나 효율적으로 짜서 운용하느냐에 달려 있다. 그런 것의 기본이 제식이다! 알겠나! 트랜스 아머든, 기간테스든 어쨌든 병기다. 전술에 따라 병진을 짜서 움직여야 한다는 말이다. 제식은 모든 훈련의 기본이다. 알겠나!"

"네, 알겠습니다!"

우렁찬 대답이 터져 나왔다.

절반 정도는 수긍을, 절반 정도는 불만을 가진 채였다.

이것을 시작으로 일반 병사들이 받는 훈련을 하나하나 받기 시작했다.

시일이 갈수록 불만은 점점 고조되어 갔다.

6일의 훈련과 1일의 휴식.

일요일에는 각자 편지를 받아보고 답장을 쓸 수 있었다. 그때 속속들이 들어오는 훈련소와 교관에 대한 정보들. 그 정보들이 그들을 분노케 했다.

교관은 전원 평민들로 일반 사병이라 했다.

써드 폰, 세컨 폰, 프라임 폰, 솔져.

오 년간 복무함으로써 영지에서의 군역을 면제받기 위해 왕국군에 들어온 평민들이다. 이것은 영주들의 군사력을 약화시키는 동시에 중앙군, 즉 왕국군의 군사력을 강화시키는 정책으로 이십 년 전에 처음 시행되었다.

귀족원의 강한 반발이 있었으나 엠피엘 국왕이 강력하게 밀어붙였다. 당시 그가 가진 왕권을 모두 사용하였을 정도이다.

왕국법에 그에 관해 귀족원의 동의를 얻어야 한다는 조항이 없었기에 밀어붙이기가 가능했다. 귀족원은 지금도 왕국군 모병제를 폐지하기 위해 노력하고 있으나 이미 칼자루는 국왕의 손에 들려 있었다.

이십 년 전. 모병제의 확립 이후 알게 모르게 왕의 힘이 커졌다. 군사력을 장악한 덕이다.

훈련병들은 8주간의 훈련을 마치면 장교인 써드 나이트로 임관한다. 나이트는 기사의 작위를 가진 자가 군에 들어왔을 때 받게 되는 계급으로 초급 장교였다. 그리고 라이더와 배틀러라는 희소성 덕에 승진도 빨랐다. 귀족 출신의 장교가 될 자신들이 겨우 저런 평민 사병들이 시키는 대로 해야 한다니 분노가 하늘을 찔렀다.

오직 이슈인만이 느긋했다.

'어차피 들어오기 전에 알았던 사실인데……'

그래도 듣는 것과 겪는 것은 다르다.

'게다가… 클레딘 수석 교관은 다른 교관들과는 달라. 부사관 정도 되어 보이는데, 그렇게 생각하기에는 가진 바 권한이 너무 커.'

이슈인은 클레딘 교관의 정체가 의심스러웠다.

형에게 일반병들의 훈련 과정에 대해 들은 적이 있었다. 그것과 자신들의 훈련은 많이 달랐다.

일단 교관들의 계급장이 없었다.

그리고 자신들을 책임지는 소대장도, 중대장도 없었다. 장교 계급을 단 누구도 보이지 않았다. 자신들을 통제하는 교관들을 제외하고는 누구도 볼 수 없었다.

훈련소가 크긴 했지만 이렇게 완벽히 격리되어 훈련을 받게 되는 경우는 없다고 들었다.

'라이더와 배틀러다 이건가?

이슈인은 침상에 누워 생각을 정리했다.

사실 이런 생각은 아무런 쓸모가 없었다. 그저 열심히 훈련을 받으면 된다.

이슈인은 두 눈을 감았다. 그리고 배꼽 아래에 모여 있는 마나를 움직였다.

마이너 서클. 아직 그레이트 서클은 요원했다.

마나 스피어(Mana Sphere)에 모인 마나의 양은 점점 늘어났지만 그뿐이었다. 변화가 있다면 이제는 꼭 가부좌를 틀지 않아도 마이너 서클의 순환이 가능하다는 것이다. 물론 가부좌를 하고 앉아서 할 때보다 속도가 훨씬 느렸다.

"빨리빨리 군장 싼다. 뭐 하나? 이렇게 느려서 오늘 안에 출발할 수 있겠나?"

교관들이 내무실을 돌면서 훈련병들을 독촉했다.

어제로 해서 입소한 지 4주가 되었다. 절반이 지나간 것이다. 오늘부터의 훈련은 행군이다.

단순한 행군이 아니다. 행군과 전투 훈련, 숙영 등 여러 가지 훈련을 앞으로 6박 7일간 진행하게 된다.

새벽 6시의 이른 시각.

기상하자마자 군장을 싸기 시작한 훈련병들은 6시 30분에 모든 준비를 마치고 연병장에 모여 머리를 땅에 박고 있었다. 물론 늦었다는 이유로 얼차려를 받는 것이다.

'벌써 행군인가?'

행군은 훈련소 내의 모든 훈련을 종합해서 마무리하는 훈련이다. 이슈인은 형에게 그렇게 들었다.

그런데 이제 절반이 끝났는데 벌써 행군이라니 의아했다. 훈련병들은 8주간의 훈련 일정에 대해서 아는 것이 없었다. 그저 하루 일정이 끝나면 내일 무엇을 한다는 식으로 들을 뿐이다.

오늘부터 행군을 한다는 것도 어제 들었다. 그 일정이 6박 7일이라는 것만 들었다. 행군 중에 무엇을 하는지 아는 것은 없었다.

"모두 일어서! 갈 길이 바쁘다! 지금 당장 출발한다!"

클레딘 교관의 말에 모두들 일어나 질서정연하게 걸음을 옮겼다.

왕국군 훈련소는 레오네인 성 외곽에 위치했다. 덕분에 금세 레오네인을 벗어났다.

행군 속도는 빨랐다. 일반인들의 걸음에 비해 두 배는 빠른 속보로 쉬지 않고 걸었다.

교관들의 체력은 뛰어났다. 같은 속도로 걸으면서 훈련병들을 통제하는데도 지친 기색이 보이지 않았다.

모두의 얼굴이 땀으로 젖어들 무렵 선두의 클레딘 교관이 외쳤다.

"정지! 10분간 휴식한다!"

클레딘 교관의 말에 대열이 멈췄다. 그리고 그대로 자리에 주저앉아 쉬었다.

군장을 풀고 어깨를 주무르며 수통의 물을 마시는 훈련병들이 곳곳에 있었다. 그 와중에 쉬지 못하고 경계를 서고 있는 훈련병들도 있었다.

실전 상황과 똑같이 훈련하였기에 긴장을 늦출 수 없었다. 긴장을 늦추면 적이 찾아드는 것이 아니라 교관들의 무자비한 폭력이 날아들었다.

이슈인은 하늘을 올려다보았다.

이미 4주의 훈련 과정 중 독도법과 태양, 달, 별의 위치를 통해 시간과 방향을 잡는 법도 배웠다. 아카데미에서는 배우지 못한 것들이었기에 배우는 동안 제법 재미있었다. 교관들의 구타를 빼면 말이다.

인간의 능력은 놀라웠다. 무자비한 폭력이 동반된 수업이었기 때문인가. 조는 사람이 하나도 없었음은 물론, 모두들 아카데미 시절에 비해 배 이상의 학습 능력을 보여주었다. 이슈인의 동기들도 놀랐다. 그들이 이슈인이 수업 시간에 깨어 있는 모습을 본 것이 얼마만인지 몰랐다.

'북동쪽으로 계속해서 가고 있다. 이대로라면 포르안 강이 나올 텐데. 6박 7일이라……. 설마 포르안 강까지 왕복하는 것은 아니겠지?

이슈인의 머릿속에 불안한 예감이 들어왔다 나갔다 했다.

포르안 강은 메틀라인 왕국에서 가장 큰 강으로 레오네인 동쪽의 평야지대의 젖줄이다. 레오네인 북동쪽으로 포르안 강까지의 거리는 대략 200킬로미터 정도다.

일반인들이 한 시간을 걸으면 평균적으로 3킬로미터를 간다. 현재 훈련병들은 그 두 배의 속도로 걷고 있으니 한 시간이면 6킬로미터를 갈 수 있고, 포르안 강까지 왕복한다면 67시간을 꼬박 걸어야 한다는 계산이 나온다.

6박 7일은 156시간이다.

'이거 시간이 너무 많이 남는데?

불안한 예감이 더욱 불길해졌다. 머릿속으로 대강 암산을 한 결과 포르안 강까지 다녀온다 하더라도 시간이 많이 남았다.

'대체 무엇을 하려는 거야?'

이슈인은 일정 예상하는 것을 포기했다. 그저 시키는 대로 따르면 그만인 것이다. 예상하려 하면 머리만 복잡해질 뿐이다.

이슈인은 그렇게 군인이 되어갔다.

저녁 9시가 되어야 행군은 끝났다. 6시 30분에 출발하여 지금까지 쉰 시간은 고작 한 시간 20분. 식사 시간을 포함한 시간이다. 열세 시간을 줄곧 걸은 것이다.

발, 발목, 다리, 허리, 목까지 안 아픈 곳이 없었다. 하지만 그 아픔보다 더한 피곤이 모두를 덮쳤다.

"지금부터 3인 1조로 숙영 천막을 친다. 실시!"

클레딘 교관의 말에 군장을 풀어서 숙영 도구를 챙긴 훈련병들은 빠른 동작으로 천막을 쳤다. 숙영 모의 훈련에서 한나절 내내 천막을 쳤다 걷었다 한 덕인지 손놀림이 빨랐다. 얼마 후 그럴듯한 천막이 완성되었다.

"다시!"

하지만 교관들은 가차없었다. 조금이라도 미진한 부분이 있으면 발로 차서 천막을 무너뜨렸다.

그런 과정을 거쳐 숙영 준비를 완료한 것이 밤 10시다.

"모두들 지치고 힘들 것이다. 뼈마디 곳곳이 아플 것이다.

너희는 이제 겨우 하루를 걸었다. 그런데 벌써 그렇다는 것은 너희가 그만큼 나약하다는 것이다. 조금 더 강해지도록. 그런 의미에서 지금부터 자정까지 훈련을 개시하겠다."

훈련병들의 얼굴에 절망이 어렸다.

이제는 쉴 수 있을 것이라 여겼건만 두 시간 동안 훈련이라니.

"1소대는 방어 진형을 짠다. 2소대, 3소대는 공격한다. 실시!"

라이더 과정의 40명이 1소대, 배틀러 과정의 80명이 2소대와 3소대를 구성했다.

클레딘 교관의 명령에 재빨리 각자의 진형을 짠 훈련병들은 실제와 같은 전투 훈련을 시작했다.

그리고 모두가 지쳐 쓰러졌다. 잠이 든 것이 아니라 기절을 했다는 것이 맞을 것이다.

그렇게 지쳐 잠든 훈련병들 사이를 클레딘 교관이 움직였다. 훈련병들의 팔목에 채워져 있는 팔찌에 손바닥을 대고 무어라 중얼거린 후 일어섰다.

이슈인은 마이너 서클을 운용해 피로를 풀던 중이라 클레딘 교관의 움직임을 느낄 수 있었다. 이슈인은 서클의 운용을 중단했다. 마나가 다시 배꼽 아래에 위치한 마나 스피어로 모여들었다.

'뭐지?'

바로 옆 천막에서 클레딘 교관의 기척이 느껴졌기에 이슈인은 자는 척을 했다.

곧 이슈인과 같은 조원의 훈련병들이 자고 있는 천막으로 클레딘 교관이 슬며시 들어왔다. 그는 역시 다른 천막에서와 마찬가지로 마나 락이 걸린 팔찌에 손을 대고 중얼거렸다.

"마나 락 레벨 8 시행."

클레딘 교관의 목소리에 반응하게 마법을 걸어놓았는지 아주 단순한 시동어였다. 그 말과 함께 팔찌는 작은 빛을 잠깐 발했다.

세 명의 팔찌에 시동어를 말하고 클레딘 교관은 천막을 벗어났다.

'마나 락의 힘이 조금 약해졌다. 역시 아주 생각없이 몰아치는 것은 아니었어.'

지금까지 4주 동안 마나없이 훈련병들은 극한을 체험했다. 그만큼 몸은 강인해져 있었다. 마나 역시 강해져 있었다. 기사들은 몸을 단련하면 마나가 강해진다. 더군다나 지금 이들은 마나를 사용하지 못하게 잠근 상태에서 극한을 체험했다. 그러면 그 반발로 마나는 더욱 빠른 속도로 강해진다.

리바운드 플래쉬(Rebound Flash)라는 이름의 수련법이다. 하지만 보통은 일주일 간격이 적정한 수준이라 알려져 있다. 즉, 일주일간 마나를 잠근 상태에서 수련하고 일주일은 마나를 풀고 있는 것이다.

실제 벽에 막힌 기사나 무도가들이 이런 방법의 수련을 행한다.

하지만 훈련병들 누구도 리바운드 플래쉬를 생각하지 못했다. 대신 교관들에 대한 분노만을 가슴에 쌓아갔다.

심지어 이슈인조차도 리바운드 플래쉬는 생각지도 못했다. 자신의 마나 수련법이 다른 이들과 다른 때문도 있겠지만 그 역시 교관들의 혹독함만을 보았기 때문이다. 클레딘이 비범하다는 것은 알아보았지만 이슈인도 거기까지가 한계였다.

'사실은 이게 리바운드 플래쉬였다는 건가?'

이슈인은 클레딘이 일일이 훈련병들의 마나 락 수준을 낮추는 것을 보고서야 그것을 깨달을 수 있었다.

밤사이 훈련병들은 탈진에 가깝게 소모된 체력을 회복할 수 있을 것이다. 4주간 꽉 잠긴 채 움직일 길만 찾던 마나들이 조금이나마 풀린 길로 몰려다니면서 몸을 회복시켜 줄 테니까.

아침이 밝았다.

과연 전날의 피로는 잊은 듯한 얼굴이다. 이미 대부분의 훈련병들이 마나 락의 힘이 조금 약해진 것을 눈치챘다. 하지만 누구도 그것이 클레딘이 일부러 풀어준 것이라 알아차리지는 못했다. 그저 마나 락 팔찌에 문제가 생겨서 그 힘이 약해졌다 생각할 뿐이었다.

행군은 다시 이어졌다.

그렇게 반복적인 시간이 지나갔다. 정녕 강행군이었다. 하루하루 갈수록 행군 속도가 조금씩 빨라지고 있었다. 선두의 클레딘과 최후미의 교관들이 속도를 조절했기에 훈련병들은 그저 처지지 않게 따라붙는 것이 전부였다. 그래도 나날이 마나 락의 힘이 약해졌기에 훈련병들은 버틸 수 있었다.

그렇게 3일째 되는 날 오후, 푸른 포르안 강물을 볼 수 있었다. 이슈인은 이제 돌아갈 것이라 생각했다. 일정상 지금 돌아가야 6박 7일에 빠듯하게 맞춰서 도착할 수 있다.

하지만 다음날 아침이 밝은 다음 이슈인은 자신의 예상이 빗나갔음을 알 수 있었다.

계속해서 북쪽으로 행군했던 것이다. 이번에도 역시 속도가 빨라져 있었다.

전날 강물에서 수중전에 대한 훈련을 한 뒤라 모두들 몸이 무거웠다. 이번에도 마나 락의 구속이 약해져 있었지만 전날의 훈련은 그 수준을 넘어서서 고됐다.

교관들은 그런 훈련병들을 보면서 은근한 미소 짓고 있다. 이 뒤에 이것보다 더한 것이 있다는 듯한 미소다.

그게 무엇인지 알고 싶지 않았다.

절망을 빨리 알 필요는 없다.

하루 종일 쉬지 않고 걸었다. 어제보다 빠른 속도로 어제보다 적은 휴식을 취하며 쉬지 않고 걸었다. 전날이라면 분명 행군을 멈추고 전투 훈련을 해야 할 시간에도 걸었다.

지겹도록 걸었다.

밤 10시가 훨씬 지난 시각.

그제야 행군은 멈췄다. 그리고 오늘은 어쩐 일인지 훈련없이 바로 숙영 준비에 들어갔다. 불침번을 서는 인원을 제외하고는 정말 꿀맛 같은 잠을 청할 수 있었다.

너무나 피곤했기에 평소와 다른 이 상황에 누구도 의심을 하지 않았다. 그저 휴식이 간절할 뿐이었다.

숙영지의 북쪽으로 거대한 크기의 검은 그림자가 드리워져 있는 것을 누구도 눈치채지 못했다.

이슈인만 잠시 고개를 갸웃했을 뿐 알아차리지는 못했다. 취침 시간에 마이너 서클을 움직여 몸을 회복하는 것 말고는 훈련 중에는 마나를 사용하지 않았다. 이것도 반칙이라면 반칙이지만 최상의 몸 상태를 유지해야 하는 훈련 상황에서는 그런 것을 따질 겨를이 없었다.

밤이 깊었다.

하늘엔 달과 별만이 은은히 어둠을 밝히고 있었다. 땅에는 군데군데 피워놓은 모닥불이 어스름한 빛을 밝히고 불침번을 서는 훈련병만이 피곤한 얼굴로 서 있었다.

누구도 눈치채지 못했다.

마이너 서클의 운용에 완전히 빠져든 이슈인 역시 눈치채지 못했다. 지금 숙영지에는 교관들이 단 한 명도 없었다.

어디로 간 것일까?

부스럭.

나무들이 흔들거리며 묘한 소리가 울린다. 숲 속에서 무언가 움직이고 있다. 하지만 꾸벅꾸벅 졸고 있는 불침번들은 그런 작은 기척을 느끼지 못했다.

피웅.

공기를 얇게 가르는 작은 소리.

"윽."

불침번 중 한 명이 무릎을 꿇고 앉았다. 그의 한쪽 무릎에는 작은 침이 박혀 있었다.

"키키키키키."

"우캬캬캬캬."

그것을 신호로 사방에서 작은 침이 날아오면서 고블린들이 모습을 드러냈다.

"고블린이다!!"

불침번 중 하나가 놀라서 외쳤다. 그 역시 고블린이 날린 독침을 무릎에 맞은 상태다.

절체절명의 상태.

천막에서는 무기를 챙겨 든 훈련병들이 분분히 뛰쳐나왔다. 불침번들은 전부 독침에 맞아 몸의 일부가 마비가 된 상태였다. 빨리 구해야 했다.

그간의 단련 덕일까? 그렇게 혹사를 당했는데도 동작은 재빨랐다.

모두들 능숙하게 방어진을 짜며 고블린을 막아갔다. 방어진의 한가운데는 몸이 마비된 불침번들이 있었다.

100여 마리의 고블린이 습격했다.

숫자도 훈련병들과 얼추 비슷했지만 훈련병들의 빠른 대응에 곧 물러났다.

"말도 안 돼. 이곳에 몬스터라니……."

"이곳은 레오네인에서 불과 300킬로미터 떨어진 곳이라고. 이곳의 몬스터들은 모두 소탕이 되었을 텐데……."

벨라나가 믿을 수 없다는 얼굴로 중얼거렸다.

'이런 미친 교관들. 설마…….'

지금까지의 일정에 의구심을 조금이나마 가지고 있던 이슈인은 한 번에 깨달을 수 있었다.

"포르안 산맥이야."

이슈인이 낮게, 그러나 강하게 중얼거렸다.

그 말에 주변은 삽시간에 조용해졌다. 이제야 눈에 들어오기 시작했다. 숙영지 북쪽에 웅대하게 펼쳐져 있는 검은 그림자의 자태가 훈련병들을 찍어 누르는 듯했다.

포르안 산맥.

포르안 강의 발원지이면서 메틀라인 왕국의 중심부에서 남북을 가르는 산맥이다. 산이 높고 그 세가 험준하여 쉬이

접근하기 힘든 곳이었다.

그중에서도 특히 포르안 강의 발원지가 존재하는 산맥의 중앙부가 가장 험준했다. 덕분에 수도에서 가까운 거리이나 몬스터 소탕이 완전히 이루어지지 않았다. 대신 산맥을 벗어나는 몬스터는 철저히 쓸어버렸기 때문에 몬스터가 산맥 아래로 내려오는 일은 없었다.

"그래도 말이 안 돼! 아무리 포르안 산맥 초입이라 해도 몬스터가 이곳까지 내려오지는 않는다고! 그게 고블린이라 하더라도 말이야!"

맥이 말도 안 된다는 듯 소리를 질렀다. 그는 고블린의 피를 흠뻑 뒤집어쓰고 있었다. 이슈인 덕에 지금은 몰라보게 강해져 있었다.

"보통은 안 내려오지."

이슈인이 주변을 두리번거리며 말했다. 고블린과의 전투가 중반에 이르렀을 때 이슈인은 어쩌다 이런 상황이 되었는지 눈치챘다. 보통 때라면 폭언과 폭력을 동반해야 할 이들이 이상하게 조용했으니. 아니, 아예 존재하지 않았으니.

"보통은 안 내려오는데, 뭐? 지금은 보통이 아니라는 말이냐?"

칼버튼이 이슈인의 말이 마음에 안 든다는 듯 딴죽을 걸었다. 현재 암묵적으로 이슈인이 훈련병들의 리더가 되어 있었다. 은연중에 뿜어져 나오는 기운에 다른 훈련병들이 그렇게 인정하고 있었던 것이다. 칼버튼은 그것이 마음에 안 들었다.

"보통이 아니지. 누군가가 일부러 이쪽으로 몬스터를 몰았으니까."

차갑게 가라앉은 눈으로 이슈인이 말했다.

"……?"

"……?!"

일순 주변이 조용해졌다. 이슈인의 말이 가져온 파급효과였다.

"후후, 역시 77번인가?"

그때 어둠 속에서 클레딘이 모습을 드러냈다.

"다, 당신!"

클레딘의 등장에 칼버튼이 그에게 손가락질을 하면서 팔을 부들부들 떨었다.

이슈인의 설명과 함께 절묘하게 등장하는 클레딘. 대강 어떻게 된 일인지 머릿속에 그려졌다. 이 정도 상황에서 일의 전후 사정을 짐작하지 못할 이는 이곳에 없었다.

"으음, 44번. 교육 효과가 없는가? 손이 지금 무슨 짓을 하고 있지?"

훈련병들이 분노에 찬 눈빛으로 자신을 쏘아보고 있어도 클레딘은 눈 하나 깜짝하지 않았다. 그는 주변을 찬찬히 둘러보았다.

"부상자 셋이 피해의 전부인가? 제법이군."

클레딘이 고개를 끄덕이며 말했다. 이번 기수의 훈련병들은 생각보다 능력이 뛰어났다. 물론 한 녀석의 활약 덕이기도 했다.

"부상자 셋은 날 따라오도록. 그리고 나머지는 진을 짜고 다음 공격에 대비한다."

"다음 공격이라니요?"

맥의 물음에 클레딘이 피식 웃으며 답했다.

"너희들은 이곳에 몬스터가 나타난 이유를 알았다. 그러면 우리가 왜 수고스럽게 산맥 안에서 몬스터를 몰아왔을 것 같나? 이것 역시 훈련이다. 첫 번째는 기습에 대한 방어 훈련. 너희가 생각보다 잘 막아냈으니 상으로 말해주지. 이번 상대는 오크다. 총 300마리야. 이번에는 기습이 아니니 잘 막아내 봐. 공격은 한 시간 후다."

그 말을 남기고 클레딘은 부상병들을 데리고 사라졌다. 따라가고 싶은 마음이 굴뚝같았으나 팔목에 달린 마나 락 팔찌가 발을 붙잡았다. 따라가 보았자 돌아오는 것은 무자비한 구타뿐이라는 것을 알았으니까.

"빌어먹을! 이런 것이 훈련이라니……."

이곳에 있는 훈련병들 대부분은 몬스터를 처음 보았다. 안전한 영지나 집에만 있었기에 몬스터를 볼 일이 없었다. 간혹 아카데미의 수업 시간에 갇혀 있는 몬스터를 본 것이 전부였다. 이렇게 살기를 띠고 덤비는 놈들은 처음이었다.

그런 놈들과 싸워서 이겼다는 것 자체가 대단했다. 하지만 누구도 그 사실을 인식하지 못했다. 모두의 분노는 클레딘을 향해 있었기에 미처 그것을 알아차리지 못하고 있는 것이다.

"후훗. 네놈들, 제법이었어."

클레딘이 부상병 셋을 데리고 온 곳은 수풀이 우거진 한 동굴이었다. 동굴 근처에는 모두 세 명의 교관이 있었다.

나머지는 몬스터를 몰러 산맥 속으로 들어간 듯했다.

"수고한다. 여기 부상병들 있으니까 나머지 훈련시켜."

클레딘은 그 말을 남기고 돌아갔다.

안전한 곳에서 쉴 수 있다는 생각을 조금은 하고 따라온 훈련병들의 얼굴이 처참하게 일그러졌다. 이곳에서 다시 훈련이라니……. 정녕 이들은 악마였다.

"훗. 표정 하고는. 그래도 훈련받는 것이 좋을 거야."

밀레느 교관이 말했다.

총 서른 명의 교관 중 단 네 명의 여성 교관 중 한 명이다. 그리고 클레딘까지 포함한 서른한 명의 교관 중 유일하게 훈련병들을 인간으로 대접해 주는 교관이기도 했다.

그녀를 발견한 훈련병 셋의 얼굴에 작은 안도감이 나타났다.

"난 올해로 이 훈련이 세 번째인데… 늘 부상 입고 온 훈련병들은 똑같은 증상을 보이지. 그것을 잊으려면 빡세게 구르는 수밖에 없어."

생긋 웃으면서 밀레느는 상당히 무서운 말을 했다.

"그게 무슨 뜻입니까?"

훈련병들이 부담없이 질문을 할 수 있는 대상이 그녀였다.

"너희들, 지성체를 죽여본 적 있어?"

어쩔 수 없다는 듯 고개를 저은 밀레느는 안타까운 얼굴로 물었다.

지성체. 말 그대로 지성을 가진 생명체다. 고블린이 비록 몬스터라 하나 그들은 지성을 가지고 있다. 조잡하지만 도구를 만들어 쓰며 무리 지어 생활하고 사냥한다.

밀레느의 말에 세 명은 그제야 몸을 부르르 떨었다.

이제야 기억이 나고 실감이 난다.

고블린의 몸을 가르며 검을 통해 전해지던 감촉, 뜨거운 고블린의 피가 얼굴에 튈 때의 그 느낌.

처음이었다.

작은 동물 한 번 죽여본 적이 없었다.

사냥이라고 해야 멀리서 활로 쏘는 것이 전부였다. 직접 칼로 생명체를 베며 그 감촉을 느낀 것은 태어나서 처음이었다.

거의 모두가 그랬다.

몰랐다.

그런 것이라는 것을.

급박한 기습에 정신이 없었기에, 있을 수 없는 상황에서 어떻게든 생존해야 했기에, 그리고 자신들을 의도적으로 그런 위험 속에 내던진 클레딘에 대한 분노로 잠시 동안 그들은 그 사실을 잊고 있었다.

세 명 모두 몸을 부들부들 떨었다.

그 모습에 안타깝다는 얼굴로 고개를 옆으로 돌리고는 살짝 비켜섰다.

"쯧쯧, 그러게 그냥 굴리지 뭐 하러 그렇게 친절하게 알려줘."

다른 교관의 말에 밀레느는 한숨을 쉬며 말했다.

"그래도 알아야지. 어차피 알 것. 모두가 힘들게 진행하는 훈련인데."

어두운 밤하늘을 올려다보며 밀레느가 중얼거렸다.

세 훈련병은 어느새 엎드려 저녁에 먹은 것을 게워내고 있었다.

밤은 길었다.

밤사이 무수히 많은 몬스터들이 습격했다.

모두들 훈련한 대로 병진을 짜고 몬스터를 막았다. 얼마나 많은 몬스터를 베었는지 모른다. 얼마나 많은 피를 뒤집어썼는지 모른다.

그저 살아남기 위해 검을 휘두를 뿐이다. 몸에 익은 대로 움직이며 병진을 전개할 뿐이다.

수많은 몬스터와 부딪쳤고, 동이 터오는 아침을 맞을 수 있었다.

그때 숙영지에 멀쩡히 서 있는 이는 불과 서른이었다.

그래도 죽은 이는 없었다.

중상을 입은 이도 없었다.

교관들이 탁월하게 전력에 맞춰 몬스터를 몰아온 덕이다.

만일을 대비해 준비하고 있던 열 명의 교관도 한숨을 쉬며 자신의 자리로 돌아갔다. 밤사이 온 산속을 헤집으며 몬스터를 몰고, 훈련병들의 실력에 맞춰 몬스터의 수를 조절한 교관 열일곱도 자신들의 자리에 돌아갔다.

그렇게 긴 밤이 끝나고 숙영지의 참상이 남아 있는 서른 명의 눈에 들어왔다.

그리고 그제야 그들은 자신들이 한 일을 깨달았다.

지난밤 온몸으로 느꼈던 감촉의 정체를 상기했고, 무슨 일이 있었는지 전신으로 받아들였다.

서른 명도 예외는 없었다.

다른 곳에서 부상을 입은 훈련병들이 겪은 것을 똑같이 반복했다. 단지 그들보다 늦게 겪었다는 것일 뿐.

첫 살생.

그것도 지성을 가진 존재를 죽였다는 느낌은 진득진득한 불쾌함으로 온몸을 휘감았다.

알 수 없는 울렁거림.

자신들이 죽인 것은 그저 몬스터일 뿐인데도 그런 느낌에 모두들 구토를 시작했다.

밤사이 뱃속의 내용물이 모두 소화되었기에 그저 신물만이 흘러나왔다.

그럼에도 그들은 계속해서 토악질을 했다.

"돌아간다."

이제 서둘러 돌아가야 일정에 맞출 수 있다.

남은 일정은 이틀. 밤새워 계속해서 걷는 일만 남았다. 그런 몸의 혹사가 이들을 정상으로 돌려놓을 것이다.

그렇게 멍한 얼굴의 훈련병들은 수동적으로 걸음을 옮겼다.

이슈인도 예외는 아니었다.

가장 열심히 싸웠기에, 가장 큰 활약을 했기에, 가장 많은 몬스터들을 베었기에 유독 큰 충격을 받았다.

산맥 초입에서 바로 돌아 나왔기에 훈련병들은 산속 이곳저곳에 남아 있는 흔적들을 보지 못했다.

교관들이 이 훈련을 위해 어떤 일을 했는지 알려주는 거대한 발자국들을.

이틀간의 밤샘 행군은 무척이나 힘들고 고된 일이다.

훈련병들이 그 피로를 느낀 것은 마지막 밤이었다. 그전까지는 걸어도 걷는 것이 아니었고 먹어도 먹는 것이 아니었다. 하지만 누적된 피로는 그들이 정신을 차리게 만들었다.

그렇게 120명의 훈련병이 충격에서 벗어나 서서히 제정신을 차릴 때쯤 레오네인의 거대한 성벽이 눈에 들어왔다.

그렇게 6박 7일의 행군은 끝을 맺었다.

그리고 믿을 수 없게도 하루 동안의 달콤한 휴식이 주어졌다.

그 하루 동안은 어떠한 간섭도, 어떠한 훈련도 없었다.

단 하루도 빼지 않고 심지어 휴식일조차 진행되었던 정신교육도 없었다. 복귀 행군 중에도 교관들의 입을 통해 흘러나온 왕국에 대한 충성에 관한 정신교육. 무슨 일이 있어도 하루 한 시간은 꼭 받아야 했던 그것마저 없는 정말로 진정한 의미의 휴식이었다.

아니, 휴식이라기보다는 마치 교관들이 증발한 것만 같은 날이었다.

그렇게 꿀 같은 하루의 휴식이 가고 다음날이 밝았다.

연병장에 집합한 훈련병들은 클레딘의 지시에 따라 그 뒤를 따랐다. 그들 주변으로 서른 명의 교관이 둘러싸고 훈련소 내를 이동했다.

얼마나 걸었을까. 거대한 연병장에 당도했다. 어마어마한 규모의 연병장.

"이, 이건……."

누군가의 입에서 탄성이 터져 나왔다.

이렇게 큰 연병장이 필요한 이유는 뻔했다. 보통 사람은 모를지라도 이런 연병장의 필요성을 너무나 잘 아는 사람이 이곳에 40명이나 있었다.

"1소대, 이쪽으로 집합!"

클레딘의 명령에 재빨리 뛰어가 클레딘 앞에 정렬했다.

"오늘부터 너희들은 너희의 직종에 맞는 주특기 훈련을 받게 된다. 1소대는 여기서 나와 열 명의 교관과 함께 훈련한다. 2, 3소대는 니크 교관을 따라 이동한다. 실시!"

"따라온다!"

클레딘의 말에 니크가 2, 3소대의 대열 선두에 서며 이동을 시작했다. 그들의 모습은 곧 작은 점이 되었다.

밀레느를 포함한 열 명의 교관이 여전히 자리를 지키고 있었다.

"따라온다!"

다시 이동했다.

연병장의 끝에 거대한 건물이 있었다.

셔터가 내려와 있는 칸막이가 모두 40개였다.

"내가 너희들의 훈련을 담당한 이후 이곳의 셔터 40개를 모두 올리는 날은 오늘이 처음이다. 보통은 행군이 끝나면 서너 명은 도망친다. 어제는 그런 날이었다. 그런데 용케 너희는 모두 남아 있다. 솔직히 조금 기쁘다."

클레딘이 작은 미소를 지으며 말했다. 하지만 그의 말에 감격을 하거나 가슴이 벅차오른다거나 하는 이는 없었다. 속으로 무지막지한 욕만 쏟아낼 뿐이다.

‘그야 이대로 포기하고 도망치면 그걸로 끝이니까. 어떻게든 훈련소 마치고 임관 후에 네 녀석 대가리 박고 있는 꼴을 꼭 보고 말겠어.’

칼버튼과 함께 특히 많이 구른 라이어는 두 눈을 빛내며 클레딘을 노려보았다.

“셔터 개방!”

라이어의 그런 눈빛을 알면서도 모른 척한 클레딘이 외쳤다. 그 명령에 밀레느가 건물 벽의 장치를 조작하자 묵직한 소리와 함께 셔터가 천천히 올라갔다.

천천히 발부터 모습을 드러내는 거체.

기간테스.

훈련병들의 두 눈은 점점 커졌다.

드디어 기간테스에 오를 수 있는 것이다.

“훈련기다. 실전에서 전투를 치르다가 퇴역한 기체들이다. 퇴역했다 하나 너희들이 아카데미에서 가지고 놀았던 랩터에 비할 수 없이 뛰어난 기체다. 일단 우리 왕국 2세대 기간테스의 첫 선두 주자니까.”

모습을 완전히 드러낸 기간테스.

로딘이라는 이름을 가지고 있다. 클레딘의 말대로 메틀라인 왕국의 2세대 기간테스의 선두 주자로 마의 벽이라던 출력 1.5를 최초로 깨고 양산된 기체다. 물론 지금은 3세대 기간테스들이 주 전력을 이루고 있지만 로딘은 아직도 후방에서는 현역으로 뛰고 있다.

전장 7미터의 중형급 기체.

훈련병들이 아카데미에서 다루던 랩터와는 그 차원이 다른 기체였다.

40명의 심장이 급격이 뛰기 시작했다.

"로, 로딘이야!"

마나 엔진 출력 1.5의 기체. 그것을 보고 훈련병들은 놀라서 서로 감탄을 주고받았다. 무려 5주간 굴렀음에도 아직 아카데미 학생의 때를 벗지 못한 것이다.

하지만 어쩐 일인지 클레딘은 거기에 대해 아무런 말도 하지 않았다. 이미 몇 년이나 겪은 일이기 때문이다. 그는 훈련병들이 생각하는 것처럼 훈련병들을 괴롭히기 좋아하는 잔학무도한 사람이 아니다. 아카데미의 학생들을 군인으로 만들어야 하는 임무를 가진 사람이기에 그에 맞게 행동한 것뿐이다.

특히 그가 책임진 훈련병들이 왕국 최고의 인재들이라는 라이더와 배틀러임에야 스스로의 책임이 얼마나 막중한지를 너무나 잘 알았다.

"조용!"

어느 정도의 잡담을 허용한 후 클레딘의 입이 열렸다.

"너희들 모두 라이더로서 기간테스의 운용에 익숙할 것이라 생각한다. 앞으로 딱 세 시간 준다. 그동안 이곳에서 로딘에 익숙해져라. 탑승한다! 실시!"

클레딘의 명령에 40명은 일제히 달려갔다. 자신들의 번호 순서대로 1번 창에서 40번 창까지 향했다. 모두는 기쁨에 겨운 얼굴로 기간테스를 향해 달렸다. 이게 얼마만의 기간테스란 말인가.

두 다리로 당당히 서 있는 기간테스의 거체 아래 탑승을 위한 줄사다리가 있었다.

줄사다리에 두 발을 올리고 그 옆의 마나 스위치를 누르자 자동으로 줄사다리가 위로 올라간다. 기간테스의 가슴 부위에 위치한 콕피트. 이미 수많은 선배 라이더들이 지나간 콕피트답게 손때 묻은 모습이다.

이슈인은 천천히 콕피트 중앙의 의자에 몸을 기댔다. 온몸을 감싸는 안락함에 절로 미소가 지어진다.

"역시 좋아."

이슈인은 만족한 듯 고개를 끄덕였다.

로딘은 바첼러 백작가에서 만든 기간테스가 아니었다.

아직 바첼러 백작가의 지하에 완벽한 연구, 개발, 제작 시설이 들어서기 전이라 기간테스 제작을 전문으로 하는 마법사 길드, 속칭 마탑의 개발 모델을 들여와 개조, 양산한 것이다. 왕도 레오네인에 있는 메테나이져에서 생산했다.

대부분의 사람들은 메틀라인 왕국의 기간테스 생산 공장을 레오네인에 있는 메테나이져만 생각한다. 바첼러 백작가의 그것은 기밀 중의 기밀이었다.

　로딘을 바첼러 백작가에서 설계, 제작한 것은 아니지만 개
조는 진행되었다. 그리고 당시의 테스트 라이더는 이슈인이
었다. 이미 움직여 본 경험이 있는 것이다.

　그 이후 로딘은 꾸준히 개조되었다. 그 일은 바첼러 백작가
에서 진행되었다. 상당히 유용한 기체였기에 최근까지도 배
치 지역에 최적화를 위한 개조가 진행되었었다.

　이슈인은 그런 개조 단계 중의 테스트를 위해 로딘에 오른
경험이 있는 것이다.

　"내가 탔던 것과는 좀 다르군. 거의 초기 모델인 것 같
아."

　최초의 기간테스가 등장한 것은 오십 년 전, 그리고 실전
병력으로 양산된 것은 사십오 년 전이다.

　사십오 년 전 메틀라인 왕국 최초의 양산 기간테스가 랩터
였다.

　그리고 로딘은 이십 년 전 기체다.

　이슈인보다 한 살 많은 기체. 개발 초기의 모델은 이슈인으
로서는 움직여 본 경험이 없었다. 이슈인이 움직여 본 것은
십 년 전부터의 개조 모델이다.

　하지만 이슈인이 탔던 것과 크게 달라진 것은 없었다. 기간
테스 특유의 무미건조한 콕피트는 그럼에도 안락했다. 사실
훈련병들이 아카데미에서 연습을 위해 탑승했던 랩터에 비한
다면 훨씬 좋았다.

이슈인은 양손을 마나구에 올렸다. 몸에서 마나가 빠져나가면서 천천히 마나 엔진이 움직이기 시작한다.

우우우웅.

기분 좋은 마나 엔진 시동음이 온몸을 감싸 안는다. 오랜만의 전율에 이슈인은 몸을 살짝 떨었다.

40기의 로딘이 모두 기동 준비를 마치자 클레딘은 고개를 끄덕였다.

"전 기 기동 시작!"

마나 통신기를 통해 클레딘의 목소리가 40기의 콕피트에 울렸다.

로딘이 일제히 움직이기 시작했다.

연병장은 충분히 넓었다.

천천히 기간테스들이 걷기 시작했다.

쿵! 쿵! 쿵!

대지를 울리는 요란한 걸음 소리.

거인의 움직임은 엄청났다.

하지만 그것도 잠시다.

콰당!

쿠당!

쿠쿵!

엄청난 폭음과도 같은 소리가 울리면서 몇몇 기간테스들이 쓰러지기 시작했다.

클레딘과 열 명의 교관은 그럴 줄 알았다면서 히죽 웃었다.

출력 1.5의 엔진이다. 지금까지 1.0의 랩터만 움직여 본 그들로서는 무려 0.5나 증가한 출력을 감당하기 어려우리라.

모르는 사람이 본다면 고작 0.5이지만 그 숫자가 의미하는 바는 컸다. 그 출력이 얼마나 큰 힘인지는 무려 삼십 년에 가까운 세월 동안 1.5라는 출력이 마의 벽으로 존재해 왔다는 것만으로도 짐작이 가능했다.

의도대로 움직이지 못하고 기간테스가 여지저기서 고꾸라지고 다른 기간테스와 부딪치고 있었다.

"역시… 작년의 장갑을 바꾸지 않기를 잘했군."

클레딘이 미소를 지으며 말했다.

자세히 보면 로딘의 외장갑 여기저기에 상처가 많았다. 어떤 것은 움푹 들어가고 볼록 나온 것이 외장갑 전체를 뒤덮은 기종도 있었다.

처음 접한 로딘에 감탄한 나머지 훈련병들은 그런 상태를 미처 알아차리지 못했다. 아니, 자세히 살필 정신이 없었다는 것이 정확했다.

"77번이 탄 것이 엠보싱이네요."

밀레느가 엉망으로 움직이는 기간테스들을 보면서 말했다.

"그래?"

클레딘의 얼굴에 이채가 어렸다.

전신의 외장갑이 올록볼록하면서 움푹 파인 로딘. 그 외장갑의 찌그러지고 우그러진 모양을 보고 교관들이 엠보싱이라 부르는 기체다.

보통 기체가 아니었다. 외장갑이 그렇게 된 데에는 이유가 있었다. 벌써 몇 년이나 그 기체의 외장갑은 그런 형태였다.

돌연변이, 괴물.

그것이 엠보싱의 마나 엔진을 교관들이 칭하는 말이다.

마나 엔진 제작 과정에서 생각지도 못한 의외의 요소가 변수로 작용하면 불량이 발생한다. 마나 엔진이 제대로 작동하지 않는 것이다. 그런데 가끔 그런 불량이 의외의 형태로 진행되기도 한다.

바로 마나 엔진의 출력 증가가 그것이다.

그런 기종이 출현하면 보통은 다시 해체하게 마련이다. 출력 상승의 원인을 찾기 위해 연구에 돌입하는 것이다.

엠보싱도 그런 기체였다. 출력이 1.68 정도로 1.7에 근접했다. 원래라면 해체를 했어야 맞다. 하지만 그 기체를 발견했을 때 이미 1.7에 대한 연구가 거의 완성 단계였다. 양산을 위한 연구만을 남겨두었던 때이다.

그래서 그냥 실전에 투입되었다가 훈련소에 오기에 이른 것이다.

훈련소를 거쳐 간 라이더들에게 엠보싱은 마의 기간테스

다. 가뜩이나 0.5 높은 출력 때문에 제어하기가 힘든데 이놈
은 무려 0.68이나 높았다.

때문에 조종에 애를 먹을 수밖에 없었고, 그렇게 애를 먹은
라이더들의 혼적이 외장갑에 고스란히 남아 엠보싱이라는 별
칭을 얻은 것이다.

이슈인은 교관들의 기대를 한 번에 저버렸다.

너무나 익숙하게 움직였던 것이다.

클레딘은 맹세코 훈련소에서 저런 매끄러운 움직임을 본
적이 없었고, 보게 되리라 생각한 적도 없었다.

"유독 운용 성적이 독보적이다 싶었더니 저건 라이더도 괴
물이구먼."

"그러네요."

클레딘의 말에 밀레느가 동조했다.

지금 군에서 에이스 라이더로 불리는 몇몇도 훈련병 시절
에는 저놈에게 얼마나 애를 먹었는지 알기에, 또 보았기에 이
슈인이 괴물로 느껴졌다. 이슈인이 보여주는 부드러운 움직
임은 로딘을 일 년 이상 운용한 라이더의 그것이었기에.

클레딘이 준 세 시간이 끝날 무렵에 연병장에 제대로 서 있
는 기간테스는 이슈인의 것이 유일했다. 5분 전까지 칼버튼
도 어떻게 버티고 있었지만 결국 탈진하고 쓰러졌다.

출력 1.5의 엔진을 제어한다는 것은 쉬운 일이 아니었다.

클레딘은 그럴 줄 알았다는 듯 웃었다.

시간은 빨랐다.

특히 기간테스를 운용한 다음부터는 더욱 빨랐다. 처음에는 채 세 시간을 운용 못하고 탈진했지만 점점 운용 시간이 늘어나고 동작도 깔끔해졌다.

그리고 훈련 기간 마지막 3일 동안은 거의 무리없이 훈련받아 병진을 운용할 수 있는 수준이 되었다. 물론 그것은 훈련병들의 생각이었고, 교관들의 눈에는 차지 않았다.

하지만 그 정도도 훌륭했다.

그들은 숙달된 라이더가 아닌, 이제 막 첫걸음을 뗀 애송이 훈련병이었으니까. 이 정도의 모습이라면 충분히 만족스러웠다. 그러나 누구도 그런 내색은 하지 않았다.

올 것 같지 않던 그날 아침이 밝았다.

훈련 수료 및 훈련소 퇴소.

120명이 한마음으로 기다린 날이다.

이날 아침 훈련병들은 두근거리는 가슴을 안고 행사장으로 향했다. 행사장에는 훈련병들의 친지들도 온다. 수료식 후 3일간 주어지는 휴가도 있기에 늠름해진 그들의 모습도 보고 함께 시간을 보내기 위해 오는 것이다.

이미 행사장의 자리는 가득 차 있었다.

훈련병들은 오와 열을 맞춰 질서정연한 모습으로 행사장에 들어섰다.

예식용 군복을 입은 서른한 명의 교관도 행사장에 들어서 훈련병들 좌우에 도열해 섰다.

그들의 얼굴에는 뿌듯함이 가득했다. 아무것도 모르던 애송이들을 이렇게 자신들이 키워냈다는 자부심이다. 물론 훈련병들은 절대 인정하지 않을 것이다. 그들의 무자비한 굴림에 이렇게 된 것이지, 그들이 키워준 것은 아니라 생각할 것이다.

'흐흐흐. 조금만 기다려라, 이놈들. 곧 내가 너희를 굴려주마.'

이 순간만을 기다린 라이어는 회심의 미소마저 짓고 있었다. 평민 교관들. 그것도 일반병들이다. 자신이 장교가 되는 순간 그들은 죽었다.

오로지 그 생각으로 영양가없는 연설을 들으며 열중쉬어 자세로 서 있었다. 중간중간 차려와 경례 역시 무난히 넘어갔다. 지금 그의 머릿속은 천국에서 노닐고 있었다.

그사이 모든 행사가 끝나고 마지막 임관식이 남았다. 120명 모두 한 명, 한 명 단상에 올라가 훈련소장에게서 계급장을 받았다. 왼쪽 가슴의 교번이 적힌 마크가 떨어져 나가고 그 자리에 써드 나이트의 계급장이 달렸다. 햇빛을 받아 빛나는 써드 나이트의 계급장은 모두의 얼굴에 미소를 만들어주었다.

드디어 이 지옥에서 벗어난다. 그리고 우리를 지옥에서 구르게 했던 그들에게 본때를 보여줄 수 있을 것이다. 대부분의 머릿속에 있는 생각이다.

자신의 차례에 계급장을 받고 내려오는 이슈인은 교관들이 안쓰러웠다. 그래도 그들 덕에 배운 것이 많았다. 오늘 아침에 마나 락의 구속 팔찌를 제거하는 순간 얼마나 많은 이들이 자신의 마나에 놀랐던가.

이슈인도 그들이 미웠으나 모든 것이 끝나고 나니 그 감정이 옅어졌다.

하지만 그러지 않은 이들도 있었다. 특히 클레딘을 향한 복수심에 불타는 이들이 몇 있었다. 클레딘이 특히 심하게 굴린 몇몇이다.

이슈인은 희희낙락하여 계급장을 받기를 기다리는 라이어를 보며 고개를 저었다.

항상 취침 시간에 교관들이 자리를 뜬 것을 확인한 후 그가 클레딘을 비롯한 교관들에게 임관식 날 본때를 보여주겠다고 말한 것이 떠오른 것이다.

자신의 자리로 돌아가는 이슈인의 눈에 이채가 어렸다.

이런 날이라면 당연히 어떤 일이 벌어질지 예상이 가능한데도 훈련병들의 좌우에 늘어선 교관들의 얼굴에는 여유가 가득했다.

1소대의 좌측에 선 열 명의 라이더 교관이나 3소대의 우측에 선 스무 명의 배틀러 교관이나 똑같았다. 훈련병들의 후미에 서 있는 클레딘은 미소까지 짓고 있었다.

'저들의 경험이라면 이런 날 긴장할 텐데…….'

이상했다.

예식 군복을 입었음에도 여전히 계급장이 없는 그들의 허전한 왼쪽 가슴. 훈련병들의 보복에서 그들을 보호하기 위해 그런 것이라 생각했지만 그들의 여유로운 모습을 보니 왠지 그것이 거슬렸다.

임관식이 끝나갈 때쯤 좌우의 교관들이 뒤로 빠졌다. 몇몇 훈련병들은 그들이 임관식이 끝나기 전에 행사장을 빠져나간다 생각하고 아쉬워했다. 특히 라이어가 그랬다.

임관식이 끝났다.

"그러면 지난 8주 동안 여러분을 이런 훌륭한 군인으로 만들어준 교관에게 감사의 인사를 하는 시간을 갖도록 하겠습니다."

훈련소장의 말에 대부분의 얼굴에 회심의 미소가 돌았다.

"5분 정도의 시간을 줄 테니 편안하게 그동안의 회포를 풀도록 하십시오."

'소장님, 나이스! 고맙습니다!'

라이어가 희열에 부르르 떨었다.

"훈련병 전원! 뒤로 돌아!"

훈련소장의 구령에 일제히 뒤로 돌았다.

"교관들을 향해 경례!"

"충!"

우렁찬 목소리와 함께 절도있게 오른손이 올라갔다. 그에 맞춰 교관들의 오른손도 올라갔다.

교관들이 오른손을 내리고 훈련병들도 오른손을 내렸다.

"5분간 쉬어!"

훈련소장의 명령에 득의양양한 표정을 지은 훈련병들이 천천히 교관들을 향해 걸어갔다. 특히 라이어는 날듯이 뛰어 갔다.

"클레딘! 너 이 자식, 죽었어! 대가리 박아!"

내빈석의 두 사람의 얼굴이 살짝 굳었다. 거기까지 라이어 의 원한에 찬 목소리가 울려 퍼진 것이다. 훈련병들은 그런 라이어를 보며 대단하다는 듯 엄지손가락을 치켜세웠다. 그 렇게 흥분해서 다들 교관을 향해 몰려갈 때 이슈인은 얼굴이 하얘져서는 그 자리에 멈춰 섰다.

그리고 천천히 뒤로 물러섰다.

다들 흥분해서 미처 발견하지 못했다.

지난 8주간 이날만을 기다렸는데 침착함을 유지하기는 어 려우리라.

마이너 서클 때문에 다른 이들 배 이상으로 좋아진 시력이 이슈인을 살렸다.

'나, 낚였어!'

이슈인의 뒷걸음질은 동료들의 걸음이 빨라지는 만큼 빨라졌다.

동료를 버리는 행동이라 생각할 수도 있지만 흥분으로 이성을 상실한 그들은 이슈인의 낌새도 느끼지 못했다. 자신이 말한다고 들을 것 같은 상태가 아니었기에 이슈인은 조용히 뒤로 물러나는 것을 택했다.

지혜로운 선택이다.

이슈인은 보았다. 경례를 하는 손이 내려오는 순간 교관들의 오른손이 왼쪽 가슴을 훑자 없던 것이 생겼다.

모두의 예상을 빗나간 것이다.

"엎드려!"

"대가리 박아!"

하지만 라이어의 선창에 흥분한 이들은 교관들을 향해 다가가면서도 아직 알아차리지 못했다. 거리가 제법 있는 탓이다.

"어쭈! 실실 쪼개?"

교관들의 여유로운 웃음을 그들은 그렇게 받아들였다.

그리고 지척에 이르렀다.

자신만만하던 그들의 얼굴이 하얗게 질렸다.

그제야 발견한 것이다. 교관들의 왼쪽 가슴에서 빛을 발하고 있는 세컨 나이트와 프라임 나이트의 계급장을.

분명 자신들이 임관할 때는 없던 것이다.

그런데 지금은 있다.

특히 클레딘의 계급은 믿을 수 없었다.

무려 기간테스 군단장의 계급인 프라임 비숍의 계급장이 그의 왼쪽 가슴에 있었다.

모두의 몸이 부들부들 떨렸다.

'젠장! 이게 뭐야!'

'죽었다.'

"훗, 뭐라고 했지? 내가 나이가 있어서 그런지 제대로 못 들었는데 말이야. 응? 라이어?"

클레딘이 선두에 선 라이어를 보며 물었다.

"그, 그게……."

라이어는 제대로 대답하지 못했다.

설마 이런 경우가 있을 것이라고는 상상도 못했다.

훈련병들의 예상을 완벽하게 뒤엎는 엄청난 반전이었다.

이슈인은 얌체같이 그 반전에서 빠져 있었다.

클레딘을 비롯한 교관들의 얼굴에 득의의 미소가 어리고.

"내 앞에 있는 놈들, 모두 대가리 박는다! 실시!"

정확히 119명이 한순간에 바닥에 머리를 박았다.

'젠장! 이럴 수는 없는 거야! 이렇게 완벽하게 낚이다니!'

라이어는 속으로 절규했다.

홀로 남아 서 있는 이슈인이 유독 튀었다. 클레딘이 그런 그를 보았다. 피식 웃으며 입을 열었다.

"얌체 같은 놈, 너도 박아!"

혼자 살았다고 안도의 한숨을 쉬던 이슈인도 바닥에 머리를 박았다.

그렇게 지옥 같았던 8주는 마지막 순간까지도 지옥이었다.

CHAPTER 8
일년

오늘 하루도 별일없이 지나갔다.

서서히 햇살이 따뜻하게 쬐는 것이 곧 봄이 올 것 같았다.
바일론의 콕피트에서 나와 어깨 위로 올라온 햇살을 즐기는
이슈인의 눈앞에 푸른 강이 흐르고 있다.

메틀라인 왕국과 원글로스 왕국의 국경을 따라 도도히 흐
르는 아이노 강의 푸른 물이 햇빛에 반짝였다.

"뭐야? 여기서 땡땡이야?!"

바일론 아래에서 누군가가 이슈인을 보고 외쳤다. 이슈인
의 시선이 아래로 향했다.

벨라나였다.

그녀의 붉은 머리칼이 묘하게 빛을 발한다. 봄 햇살 덕분이리라.

"땡땡이라니? 두 눈 시퍼렇게 뜨고 국경을 감시 중이야."

"국경이 하늘에 있냐?"

벨라나가 피식 웃으며 말했다.

"하늘에도 국경은 있지."

"그래서? 비공정이라도 넘어왔어?"

비공정은 마나 엔진과 마법진의 발현으로 하늘을 나는 기계다. 최근에 개발된 것으로 서서히 대륙을 오가는 새로운 교통수단으로 자리를 잡아가고 있었다.

"설마… 그럼 너도 봤겠지."

콕피트로 내려온 이슈인이 줄사다리를 타고 땅에 내려섰다.

"너, 자꾸 그렇게 땡땡이치면 인사고과에서 점수 깎인다?"

"훗, 의무 복무에 인사고과는 무슨……."

"의무 복무라도 승진 속도는 달라."

벨라나가 팔짱을 끼며 정색한 얼굴로 말했다.

"그럼 네가 빨리 승진해서 내 상관 하든지."

이슈인이 피식 웃으며 말했다.

"그러면 재미있겠는데?"

벨라나가 눈웃음 지으며 말했다.

"둘 다 근무 중에 잡담하면 내가 먼저 승진한다?"

수풀을 헤치고 라이어가 나타났다.

"뭐야? 둘 다 내 근무지에는 무슨 일이야? 그러고 보니 둘 다 근무지 이탈 아니야?"

이슈인이 라이어를 돌아보며 물었다.

"무슨. 교대하러 왔어."

"둘 다?"

이슈인의 물음에 두 사람이 고개를 끄덕였다.

"그럼 난?"

이슈인이 자신을 손가락으로 가리키며 물었다.

"본대 복귀지."

"왜? 아직 근무 시간 많이 남았는데?"

"우린들 모르지. 우리는 위에서 까라면 까야 하잖아?"

라이어가 피식 웃으며 말했다.

"정확히 5분 뒤가 교대 시간이다."

"그럼 그때까지는 좀 쉬어도 되겠네."

라이어가 회중시계를 보며 말하자 이슈인이 느긋하게 말했다.

"그렇지. 나랑 라이어는 쉬어도 되고 넌 올라가서 어서 근무 서라."

벨라나의 말에 이슈인은 얼굴을 일그러뜨리며 콕피트로 올라갔다. 그녀의 말이 맞았기 때문이다. 사실 5분 정도 편하게 있어도 이곳에 그들을 보고 있을 사람은 없었다. 어차피

복귀할 때는 기간테스로 돌아갈 것이기에 콕피트에 오른 것
이다.

"벌써 3월이네."

아래에서 라이어의 목소리가 들렸다. 콕피트의 해치를 닫
지 않았기에 그 소리를 들을 수 있었다. 마나가 활성화되어
몸을 돌고 있는 이슈인이었기에 가능한 일이었다.

"그러게 말이다."

"짜식, 여전히 귀는 밝아."

보통 사람이 듣지 못할 거리임에도 이슈인이 듣는 것에 대
해 처음에는 다들 경악했으나 이제는 익숙해져 있었다. 단지
이슈인이 근처에 있으면 다들 비밀 이야기는 자제했다.

"이제 슬슬 입소할 때지?"

벨라나가 의미심장한 웃음을 지으면서 말했다.

그녀의 말에 이슈인과 라이어의 얼굴에도 의미심장한 웃
음이 떠올랐다.

"짜식들, 이제 죽었어."

"그렇지. 죽었어."

"죽어봐야지."

세 사람은 동시에 고개를 끄덕였다.

"너희는 연락 온 거 없어?"

"왜 없어. 난 다섯 명에게서 마나 통신 들어왔어."

벨라나의 말에 라이어와 이슈인은 고개를 끄덕였다. 그녀

는 후배들에게 참 잘해주는 자상한 선배였다.

이맘때면 훈련소에서 어떤 훈련을 하는지, 그리고 강도는 어떤지, 무슨 준비를 해서 가야 하는지를 묻는 후배들의 연락이 많았다. 사실 이슈인이나 그 동기들도 작년에 선배들에게 연락을 했었다.

"그리고 완벽하게 낚였었지."

팔짱을 낀 라이어의 손에 힘이 들어갔다.

"라이어, 너도 연락 많이 받았을 텐데, 뭐라고 했어?"

"후후, 비록 '사병인 평민' 교관들한테 훈련을 받겠지만 잘 참아내라고 했지. 그 뒤에 달콤한 보상이 있다고."

라이어의 말에 이슈인과 벨라나는 풋 하고 웃음을 터뜨렸다. 작년 임관식 이후의 일이 기억났던 것이다.

클레딘은 메틀라인 왕국의 모든 기간테스 부대를 총괄하는 기간테스 군단의 군단장인 프라임 비숍이었다.

메틀라인 왕국뿐 아니라 제이드 대륙의 국가들은 대부분 비슷한 군사 체계를 가지고 있었다.

가장 하위에 훈련소에서 훈련을 받는 훈련병들이 있다. 일반병이든 장교든 훈련병에 대한 대우는 모두 같았다. 그들은 아직 정식 군인이 아니기 때문이었다.

그리고 정식 군인이 되면 일반 사병은 폰(Pawn)이라 불린다. 계급은 가장 하위의 써드부터 세컨, 프라임 순이다. 그리고 열 명의 사병이 하나의 분대를 구성하는데 열 명 중 분대장을 맡는 폰은 특별히 솔져(Soldier)라 부른다.

사병과 장교 사이에 중간 다리 역할을 하는 직업 군인이 있는데 이들을 오피서(Officer)라 부른다. 이들 역시 써드, 세컨, 프라임의 계급을 가진다. 보통 네 개 분대를 묶어 하나의 소대를 만든 후 오피서들이 부소대장을 맡는다. 오피서 중 프라임으로 오랜 시간 복무하면 헤드 오피서로 승진하기도 한다.

일반 장교는 나이트(Knight)라 부른다. 보통 기사들이 군에 들어오면 처음 받는 직책에서 유래된 말이다. 기사를 의미하는 나이트와 같은 말이지만 군 계급의 하나인 나이트는 평민들도 될 수 있었다. 군대 내에서는 귀족 출신의 나이트에게는 경이라는 호칭을 사용하고, 평민 출신에게는 사용하지 않는 것으로 신분을 구분했으나 말 그대로 구분일 뿐이었다. 아무리 귀족 출신의 나이트라 해도 평민 출신의 상급 나이트의 명령을 따라야 했다.

군대는 계급이다.

나이트 역시 써드, 세컨, 프라임의 계급이 있다.

써드 나이트와 세컨 나이트는 소대장을 맡으며 프라임 나이트는 중대장을 맡았다. 네 개의 소대가 하나의 중대를 만든다.

고위 장교는 룩(Rook)이라 불렀다. 프라임 나이트가 진급하면 써드 룩이 된다. 세컨 룩은 네 개의 중대를 묶어 만든 대대의 대대장이다. 프라임 룩은 네 개의 대대를 묶어 만든 연대의 연대장이다.

고위 장교 위는 장군이었다. 그들은 비숍(Bishop)이라 불린다. 역시 써드, 세컨, 프라임의 계급을 가진다. 세컨 비숍은 사단장으로 네 개의 연대를 지휘하고 프라임 비숍은 군단장으로 네 개의 사단을 지휘하게 된다.

그리고 모든 군을 통솔하는 군총장을 제네럴이라 부른다.

클레딘이 이 중 군단장에 해당하는 프라임 비숍이었다. 현재 메틀라인 왕국의 실전 투입 가능한 중앙군의 기간테스 숫자는 모두 450기였다. 450기의 기간테스로 기갑 군단이 구성되는 것이다. 기간테스의 숫자상 한계 때문에 클레딘은 휘하 병력이 가장 적은 군단장이지만 그 파괴력은 가장 컸다.

훈련소는 사단 급이기에 클레딘은 훈련소장보다도 윗줄의 계급이다. 그런 그가 매년 훈련병의 교육을 맡고 있었다. 주위에서 만류했지만 처음부터 제대로 키워야 한다며 스스로 나서서 훈련병들을 교육시켰다.

당시 모든 훈련병 중 가장 완벽하게 낚인 라이어는 자신이 이런 변방으로 떨어진 것은 모두 그 때문이라 생각하고 있었다. 40명의 동기 중 원글로스 왕국과의 국경에 떨어진 이는 이 자리에 세 명이 전부였다. 원래 신입 라이더들은 실력 배양을 목적으로 일단 후방에 배치된 다음 전방으로 이동되는 것이 관례였다.

세 명은 그 관례에서 빗겨나 있었다.

“라이어, 너, 사악하다.”

벨라나가 라이어의 말에 고개를 저으며 말했다.

“너는 뭐라고 했는데?”

“열심히 하면 할 만하다고 걱정 말랬지.”

그렇게 말하는 그녀의 얼굴에 잠깐 사악한 미소가 스쳤다 지나갔다.

“이슈인, 넌 연락 온 후배가 한 명도 없었어?”

라이어가 올려다보며 물었다.

“아, 한 명 있었어.”

이슈인이 피식 웃으며 말했다.

두 사람 모두 누구일지 짐작이 간다는 듯한 얼굴이다. 아카데미 시절 일 년 후배 중에 자부심이 지나치게 강한 녀석이 하나 있었다. 이슈인 선배의 뒤를 이을 자는 오직 자신밖에 없다며 큰소리치고 다니던 녀석.

“마론이었지, 아마?”

벨라나의 물음에 이슈인이 고개를 끄덕였다.

두 사람의 짐작이 맞았다.

“뭐라고 했어?”

후배들은 선배들에게 어떠한 정확한 정보도 얻지 못할 것이다. 악순환의 연속이다. 자신들이 당한 것은 후배들도 당해야 한다는 사악한 생각. 인간은 사악한 동물이다.

“자살해.”

이슈인은 짧고 간결하게 대답했다.

하지만 그 내용은 무시무시했다. 사실 훈련소에서 가장 멀쩡했던 인간이 이슈인이다. 게다가 마지막 낚시에도 유일하게 걸리지 않았다. 물론 혼자 살겠다고 한 행동에 대한 괘씸죄로 까였지만 말이다.

그런 이슈인의 말치고는 너무나 살벌했다. 이슈인도 훈련소 생활이 무척이나 힘들었던 것이다.

"독한 놈."

"너무하다, 너."

너무나 무뚝뚝한 얼굴로 짧게 말한 그 모습에 오한이 살짝 스며들었다.

"통신 수정구에 그렇게 말했어?"

마나 통신은 수정구를 통하면 상대의 얼굴도 볼 수 있다.

"물론."

두 사람은 등에 식은땀이 나는 것을 느꼈다. 자신들의 낚시와는 또 다른 엄청난 말이었기에.

"무섭다."

라이어가 고개를 저으며 말했다.

"그나저나 걔네는 얼마나 남을까?"

"뭐, 못해도 서넛은 나가떨어지겠지. 우리가 특이한 경우니까."

이슈인의 동기들은 중간 낙오자가 하나도 없었다.

“뭐, 딱 120명만 입소한 것도 우리가 처음이지 않아?”

벨라나의 말에 라이어가 고개를 끄덕였다.

“중간 퇴소자들이 전부 일 년 연기 신청을 했으니까.”

“그때 눈치챘어야 했어.”

이슈인이 억울하다는 듯 말했다.

“뭐, 리바운드 플래쉬 수련이라는 설명 하나 없이 그렇게 굴리면 못 버티지. 거기에 그런 행군을 겪으면.”

일 년 전을 회상하며 벨라나가 말했다.

“그때는 정말 엿 같았어.”

“뭐, 그래도 꼭 필요한 훈련이었잖아.”

벨라나의 말대로였다.

임관식이 끝나고 실전에 배치된 후 그들은 자신들의 능력 부족을 절감했다.

퇴소식 직전 마나 락 팔찌를 풀면서 엄청나게 증가한 마나에 모두들 놀랐다. 리바운드 플래쉬의 효과를 온몸으로 느낀 것이다.

하지만 임지에 부임하고는 절망했다.

바일론.

마나 엔진 출력 2.0의 현재 메틀라인 왕국군의 주력 기종이다.

첫 시험 운행에서 모두들 자신의 마나 부족을 온몸으로 절감했다. 자신들이 고작 8주 훈련으로 늘린 마나로는 2.0의 기체를 마음대로 움직이기에 역부족이었던 것이다.

오직 이슈인만이 마음대로 2.0의 기체인 바일론을 움직여 선임들에게 괴물이라는 소리를 들었을 뿐이다.

지금은 다들 스스로 리바운드 플래쉬를 위해 마나 락 목걸이를 걸고 다녔다.

그들의 목걸이는 훈련소 교관들의 목에 걸려 있던 그것과 같았다. 교관들 역시 라이더로서 훈련병들과 같은 조건에서 생활했던 것이다.

"이제 교대 시간이다."

라이어가 회중시계를 보며 말했다.

"근무 중 이상 무! 충!"

"근무 교대 이상 무! 충!"

라이어와 이슈인이 서로를 보며 경례를 했다. 이것으로 임무 교대는 끝이다. 보는 사람은 없었지만 지켜야 할 절차는 지켰다. 단지 그전의 나태한 모습은 잠시의 여유일 뿐이다. 스스로들 그렇게 자신을 합리화했다.

"소환!"

라이어가 자신의 벨트에 마나를 주입하며 외쳤다. 라이어의 목소리에 반응하여 그 앞에 마법진이 생성되며 바일론이 모습을 드러냈다.

"이계의 문을 열고 그 모습을 드러내라."

벨라나가 자신의 목걸이를 잡고 중얼거리자 바일론이 소

환되어 나왔다.

"너, 시동어가 너무 길어."

라이어가 어이없다는 듯 말했다. 늘 하는 말이지만 벨라나는 항상 이렇게 기간테스를 소환했다.

"멋지잖아."

"그러다가 기간테스 소환되기 전에 칼 맞아 죽는다."

"내 리콜러는 멀티 시동어로 개조했거든요?"

그 말인즉슨 전시에서는 라이어처럼 짧은 시동어로 소환이 가능하다는 이야기였다.

"난 간다. 수고들 해라."

두 사람의 그런 모습을 지켜본 이슈인은 콕피트의 해치를 닫았다.

쿵쿵쿵!

곧 발자국 소리가 울리며 이슈인의 바일론이 모습을 감췄다.

"그런데 무슨 일이기에 우리 둘을 남기고 이슈인을 불렀을까?"

"포르안 산맥에서 몬스터 몰이라도 하라는 거 아니야?"

"훗, 설마. 우린 이제 임관한 지 일 년 됐다고."

"하긴… 그리고 불러도 가기 싫을 거야."

"거긴 다신 안 가."

벨라나의 말에 라이어가 피식 웃으며 말했다.

“나도 마찬가지야.”

“그나저나 우리는 언제 이슈인을 따라잡지?”

“저 괴물을? 포기해. 저 녀석의 기동 능력과 우리의 그건 완전 딴 세계야. 그러니 저 녀석 하나 빠진 자리에 우리 둘을 넣은 거잖아.”

원글로스와의 국경은 조용했으나 왕국의 경계 태세는 엄중했다. 일 년 전 귀족원에서 병력의 전방 배치를 승인한 다음부터 쭉 이런 분위기였다.

*　　　*　　　*

안색이 딱딱하게 굳은 카를로 백작과 이안이 마주 보고 앉아 있었다. 이안이 가져온 소식이 카를로 백작의 얼굴을 딱딱하게 만들었다.

“그러니까… 원글로스 내부가 심상치 않다 이거냐?”

“네, 그렇습니다.”

이안의 안색이 어두웠다.

“원글로스라면 지금 공화국에 대비하기 위해 전력의 5할을 공화국과의 국경에 투입해 둔 걸로 알고 있는데…….”

공화국의 움직임은 신중했다.

그 후 일 년이 지났음에도 아무런 움직임이 없었다. 메틀라인에서 국경의 군비 증강을 결정했을 때와 달라진 것이 없었다.

"현재 원글로스의 전체 전력 중 5할을 공화국과의 국경에, 2할을 우리나라와의 국경에 배치했습니다. 나머지 3할은 슈프림 왕국과의 국경에 배치하고요."

"제국 쪽은 완전히 비워뒀군."

"영주들의 병력을 동원해서 막을 생각이었던 것 같습니다만……."

"그 영주들이 순순히 병력을 내놓지 않는다? 그런데 각 영지에서는 징집이 한창이고, 영주들은 마탑에서 기간테스를 구입하기에 정신이 없다고 했나?"

"그렇습니다."

"심상치가 않군."

카를로 백작이 고개를 갸웃거리면서 말했다.

"걱정스럽습니다."

이안의 얼굴이 더욱 어두워졌다.

"누가 보더라도 이건 곧 무슨 일이 터질 것만 같아."

"최근 원글로스는 왕권이 불안정했으니까요."

"난세가 곧 시작되겠군."

카를로 백작이 걱정스레 중얼거렸다.

"그것 때문에 어제 원글로스에서 포털 마법진을 통해 사신을 급파했습니다."

"불가침 조약 건이겠군."

"그렇습니다. 원글로스 왕실에서도 지방 영주들의 움직임이 심상치 않다고 판단, 가용 병력을 중앙으로 끌어모으기 위해 지금 우리나라와 슈프림에 향후 삼 년간 불가침 조약을 맺기 위해 사신을 보냈습니다."

"당연한 선택이지. 누가 보더라도 뻔한 움직임이니까."

카를로 백작의 말에 이안이 고개를 주억거리면서도 걱정스레 말했다.

"그런데 그 움직임이 너무나 신속합니다. 원글로스에서도 뒤늦게 허겁지겁 대응할 정도로요."

"국왕 전하의 의중은?"

"물론 조약 체결이지요. 일단 공화국의 움직임이 심상치 않은데 다른 변수는 최대한 없애는 것이 좋으니까요."

"또 걸리는 것이 귀족원이군. 후……."

카를로 백작이 한숨을 쉬면서 말했다.

"그들도 공화제가 더 이상 퍼지는 것만은 막고 싶을 테니 별 방해는 하지 않을 겁니다. 그리고 외교에 관해서는 그들에게 별 권한이 없으니까요."

외교 사항의 결정은 국왕의 고유 권한이었다. 이것에 대해서 귀족원은 어떤 이의도 제기할 수 없었다. 귀족원의 입김이 작용하는 것은 내정이지 외교가 아니었다.

"그래도 서둘러야지. 곧 터지겠어. 원글로스에서 터지기 시작하면 공화국에서도 움직일 거야."

"어쩌면 박스터 통령의 책략일지도 모르죠."

"그의 책략에 말려든 것이라면 윈글로스의 귀족 모두 머리에 똥만 든 돼지들인 거야. 일의 앞뒤를 구분하지 못하니."

카를로 백작이 화가 난 듯 말했다.

"참, 이슈인 녀석은 도착했나?"

"내일쯤이면 왕도에 도착할 겁니다."

"시국이 어수선하니 이제 일 년 된 라이더에게 테스트를 맡겨야 하나?"

"훗. 그래도 그 녀석은 테스트에 있어서는 베테랑입니다."

"그렇긴 하지. 내 인생의 실수였어."

"대박일 수도 있지요."

이안은 중앙의 일을 보면서 이슈인의 소식을 종종 접할 수 있었다. 귀신과도 같은 기간테스 운용 실력에 대한 이야기를 들을 때면 어쩌면 자신의 동생이 정말 제대로 자신의 적성을 찾은 것은 아닐까 하고 생각했다.

"챕터2의 양산 준비는 끝이 났군."

"테스트 결과만 반영해서 조정하면 됩니다."

"또 어마어마한 예산이 들어가겠어."

카를로 백작이 걱정스레 말했다.

전쟁은 돈 먹는 괴물이다. 아무리 많은 돈이 있어도 전쟁을 치르면 순식간에 사라진다.

지금 대륙 서남부는 전운이 감돌고 있다. 공화국 때문이

다. 메틀라인 왕국도 증가한 군비에 나라가 휘청거리고 있었
다.

"정말이지, 벌써 군 예산의 8할을 썼습니다. 아직 올해는 9개
월도 더 남았는데요."

이안이 걱정스러운 얼굴로 말했다.

"그래도 지금 준비를 철저히 해야지. 바톤 프로젝트는 성
공적으로 끝났지?"

"네, 일단은요. 그래도 완전한 완성을 위해서는 아직 손봐
야 할 것들이 남아 있는 모양입니다. 그래도 당장 레퀴엠 프
로젝트에 반영할 수준은 된다고 합니다."

"레퀴엠은 언제나 완성할 수 있을까?"

"이레아 녀석이 이번에 조기 졸업을 했으니 일 년이면 될
겁니다. 디자인이나 바톤 프로젝트와의 연동 등 대부분은 끝
이 보이니까요."

"마나 엔진만 해결하면 되는군."

"그것도 이올린이 방학 때마다 이레아를 닦달한 덕에 기본
적인 윤곽은 잡혀 있는 모양입니다."

"후… 그 아이야말로 진짜 천재야."

"우리 집안의 복덩이죠. 3.5의 출력이라니."

현재 대륙에서 개발된 마나 엔진 중 최고의 출력을 자랑하
는 것은 불의 마탑에서 만든 3.0의 엔진이다. 하지만 그것도
아직 기간테스에 적용되지 않았다.

　　실제 운용 가능한 기간테스 중에는 두 달 전 루즈벡 제국에서 발표한 출력 2.8의 헤르온이 최고였다.

　　헤르온이 양산에 들어간 기종이라는 것을 감안하면 이미 루즈벡 제국은 3.0의 출력 역시 적용을 끝냈을 수 있지만 그것은 기밀이었기에 알 수 없는 일이다.

　　다만 아직 출력 3.0 이상의 엔진은 없었다.

　　마의 벽.

　　이 시대 출력의 마의 벽은 3.0이었다.

　　현재 정립된 이론상 가능한 최대 출력이 3.0이었고 일 년 전 불의 마탑에서 최대 출력의 엔진을 만들어낸 것이 현재 대륙에 알려진 마나 엔진 개발의 마지막이었다.

　　"세상 사람들이 믿을까, 이제 열일곱 살짜리 여자 애가 마나 엔진에 대한 신이론을 정립하고 있다면?"

　　"안 믿죠."

　　이안이 미소를 지으며 고개를 저었다.

　　하지만 조기 졸업 논문에서 이미 신이론의 한 조각을 살짝 보여준 여동생이다.

　　"기대되는군."

　　"그 녀석은 죽을 고생을 하겠지만요."

　　이안의 말에 카를로 백작의 얼굴이 살짝 어두워졌다. 또래의 여자아이들은 한창 파티에 나가 사교계 생활에 열을 올리고 있다. 그런 꽃다운 나이에 칙칙한 연구실에서 마나 엔진 연구만을 하게 하다니. 안쓰럽고 미안했다.

"이번 건국절 파티에 이레아를 데리고 다녀오는 것은 어떻겠느냐?"

안타까운 마음에 카를로 백작이 운을 뗐다.

3월 25일.

메틀라인 왕국이 건국된 날이다. 일 년 중 가장 성대한 행사가 열리는 날로 건국절은 메틀라인 왕국민 모두에게 있어 가장 큰 축제였다.

"저야 상관없습니다만, 이올린이 허락할까요?"

"그럼 이올린도 데리고 다녀오너라. 내친김에 이슈인도."

카를로 백작이 웃으며 말했다.

급할수록 돌아가라 했다. 지금 시국이 결코 돌아갈 만한 상황은 아니지만 며칠의 여유 정도는 괜찮을 것 같았다. 그리고 그런 휴식이 일의 능률도 올려주는 법이다.

*　　　*　　　*

이슈인은 마차를 타고 이동 중이었다.

경계를 서고 있는 자신을 부르더니 갑자기 신기종 테스트를 위해 레오네인으로 가라니.

살짝 어이가 없었다.

하지만 군인의 신분. 까라면 까야 한다.

즉시 마차를 타고 이동했다. 포털을 탈 수도 있었지만 포털 이동 비용은 지급되지 않았기에 마차를 탔다.

"뭐, 별로 급한 일이 아닌가 보지."

사비를 들여 빨리 갈 필요가 없었기에 이슈인은 지급된 교통비로 느긋하게 움직였다.

휴가 나왔다 생각하기로 했다.

원래 이런 지루한 여행은 별로 체질에 안 맞았지만 지금은 군인. 이렇게 시간을 죽일 수 있으면 그것만으로도 좋았다.

이슈인은 마차 안에서 가부좌를 틀고 앉았다.

군용에 왕도로의 출장이었기에 마차 안에는 홀로 있었다.

한 달 전 결국 그레이트 서클을 완성할 수 있었다. 아직 익숙해지지 않아서 마나를 움직이는 것이 능숙하지 않았지만 그레이트 서클은 과연 대단했다.

마이너 서클과는 달랐다. 한 번에 뽑어낼 수 있는 마나의 양이나 질이 차원이 달랐다. 많을 뿐 아니라 순수했다.

그 힘이 어느 정도일지는 스스로도 궁금했다. 현재는 그레이트 서클을 마음먹은 대로 자유롭게 운용할 수 있을 정도의 실력을 갖추는 것이 급선무였다.

그렇게 느긋이 이동해서 이슈인이 레오네인에 도착한 것은 공교롭게도 3월 13일이었다.

훈련소 입소식이 있는 날.

메틀라인 왕국의 기간테스 제조 공장은 두 곳에 있었다. 그

중 하나는 초극비였고 다른 하나는 극비였다.

초극비인 곳이 바로 이슈인의 저택 지하였다.

지상의 건물보다 몇십 배나 큰 지하 공간. 그것은 왕실의 초고위층 몇 명만이 아는 극비 중의 극비다.

그리고 지금 이슈인이 가는 곳은 왕도에 있는 제조 공장으로 군사기밀 중 1급 극비 기밀로 군부의 최상층인 세컨 비숍 이상만이 그 위치를 알고 있었다.

일단 1차 도착지가 왕국군 훈련소였기에 이슈인은 훈련소로 향했다.

마침 연병장을 갓 빠져나온 훈련병들이 건물 사이 마나 락 마법진이 펼쳐진 곳에서 머리를 박고 있었다.

“쯧쯧, 자식들. 이제 죽었구나.”

이슈인은 혀를 차며 그들을 한 번 본 후 자신이 갈 길을 갔다.

명령서에 적힌 건물에 도착하니 그를 반기는 얼굴이 낯이 익었다. 아주 치 떨리게 익숙한 얼굴이다.

거의 일 년 만에 보는데도 아직 주먹이 떨리는 것을 보면 8주가 그냥 8주가 아니긴 한 모양이다.

그들 중 가장 잘해준 이를 만났는데도 이런데 클레딘 군단장을 만난다면 어떨까? 다행히 그는 지금 갓 입소한 훈련병을 데리고 놀고 있을 것이다.

“어머? 안 반갑나 봐? 얼굴에 힘줄이 불끈불끈 솟아나는데? 나는 이렇게 반가운데 말이야, 이슈인 경.”

써드 나이트로 임관하면서 라이더와 배틀러는 동시에 기사 작위도 수여받는다. 평민 출신의 라이더와 배틀러 역시 마찬가지다. 결국 군에 있는 라이더와 배틀러는 모두 최소 준귀족이었다.

"반가울 리 있겠습니까, 밀레느 경?"

이슈인이 결코 호의적이지 않은 목소리로 인사를 했다.

그의 그런 반응에도 밀레느는 생긋 웃으며 말했다.

"저런. 이슈인 경, 아직도 훈련병이야? 아니잖아. 이 미모의 누님과 함께 일하게 됐는데 그만 표정 푸는 게 어때? 게다가 난 상급자라고."

맞는 말이다.

"알겠습니다. 분명 제가 하급자이지요, 밀레느 프라임 나이트."

하지만 미모의 누님이라는 말에는 동의할 수 없었다. 진짜 미모의 누님은 따로 있었기에. 별로 만나고 싶지 않은 누님이지만 말이다.

"그럼 가자고."

밀레느가 앞장서고 이슈인이 그 뒤를 따랐다.

이슈인이 아는 것은 이곳에 오라는 것뿐이다. 이곳에 안내할 상급자가 있을 것이라는 것이 명령의 전부였다.

이제는 밀레느가 향하는 대로 따르면 그뿐이다.

밀레느는 과연 교관 출신답게 훈련소 안을 제집처럼 움직였다.

처음에는 무심코 뒤를 따르던 이슈인의 눈에 이채가 어렸다.

그녀가 지나가는 길 뒤로 마나의 기운이 보인 것이다.

'그러고 보니⋯⋯.'

훈련소 내에서 생활할 때는 어째서 눈치채지 못했는지 알 수 없었다. 아마도 그 힘들고 고단한 훈련 때문일 것이다.

훈련소 곳곳에 마나의 기운이 부자연스럽게 움직이고 있었다. 규칙적이고 엄정한 움직임. 자연 상태의 움직임이 아니었다.

밀레느의 이동 경로는 그런 마나의 움직임 사이의 결을 따라 움직이고 있었다.

'과연, 아무렇게나 가면 안 된다는 거로군.'

이슈인은 묵묵히 고개를 끄덕였다. 오직 그였기에 알아차릴 수 있는 일이다.

어쩐지 질러가다가도 돌아가고 지그재그로 움직인다 싶었다. 그녀는 목적지로 마나의 결을 따라 걷고 있었던 것이다.

"다 왔어. 여기야."

밀레느가 돌아보며 생긋 웃었다.

너무나 허름한 경비 초소가 눈앞에 있었다.

"여기요?"

일순 어이가 없는 얼굴로 이슈인이 되물었다.

“물론이지. 뭐, 네가 상상하는 것과는 다르지만 말이야. 여긴 단지 입구야.”

밀레느가 씨익 웃으며 경비 초소 안으로 들어갔다.

안에는 아무것도 없었다.

극히 평범한 초소였다.

이슈인도 아무런 이상을 느낄 수 없었다.

밀레느가 이슈인의 시선에 아랑곳 않고 벽의 네 부분을 순서대로 눌렀다.

“위치랑 순서 잘 알아둬. 다음부터는 혼자 올지도 모르니까. 아, 이곳으로 오는 길은 외웠어? 그러고 보니 출발할 때 말 안 해줬네. 그곳에서 이곳까지는 오직 그 길로만 올 수 있는데.”

밀레느가 깜빡했다는 듯 말했다.

“외웠습니다.”

“오우! 역시 77번!”

“이슈인 써드입니다.”

보통 같은 직급의 사람들끼리 있을 때는 계급만을 말하고 직급은 생략했다.

“쳇, 알았어.”

그사이 초소 내에 묘한 변화가 생겨났다. 물론 육안으로 알아볼 수 있는 변화는 아니다. 마나의 움직임이 정체되기 시작하더니 일정한 흐름을 보이기 시작했다.

마나를 느낄 수 있는 사람이라면 마나에 무언가 변화가 생겼다는 것을 알아차릴 수준의 변화다. 하지만 이슈인은 두 눈으로 그 흐름을 똑똑히 볼 수 있었다.

"심연의 힘이 깃든 곳으로 우리 둘 이동할지어다."

마나의 흐름이 생겼다 싶은 순간 밀레느는 아무런 설명도 없이 알 수 없는 말을 중얼거렸다. 이슈인은 그것이 시동어임을 알 수 있었다.

'이 초소 자체가 이동 마법진을 구성하고 있었어.'

마법진에도 상당한 지식을 가지고 있는 이슈인이다. 초소는 그 바닥에 마법진이 숨겨져 있고, 초소의 벽을 순서대로 누름으로써 마법진의 활성화를 위한 마나가 공급되게끔 설계되어 있었다.

곧 환한 빛이 초소 내를 감쌌고, 두 사람은 사라졌다.

메틀라인 왕국의 극비의 기간테스 생산 공장 메테나이져의 입구는 왕국군 훈련소의 그렇고 그런 허름한 초소였다.

두 사람이 도착한 곳은 거대한 공간이었다. 과연 이렇게 넓은 공간이 어디에 있는 것일까 궁금해질 정도다.

이슈인은 밀레느의 뒤를 따랐다.

"너 여기 처음이지?"

"당연하지요."

"훗. 나도 일 년 전에 처음 왔어. 설마 이런 곳에서 우리가 타는 기간테스가 만들어진다니 경이 그 자체였어."

"일 년 전이요?"

"그래. 너희 기수가 내가 교관으로 맞이한 마지막 훈련병들이야."

밀레느가 빙그레 웃으며 돌아보았다. 그 웃음에 이슈인은 잠시 멈칫했다.

"왜요?"

"음, 다른 일을 하고 싶었다 할까, 공을 세우고 싶어졌다 할까?"

밀레느는 짐짓 심각한 얼굴로 말했다.

"난 너희와 달리 평민이거든."

밀레느의 그 말에는 작은 쓸쓸함이 담겨 있었다.

밀레느는 천재 중의 천재다.

평민의 신분으로 아카데미에 들어가 이곳까지 온다는 것은 보통의 재능으로는 불가능했다. 귀족가의 아이들과는 집안의 지원이 다르기 때문이다.

그만큼 스스로의 재능과 노력으로 극복해야 했다.

아카데미에서의 성적은 고학년이 될수록 귀족 출신보다는 평민 출신의 성적이 좋았다. 그때부터는 집안 지원의 의미가 없어지기 때문이다.

"일단 기사 작위는 가지고 계시잖아요."

"그렇지. 준귀족인 기사의 세계를 보았으니 귀족도 되고 싶어지지 않겠어?"

밀레느의 웃음은 여러 가지 감정을 담고 있었다.

"그렇군요."

"내가 지난 일 년 동안 한 일은 이번 우리 왕국군의 최신예 기종 테스트야. 기존의 주력 기종과 얼마나 차이가 나는지 테스트하기 위해 널 부른 거고."

'뭐야, 그럼 난 최신형에 못 타는 거야?

이슈인의 심정을 알아차렸다는 듯 밀레느가 말했다.

"뭐, 그 외 여러 가지 테스트를 나와 함께할 거야. 일단 오늘은 네가 가진 바일론에 타야 하겠지만 내일부터는 너도 랩터2에 탈 거야. 오늘 테스트가 끝난 다음에 계약을 해지하고 새로 계약할 테니까."

"그렇군요."

"그래, 그럼 빨리 가자. 기지장님께서 기다리고 계셔."

그렇게 두 사람은 이곳에서 기간테스의 개발, 생산, 보급을 총괄 책임지는 메테나이져의 기지장을 만났다. 기지장은 세컨 비숍이었다. 인사를 마친 후 테스트를 위한 기동 연병장에 도착했다.

전장 7미터의 기간테스가 당당한 모습으로 서 있었다. 양 어깨 장갑 위에 날카롭게 솟아 있는 뿔은 사나워 보였고, 머리 부분의 디자인도 날렵하면서 용맹스러워 보였다. 머리에 달린 정면과 양옆을 향한 세 개의 뿔은 위압감을 풍기고 있었다.

"저게 랩터2로군요."

처음 보는 기간테스에 대한 감상을 말하는 것치고는 이슈인의 음성이 조금 떨떠름했다.

"어때? 멋지지?"

"그렇긴 합니다만……."

이슈인이 제대로 말을 끝맺지 못하자 밀레느의 눈이 사납게 치켜올라 갔다.

"뭐야, 내 핑크가 마음에 안 든다는 거야?"

라이더들은 자신이 탑승하는 기체에 애칭을 붙이기도 한다. 밀레느가 붙인 애칭은 그녀의 기간테스와 아주 잘 어울렸다. 그럴 수밖에 없는 것이, 용맹하고도 사나운 모습의 랩터2를 완전히 분홍색으로 도색한 것이다.

"설마 저대로 실전에 나가실 생각은 아니지요?"

이슈인이 랩터2를 가리키며 물었다.

"무슨 말이야? 핑크는 내 상징이야. 로딘을 타던 시절부터 내가 타는 기체는 모두 분홍색, 그리고 이름은 핑크!"

밀레느가 단호하게 말했다.

이 사람도 어딘가 범상치 않은 구석을 가지고 있었다. 실전을 치른 적이 없기 때문일까. 어째서 저렇게 쉽게 눈에 확 띄는 색을 고집한단 말인가.

어쨌든 이런 상관의 영향으로 이슈인 자신 역시 한 가지 색만 고집하게 되는 것이 그리 먼 훗날의 일은 아니다.

"일단 바일론이나 소환해서 탑승해. 테스트는 지금 바로 시작이니까."

그 말을 남기고 밀레느는 자신의 펑크에게로 걸음을 향했다. 주위를 둘러보니 이미 수많은 연구원들이 자신들을 주시하고 있었다. 곳곳에 익숙한 마법진이 가동되고 있었다. 두 기의 전투에서 필요로 하는 데이터를 기록하기 위한 마법진들이다.

이슈인은 왼쪽 허리의 검집에 왼손을 올렸다. 이슈인의 리콜러는 자신의 검집이었다.

"소환. 바일론."

이슈인의 짤막한 시동어와 함께 마법진이 나타나며 공간의 문이 열렸다. 그리고 그곳에서 이슈인의 기간테스가 솟아올랐다.

이슈인은 익숙한 솜씨로 콕피트에 올라 마나 제어구에 양손을 올렸다.

"바일론 기동."

이슈인의 담담한 말과 함께 바일론의 마나 엔진이 요란한 소리를 내며 작동하기 시작했다.

우우웅.

마나 엔진음이 장내에 울려 퍼졌다.

[확실히 시끄러운데?]

통신 마법을 통해 밀레느의 목소리가 울렸다.

[구형이니까요.]

[구형이라니? 지금 왕국군의 주력 기종인데.]

[랩터2를 타신 분이 시끄럽다고 하시니 드린 말씀입니다.]

확실히 랩터2의 마나 엔진 음은 바일론의 그것에 비해 조용했다. 하지만 어디까지나 바일론에 비해 조용하다는 것이지 여전히 시끄러웠다. 거대한 철거인을 움직이기 위한 준비 음이기에 작을 수가 없었다.

'랩터2. 출력이 2.5라고 했지?'

이슈인은 이곳으로 오는 동안 밀레느에게 간략하게 들은 설명을 떠올렸다. 2.5라니 놀라운 출력이다.

물론 바첼러 백작가의 작품이다. 기본적인 개발은 모두 바첼러 백작가에서 진행이 끝난 상태로 이곳 메테나이져로 이관되었다. 이슈인도 극초기 개발 단계에서 시험 기체를 움직여 본 경험이 있었다.

[그럼 슬슬 시작하자고.]

시동 직후 불규칙적으로 요란하게 울리던 바일론의 엔진 시동 음은 점차 고르고 일정한 기동 음으로 바뀌어 딜레이 타임이 끝났음을 알렸다. 랩터2는 시동부터 지금까지 줄곧 일정한 기동 음을 내고 있다. 랩터2의 딜레이 타임은 이미 끝난 상태였다.

[알겠습니다.]

랩터2는 전장 7미터, 바일론은 전장 7.5미터의 중급형 기체다. 이슈인의 의지에 따라 바일론이 천천히 이공간에서 검을 소환했다. 밀레느의 랩터2는 한 손에는 검을, 한 손에는 방패를 들고 있었다.

[방패는 필요없어?]

[이게 좋습니다.]

[뭐, 본인이 그렇다면야.]

이슈인의 바일론이 든 검은 일반적인 기간테스용 검에 비해 조금 더 길었다.

[간다!]

랩터2가 바일론을 향해 쇄도했다. 빠른 속도로 이미 익숙하게 기동하는 모습이다.

바일론이 부드럽게 옆으로 물러서며 검을 아래에서 위로 쳐올렸다. 도저히 기간테스의 움직임이라고는 믿기지 않는 부드러운 움직임이다.

[칫. 다시 한 번 느끼는 거지만 77번의 싱크로율은 사기라고.]

[이슈인 써드입니다.]

훈련병 시절의 교번은 떠올리기도 싫은지 밀레느의 투덜거림에 바로 이슈인의 반응이 왔다.

싱크로율은 라이더가 얼마나 기간테스에 일체화되는지를 나타내는 지표다. 두 개의 마나 제어구에 양 손바닥을 접촉하고 라이더의 의지로 기간테스를 움직이는 것이 기본적인 기동 요령이다.

의지로 움직이는 만큼 라이더와 기간테스의 일체화는 중요한 요소다.

싱크로율이 25% 정도면 기간테스의 기본적인 전술 운용이 가능하다. 30% 정도면 어느 정도 경력이 된 라이더라고 인정한다. 아카데미의 졸업생들이 기록하는 평균 싱크로율이 18%다. 일정한 싱크로율을 유지하기 위해서는 상당한 마나가 소모되었기에 대부분의 라이더들이 리바운드 플래쉬로 마나 수련을 하는 것이다.

밀레느의 싱크로율은 40%로 매우 뛰어난 라이더다. 특별히 스폐셜 급이라 부른다.

그 정도의 싱크로율을 가지고 있었기에 교관에서 테스트 라이더로 쉬이 옮길 수 있었던 것이다. 그것도 차세대 최신형 기종의 테스트 라이더로서 말이다.

이슈인이 기록한 싱크로율은 놀라웠다. 훈련소 퇴소 하루 전에야 싱크로율을 딱 한 번 측정한다. 일반적인 싱크로율이라는 것이 있기에 입소 후에는 측정하지 않는다. 단지 훈련소 8주 후 발전의 속도는 저마다 달랐기에 그 결과를 배치에 반영하기 위해 한 번 측정하는 것이다.

거기에서 이슈인은 55%를 기록했다.

훈련소를 퇴소하는 이들의 평균 싱크로율이 23~26% 정도임을 생각하면 가히 경이적인 기록인 것이다.

이 정도면 수많은 실전을 거치면서 초특급 에이스로 인정을 받은 라이더들의 싱크로율에 육박했다.

싱크로율이 높을수록 기간테스를 지배하는 의지가 더 강하다는 의미이기에 기간테스의 움직임이 더 부드럽고 자연스러웠다.

이슈인의 바일론이 빠르게 움직여 랩터2의 뒤를 잡았다. 그 순간 랩터2의 검이 허리 어름을 크게 베어왔다. 바일론이 잽싸게 검을 들어 그 공격을 튕겨내고 연이어 참격을 날릴 때 랩터2의 방패가 그 검을 막았다.

[훗, 이 정도야.]

밀레느의 웃음이 통신을 통해 전해져 온다.

방패의 저항감이 살짝 약해졌다 싶은 순간 더 강한 힘이 검을 통해 전해져 온다.

"크윽!"

바일론이 요란한 소리를 내며 세 걸음이나 물러섰다.

이슈인은 온몸이 찌르르 울렸다. 높은 싱크로율로 강력한 의지를 통해 기간테스를 지배하는 만큼 기간테스의 상태가 온몸을 통해 느껴지는 탓이다.

[출력이 깡패라고 하더니 과연 그러네요.]

[호홋. 어때? 덤벼.]

단번의 격돌로 우위가 확실하게 판가름 났다.

[출력이 깡패긴 하지만 전부는 아닙니다.]

[잘 키운 싱크로율, 깡패 출력 안 부럽다고? 그것도 어느 정도 차이가 나야지. 바일론과 랩터2는 무려 0.5나 차이 난다고.]

밀레느가 피식 웃는 것과 함께 랩터2의 기동이 재개되었다. 어깨 장갑의 커다란 뿔이 바일론의 콕피트를 향해 날아왔다. 하지만 바일론은 기간테스 같지 않은 능숙한 움직임으로 랩터2를 부드럽게 스쳐 지났다. 그리고 바일론의 무릎이 랩터2의 옆구리를 향해 날아들었다. 랩터2가 다시 방패로 무릎을 막고는 한 번 더 튕겨내려 하자 바일론은 그 탄력을 이용, 반대편으로 몸을 회전했다. 그 원심력을 실은 검이 랩터2의 어깨를 베어갔다.

[뭐야?]

너무나 부드럽게 이뤄지는 공격에 밀레느가 깜짝 놀랐다. 상대가 자신의 높은 출력을 이용한 공격을 오히려 역이용할 줄은 몰랐다.

'젠장, 정말 정 떨어지는 괴수 녀석이야.'

밀레느는 모든 출력을 랩터2의 양발에 모았다. 그리고 랩터2의 발에서 터져 나오는 마나를 이용해서 뒤로 훌쩍 뛰었다. 높은 출력만큼이나 많은 거리를 뛰었고, 바일론의 검은 허공을 갈랐다.

[쳇, 출력이 깡패 맞네요. 기간테스로 그런 거리를 한 번에

도약하다니.]

　[호홋. 맞는 말이지. 그럼 각오는 되었나?]

　운용은 이슈인이, 파워는 밀레느가 위인 테스트 대련이 계속되었다.

　결과는 밀레느의 승리였다.

　귀신같은 운용으로 어떻게 버텼지만 시간이 갈수록 출력의 차는 메울 수 없을 만큼 벌어졌고, 결국은 이슈인이 패한 것이다. 하지만 밀레느는 물론, 연구진의 경악은 이루 말할 수 없었다.

　애초의 예상은 길어야 10분 안에 결판이 난다는 것이었다.

　출력은 물론이거니와 모든 면에서 랩터2가 훨씬 뛰어났기 때문이다. 하지만 이슈인은 두 시간 가까이 버텨냈다.

　이슈인이기에 가능한 일이었다.

　"이거 테스트를 잘못한 거 같습니다. 랩터2의 성능 테스트가 아니라 마치 바일론의 한계 운용치에 대해서 테스트한 것 같습니다."

　이번 테스트를 총괄하는 수석 연구원 델린이 감탄한 듯 말했다.

　"그렇죠, 델린 남작님? 내일이 기대되네요. 저 녀석이 랩터2를 타면 어떻게 변할지……."

　땀에 흠뻑 젖은 채 밀레느가 말했다.

　"그러게 말입니다, 밀레느 경. 조금 전의 모습을 보고서야

저는 바일론이 얼마나 뛰어난 기체인지를 깨달았을 정도니까
요."
　"뭐, 저 녀석이 그렇게 만든 거죠."
　땀에 흠뻑 젖은 채로 상의 겉옷을 벗은 채 쉬고 있는 이슈
인을 슬쩍 보면서 말했다.

CHAPTER 9
건국절

랩터2 두 기가 서로를 마주 보고 서 있다. 한 기는 분홍빛으로 도색되어 있고, 다른 한 기는 조금 왜소해 보이는 모습에 은빛이다. 이미 상당한 기동을 마친 후인지 장갑 곳곳에 상처가 보였다.

[헉헉헉! 넌 정말 괴수야, 이슈인.]

[칭찬이 좀 과하시네요.]

밀레느가 거친 숨을 몰아쉬며 투덜거리듯 말했다.

이슈인이 탄 랩터2는 아직 외장갑이 입혀지지 않은 상태다. 이슈인의 기간테스 운용 능력을 확인한 델린 남작이 더 많은 데이터를 얻기 위해 랩터2의 외장갑을 벗겨낸 것이다.

외장갑의 유무는 기간테스의 방어력에서 큰 차이를 보인다. 그럼에도 두 사람의 테스트 기동은 이슈인이 압도적이었다. 최신예 기체의 테스트였기에 이슈인이 적당히 사정을 봐줬기에 이 정도이지 그렇지 않았다면 밀레느의 핑크는 완파가 되어도 진작에 되었을 것이다.

밀레느의 입에서 괴수라는 말이 쉬지 않고 나올 만한 상황이다.

두 기의 콕피트가 열리면서 땀으로 흠뻑 젖은 밀레느와 살짝 얼굴이 상기된 이슈인이 모습을 드러냈다.

"정말이지, 너란 녀석은……."

자신에 비해 너무나 멀쩡한 모습의 이슈인을 확인하자 밀레느는 말을 끝까지 잇지도 못했다.

세상이 이렇게 불공평하다는 것을 밀레느는 오랜만에 느꼈다. 기간테스 라이더가 된 이후 느끼지 못했던 감정이다.

"이 녀석, 타면 탈수록 마음에 들어요. 확실히 잘 만든 녀석이에요."

이슈인이 밀레느의 그런 감정에 상관 없이 랩터2를 올려다보며 말했다.

"너 지금 눈빛이 마치 사랑에 빠진 사람 같은 거 알아?"

"후훗, 그래요?"

밀레느의 말에 이슈인은 낮게 웃었다.

"저런 철거인 말고 사람하고 사랑에 빠지도록 해."

밀레느의 말에 이슈인은 품에서 회중시계를 꺼내 시간을 확인했다.

"그러네요. 그럼 저는 이제부터 사람과 사랑에 빠지러 가야겠네요. 지금부터 휴가 시작입니다."

시간은 오후 2시다.

내일부터 건국절이라 메테나이져도 휴가에 들어간다. 다른 곳은 전날부터 휴가였으나 이곳은 랩터2의 시험 기동 일정이 빡빡한 관계로 이제야 휴가에 들어갔다.

"그럼 모두들 휴가 잘 보내십시오."

마법진에서 뽑아낸 데이터를 정리하며 델린 남작이 웃음 띤 얼굴로 말했다. 그의 하는 양을 보니 아마 휴가도 반납하고 데이터 정리에 매달리리라.

"아웅! 이게 몇 년 만의 건국절 휴가야."

밀레느가 기지개를 켜며 기쁜 듯 말했다.

그녀의 말에 이슈인은 그제야 작년 훈련병 시절에는 건국절 축제 기간에 휴가를 얻지 못했음을 떠올렸다.

"그러고 보니 메테나이져에도 휴가가 있는데 훈련소는 휴가가 없나요?"

"왜 없어? 있지."

"그럼 우린 작년에 뭐에요?"

"클레딘 군단장님 짬이 높아, 훈련소장님 짬이 높아?"

"클레딘 군단장님이지요."

"그래. 특별히 너희만 휴가가 없었어."

"큭."

"아, 덕분에 우리도 없었지."

훈련병들이 훈련을 받으면 당연히 교관들 역시 훈련에 투입된다. 덕분에 기간테스 라이더와 트랜스 아머 배틀러들의 훈련 교관들은 모두 건국절 휴가를 반납하다시피 한 상태였다.

"고로 나도 몇 년 만의 건국절 휴가라고. 호홋. 좋긴 좋네."

생긋 웃는 그녀는 정말로 기쁨에 겨워하고 있었다. 동시에 지금도 훈련소 어디선가 훈련병들을 박박 기게 만들고 있을 옛 동료들에게 진한 동정을 던졌다.

"저도 석 달 만의 휴가예요. 왕도로 들어오고도 이제야 훈련소를 빠져나가다니."

"원래 그게 군바리야."

이슈인의 말에 밀레느가 피식 웃으며 말했다.

며칠을 지하에 있다가 오랜만에 보는 햇살은 눈부셨다.

일단 신기종 테스트를 위해 메테나이져에 들어간 이후로는 한 번도 나와보지 못했다.

어느새 시간은 오후의 한 중간이었다. 마침 그때 훈련을 마치고 돌아오는 후배들이 보였다. 클레딘 군단장의 썩은 미소가 이슈인의 가슴을 후벼 팠다.

"충! 이슈인 써드 나이트를 뵙습니다."

이슈인과 눈이 딱 마주치자 클레딘이 각 잡고 경례를 붙였다.

'쯧. 저렇게 하니 다 낚이지. 아무튼 저분의 저 장난기는……'

그랬다.

클레딘 군단장은 훈련병들의 훈련에 들어가면 철저히 평민 부사관 역을 했다. 이슈인처럼 새파란 하급 장교에게도 저렇게 철저히 경례를 붙일 정도로.

"충! 수고하십니다."

짬밥 높은 부사관에게 젊은 장교가 말을 높이는 것은 흔한 일이기에 훈련병 누구도 클레딘의 진정한 정체에 대해 알지 못했다.

오히려 이슈인을 선망의 눈으로 바라볼 뿐이다.

아카데미 시절부터 유명했던 이슈인을 이렇게 보게 될 줄은 누구도 몰랐기에.

자신을 지나쳐 가면서 고개 한 번 돌리지 않는 후배들의 모습에 이슈인은 고개를 끄덕였다. 이미 충분히 굴렀다는 반증이다.

"그럼 나도 짧은 휴가를 즐겨보실까나?"

기지개를 켠 이슈인은 훈련소의 입구로 향했다. 제법 먼 거리임에도 산책하는 기분으로 천천히 나가자 이미 마차 한 대가 대기하고 있었다.

"왜 이렇게 늦었어? 한참 기다렸잖아."

이안이었다.

"충! 이안 국방부 및 외교부 차관님을 뵙습니다."

이안은 작년 말에 원래 맡고 있는 국방부 차관 외에 새로이 외교부의 차관 자리도 맡았다. 중요한 두 부서의 차관 자리의 겸직이라니 흔한 일이 아니었다. 귀족파 귀족들이 바첼러 백작가에 대한 견제를 더욱 심하게 할 정도로 이안에 대한 국왕의 신임이 대단했다.

"형제끼리 그런 딱딱한 인사는 그만두라고 했지?"

이안이 이마를 짚으며 질렸다는 얼굴로 말했다.

"일개 써드 나이트가 어찌 차관님 앞에서 무례를 범할 수 있겠습니까?"

"끄응."

이슈인의 확고한 태도에 이안은 낮은 침음을 흘렸다.

'녀석, 삐쳐도 너무 단단히 삐쳤어.'

훈련소 퇴소 이후다.

이슈인이 훈련소에 들어갈 때도 이안은 국방부 차관이었다.

국방부 차관은 엄청난 권력을 가진 자리다. 결코 이안과 같은 젊은 귀족이 할 만한 자리는 아니었다. 물론 이안의 능력은 그 자리에 차고도 넘쳐 최근에 외교부 차관 자리까지 겸직하게 되었지만 말이다.

국방부 차관이면 제너럴보다는 아래지만 프라임 비숍과는 동급이다. 그리고 직급상으로는 차관이 프라임 비숍보다 우선한다. 즉, 클레딘 군단장의 상급자에 준하는 위치에 있다. 물론 어디까지나 왕국법에서 정한 바에 따르면 그렇다.

그랬기에 이슈인은 모든 것을 알고 난 후 형에게 무척이나 서운해했다. 당시부터 국방부 차관이었던 형의 위치면 훈련소의 진정한 실체에 대해 잘 알고 있었을 것이기에. 어쩐지 입소 전에 은근슬쩍 넘어가는 것이 이상하다 여겼는데 결국은 형도 공범이었던 것이다.

"일개 낙하산 차관인 젊은 귀족이 어찌 야전 군단장, 그것도 우리 왕국 최고의 전력인 기갑군단의 군단장에게 짬밥이 되겠냐? 나도 닥치고 기어야지."

구차한 변명이다.

당시 이슈인은 그렇게 생각했다.

갓 훈련소를 마치고 군대 물이 덜 들었기에 그랬다. 하지만 이젠 일 년 정도 군을 겪고 나니 그때의 그 말이 이해가 되었다.

그럼에도 이런 행동을 보이는 것은 단순히 '재미'가 있기 때문이다. 항상 침착함을 잃지 않고 지적인 모습을 보이는 형이 이렇게 안절부절못하는 모습이 그저 재미있었다.

"빨리 가자. 아버지께서 기다리신다. 그리고 그녀도 기다리잖아."

이안의 말에 이슈인의 동작이 빨라졌다. 정확히 '그녀'에서 반응했다.

'녀석, 어지간히 보고 싶은 모양이군. 하긴, 그런 얼굴이니…….'

하긴 그렇게 목을 매어 이루어진 사이니 오죽할까.

마차가 경쾌한 말발굽 소리와 함께 훈련소 정문을 떠났다. 바첼러 가의 문장이 바람에 펄럭인다.

"오빠!"

집에 도착하니 이레아가 가장 먼저 반긴다. 눈 밑이 거무스름한 모습이 그간의 생활을 말해주고 있었다.

"오랜만이네. 조기 졸업하기 싫다고 발악하더니 결국 예상한대로 고생 중인가 보다?"

이슈인이 이레아의 머리를 쓰다듬으며 말했다.

"어쩔 수 없지. 뭐, 그래도 건국절이라고 벌써 3일을 쉬었어. 게다가 내일은 왕궁 무도회에도 간다고."

벌써부터 무도회가 기대되는 듯하다.

하긴, 이레아는 여태껏 무도회에 참석한 적이 없었다. 아카데미 학기 중에는 무도회 참가 자체가 원천적으로 불가능했고, 방학 중 숱하게 있는 무도회는 모두 이올린으로 인해 참가가 불가능했다.

이올린은 애당초 무도회에 관심이 없는 사람이었다.

"오면서 들었다. 좋겠구나."

"당연하지."

이레아의 얼굴에는 화사한 웃음이 가득했다.

"왔느냐?"

카를로 백작이 흐뭇한 웃음을 지으며 현관까지 나와 맞았다. 아무리 장교로 복무한다지만 자식이 군에 있는 것은 부모의 마음을 안타깝게 하게 마련이다. 왕국의 귀족으로서 자랑스러운 일이지만 아버지로서는 노심초사하는 것이 당연한 일. 그래서 백작이 직접 현관까지 나선 것이다.

"왕도에 와 계셨군요."

"국왕 전하께서 건국절 파티에는 얼굴을 비치라 하셔서 말이다."

최근 주변국들의 움직임이 심상치 않은 것도 한 원인이기는 하나 카를로 백작은 중앙 정계 은퇴 뒤에도 건국절 행사에만큼은 꼭 얼굴을 비쳤다.

"너도 무도회는 처음이지?"

건국절 파티와 무도회는 아카데미 학기 중에 치러지는 것이라 참가를 못했지만 방학 중 숱하게 있었던 무도회를 이슈인은 모두 나가지 않았다. 검술 수련 시간이 부족하다는 것이 그 이유였다.

검술이 모자랄 때는 모자란 대로 연습에 온 힘을 다했고, 검술에 성취를 보인 다음에는 또 그 재미에 흠뻑 빠져 있었던 것이다.

"쩝. 백작가라 하면 명색이 고위 귀족인데 어찌 자식들이 하나같이 사교계에 관심이 없으니……."

저택으로 들어서며 카를로 백작이 아쉽다는 듯 혀를 찼다.

"무슨 말씀이세요? 전 관심 엄청 많다고요. 다 악마 같은 언니 때문에……."

"누구?"

이레아가 투덜거리는 순간 때마침 들려오는 이올린의 목소리에 이레아의 몸이 흠칫 굳었다.

"히끅. 아니, 아무것도 아니야."

깜짝 놀라 딸꾹질까지 하는 동생의 얼굴을 잠시 노려본 이올린의 시선이 이슈인을 향했다.

"마침 잘 왔어. 같이 영지에 갔다 오자."

이올린은 3일의 휴가도 반납한 채 연구실에 틀어박혀 있었다.

말이 끝나는 순간 이올린은 이미 이슈인의 팔을 잡아끌고 있었다. 지하에 있는 포털 마법진으로 향하려는 것이다.

"자, 잠깐만, 누나. 아직 아버님께 인사도 제대로 못 드렸다고."

무려 삼 개월 만에 온 집이다. 편안하게 앉아보지도 못하고 지하로 끌려 내려가는 것은 사양이다. 게다가 어서 빨리 가봐야 할 곳도 있었다.

"얼굴 봤으면 됐지. 그렇지요, 아버님?"

이올린이 카를로 백작을 보며 물었다. 백작은 딸의 물음에 그저 허허롭게 웃을 수밖에 없었다. 국경에서 근무하다가 잠시 왕도를 거쳐 온 아들에게 물을 말도 많았고 들을 말도 많았지만 이올린의 성화에 그것은 차후로 미뤄야 할 듯했다.

딸의 눈에서는 설핏 광기마저도 보이고 있었다.

이레아의 엔진 설계가 순조로운 반면, 그 엔진의 출력을 따라가야 할 기간테스의 설계가 난관에 봉착한 터다. 시뮬레이션 상으로는 거의 완벽하다 싶었는데 실제 크기의 프로토 타입 기동에서는 생각지도 못한 문제점이 여기저기서 터져 나왔다.

더 큰 문제는 그 문제점의 원인을 파악하기 위한 기동을 할 테스트 라이더가 없다는 것이다.

출력 3.5의 마나 엔진은 말 그대로 괴물이다.

어지간한 싱크로율로는 그 괴물을 다룰 수가 없었다.

그래서 이올린이 목이 빠져라 이슈인을 기다리고 있었던 것이다.

백작은 누구보다 그 사실을 잘 알고 있기에 딸을 말릴 수 없었다.

"어, 잠깐만. 아무리 그래도……."

이슈인이 끌려가지 않으려 저항했지만 이올린은 완강했다.

"잠깐."

그때 이올린을 말린 것은 이안이었다.

"뭐야, 오빠?"

이올린의 두 눈이 날카롭게 빛났다.

이안 역시 흠칫했다. 번들거리는 두 눈은 광기를 넘어선 살기마저 보이고 있었다.

그래도 할 말은 해야 했다.

"이슈인은 가봐야 할 곳이 있잖아. 지금도 마음은 콩밭에 가 있을 텐데… 이런 상태로는 싱크로율도 그렇게 높게 나오지 않아. 그리고 너도 내일 파티랑 무도회 준비도 해야 하고. 지금 영지에 갔다가 내일 다시 오면 늦어."

이안의 말에 이올린이 멈칫했다. 그녀 역시 이슈인이 가고 싶어하는 곳이 어디인지 알고 있었던 터다.

그 순간을 놓치지 않고 이슈인은 이올린의 손에서 팔을 뺐다. 마음만 먹으면 쉬운 일이지만 이올린의 기세에 눌려 감히 시도도 못했던 것이다.

그러던 차에 이안 덕에 이올린이 멈칫한 순간을 놓치지 않았다.

"형 말대로니까 이쯤에서 실례할게, 누나. 그럼 다녀오겠습니다, 아버님."

다시 잡힐세라 이슈인은 재빨리 걸음을 옮겼다. 그리고 그대로 뛰어서 저택을 벗어났다. 제법 너른 정원도 장애가 되지 않았다. 빠른 달리기로 어느새 이슈인은 시야에서 사라져 있었다.

어차피 이슈인이 가려는 곳은 뻔했다.

"녀석, 그 아이가 그렇게 좋은 것이냐."

카를로 백작은 쓴웃음을 지으며 고개를 저었다.

"칫."

이슈인이 도망가 버리자 이올린은 언짢은 표정으로 이층으로 향했다. 이슈인이 없다면 영지에 가나 마나다. 자신도 이곳에서 무도회 준비나 해야 할 것 같았다.

본래 가지 않으려 했지만 아버지의 강한 권유를 거부할 수 없었다.

"뭐, 아버님도 보셨잖습니까? 그럴 만하지요."

"여전히 어려."

카를로가 고개를 저었다.

저택의 천장을 향하는 그의 두 눈에는 묘한 그리움이 가득했다.

온몸을 휘도는 마나가 활력을 불어 넣어주었다. 빠른 속도로 달리는 데도 숨이 차지 않았다.

어느새 이슈인은 가고자 하는 곳의 정문에 도착할 수 있었다. 정문을 지키던 위병이 이슈인을 알아보았다.

"오랜만에 뵙습니다, 이슈인 써드 나이트."

위병 역시 왕국군 소속이었기에 이슈인을 보고 절도있게 경례를 했다. 이슈인의 계급이 한참 위다.

"계속 수고하도록."

이슈인 역시 경례를 했다. 위병이 정문을 열어주자 이슈인이 빠른 걸음으로 들어갔다. 이슈인이 정문을 지나칠 때 이미 안으로 전갈이 갔다.

이슈인이 현관에 당도하기도 전에 현관문이 열리면서 그녀가 모습을 드러냈다.

이슈인의 걸음이 멈췄다. 그리고 가만히 문을 열고 나타난 여인을 바라보았다. 여인이라 불리기에는 아직 조금 앳된 모습이 남아 있다.

어디선가 불어온 바람에 검은 머리칼이 살짝 흩날린다.

"오랜만이야."

이슈인이 미소를 지으며 짧은 인사를 건넸다.

"네, 너무 오랜만이네요. 오래 기다렸어요."

그녀의 눈가에 살짝 눈물이 어린다.

"미안해."

이슈인이 머리를 긁적이며 머쓱하게 말했다.

늘 느끼는 것이지만 그녀 앞에만 서면 무슨 말을 해야 할지 모르겠다. 평소의 달변은 사라지고 늘 버벅거린다.

그녀의 따스한 미소가 없었다면 그 뒤는 상상하기도 싫었다.

첫 만남도 그랬다. 그렇게 맥을 닦달을 해서 만났지만 정작 만난 자리에서는 말도 못 꺼내고 빨개진 얼굴로 테이블만 바라보고 있었다. 그런데도 그녀는 웃어주었다.

시작은 그때부터였다.

"어서 들어가요. 그렇지 않아도 차관님께 오늘쯤 휴가를 나오신단 이야기를 들었어요. 안에 다과를 준비해 놨어요."

아마 오늘 아침부터 준비된 다과일 것이다. 그리고 몇 번이나 찻물을 바꿨겠지. 식으면 바꾸고 식으면 바꾸고. 이슈인은 그리 생각하며 그녀의 뒤를 따라 들어갔다.

'젠장, 이래서 도무지 미워할 수 없는 형이야.'

정작 자신의 혼기가 꽉 찼음에도 자신의 앞가림은 하지 않고 동생의 이런 부분까지 신경 써주는 형이 못내 고마웠다.

저택의 내부는 깔끔하고 단정했다.

모르는 사람이 본다면 그저 꼿꼿한 성격의 남작가 정도로 생각할 모습이었다. 누구도 그녀의 신분을 짐작지 못할 것이다.

이슈인도 이 저택에 처음 들어왔을 때 그렇게 생각했고, 그 생각은 그대로 입 밖으로 나왔다.

그때 본 그녀의 쓸쓸한 표정에 이슈인은 더 이상 그런 말을 꺼내지 않았다. 그녀의 그 표정이 이슈인을 더욱 잡아끌었음은 이슈인만의 비밀이었다.

망국의 공주, 아르시안 로드 벨런시아. 그녀의 존재는 시간이 갈수록 이슈인의 가슴에 더욱 크게 자리 잡아가고 있었다.

이슈인이 훈련소에 들어간 이후 두 사람의 만남은 극도로 적어졌다. 훈련 기간 내내 보지 못한데다 갓 임관한 장교의 휴가가 그리 많을 리 없었다. 지금 보는 것도 석 달 만이다.

그럼에도 서로를 향한 애틋한 마음은 점점 더 깊어가고 있었다.

"잘 지냈지, 아르시안?"

"네. 오라버니도 잘 지내셨지요?"

"나야 늘 그렇지."

이슈인이 피식 웃으며 말했다.

오라버니. 이슈인이 나이가 많다는 이유로 그녀가 이슈인을 부르는 호칭이다. 절대 오빠라 하지 않았다. 망국의 공주라 하나 그녀는 왕족이었다.

향기로운 다향이 풍기는 가운데 두 사람은 늘 하는 대화로 시간을 보냈다. 모르는 사람이 본다면 너무나 재미없는 모습이다. 그 속에서 즐거운 것은 오직 두 사람뿐이었다.

시간은 빨랐다.

어느새 해가 저물고 있었다.

이슈인이 워낙 늦게 훈련소를 나온 탓도 있었지만 그래도 그녀와 함께하는 시간은 빨랐다.

"아, 내일 내가 데리러 올까?"

무도회에 참가한다면 당연히 파트너가 필요하다. 이슈인

의 파트너는 두말할 것도 없이 아르시안이다. 그녀는 이미 왕도의 사교계에 어느 정도 모습을 보여온 터. 오히려 이슈인을 만난 이후 사교계에 그 모습이 뜸해졌다.

이슈인이 파티에 참가하지 못해 다른 파트너와 갈 수 없었기 때문이다. 그녀는 그런 여인이었다.

"네, 그건 당연한 거예요. 에스코트하는 남성이 레이디를 찾아와야죠."

"그런가?"

아르시안의 말에 이슈인이 머리를 긁적이며 어색하게 웃었다.

"그럼 내일 봐. 이젠 가야겠어."

"네. 조심해서 가세요."

아르시안은 저택 정문까지 따라 나와 이슈인을 배웅했다. 두 명의 경호기사가 어느 정도 떨어져 두 사람을 뒤따랐다. 이슈인이 정문을 나서는 순간 경호기사 둘은 아르시안의 양 옆으로 붙었다.

벨런시아에서부터 따라온 경호기사다. 둘 모두 소드 익스퍼트 상급에 오른 수준급의 기사로 트랜스 아머를 보유한 상태였다.

"그럼, 잘 자."

"오라버니도 좋은 꿈 꾸세요."

아르시안이 생긋 웃으며 이슈인을 배웅했다.

이슈인이 떠난 후 그녀의 얼굴은 살짝 어두워졌다.

"저녁을 함께하고 싶지만… 내일을 기다려야지."

휴가 첫날이다.

가족들과 밀린 대화도 많으리라.

그 생각에 저녁 식사 후까지 붙잡고 싶은 마음을 억누르고 아르시안은 이슈인을 웃으며 보냈다.

저택의 현관으로 돌아가는 그녀의 발걸음이 무거웠다.

*　　*　　*

밝은 빛이 가득 들어오는 상쾌한 분위기의 방이다.

"준비는?"

"완료되었습니다."

"내일이 실행일이지?"

"네."

"다시 한 번 확인해 봐."

"알겠습니다."

"후훗, 곧 멋진 축제가 시작되겠군."

방의 분위기와는 어울리지 않는 두 사람의 음침한 대화는 그렇게 끝이 났다.

*　　*　　*

이슈인이 집에 도착하자 어느새 어둠이 깔리기 시작했다. 봄이라고는 하지만 아직 3월 하순이다. 어둠은 빨리 찾아왔다.

이슈인이 들어가자 하인들이 저녁 식사 준비에 한창이었다.

오랜만에 가족이 모두 둘러앉은 저녁 식사가 시작되었다.

가장 상석에 앉은 카를로 백작 좌우로 이안과 이올린, 이슈인, 이레아가 앉았다. 카를로 백작 바로 우측의 자리가 비어 있었다.

"누님은 언제나 오려는지 모르겠습니다."

"마탑의 일이니까. 바쁘지. 지금 대륙의 분위기가 그렇지 않느냐."

카를로 백작의 대답에도 불구하고 이안의 안색은 밝아지지 않았다. 하나뿐인 누나의 얼굴을 본 것이 언제인지 기억이 나지 않았다. 자신만큼이나 바쁜 사람이었다.

"그나저나 다들 파트너는 구했느냐?"

카를로 백작의 시선이 이슈인을 제외한 세 사람을 훑었다. 다들 자신의 일에 치여 도무지 이성에 눈을 돌리지 않은 아들, 딸들이다. 이슈인이 예외라면 예외였다.

"전 이안 오빠랑 갈 거예요."

이올린이 무뚝뚝하게 말했다.

다른 남자를 구할 이유도 없고 귀찮았다. 무도회 역시 아버지 때문에 참가하는 것이기에 그다지 흥미도 없었다.

"괜찮겠느냐?"

"이올린의 조건이었으니까요. 그리고 저도 그러는 것이 편할 듯싶습니다."

이안이 웃음 지으며 대답했다.

이제 겨우 스물일곱의 나이에 국방부 차관과 외교부 차관이라는 요직에 앉아 있다. 거의 사기에 가까운 일이다. 그런 이안이기에 귀족들 사이에서는 관심의 대상이었다.

비록 국왕파의 실세라 하나 그것은 권력의 암투를 벌이는 귀족들 사이의 일이고, 귀족가의 부인들이나 영애들에게는 아무런 상관이 없는 일이다. 그들의 수다 대상에 선정되는 데 귀족파니 국왕파니 하는 것은 전혀 중요한 것이 아니었다.

이안이 다른 여인을 파트너로 무도회에 참석한다면 금세 사교계에 소문이 퍼질 것이다.

때문에 이안 역시 차관 자리에 오른 이후로는 가급적 파티나 무도회를 피하고 있었다.

"이레아는 어떻게 할 거냐?"

"맥 오빠랑 같이 가기로 했어요."

"풉."

이레아의 대답에 이슈인이 먹고 있던 수프를 뿜었다.

"누구랑?"

　아버지와의 대화 중에 끼어드는 것이 예의가 아니라는 것
은 너무나 잘 알지만 생각지도 못한 대답에 이슈인이 다급히
물었다.

　"맥 오빠."

　"어째서 그 녀석이랑? 안 돼!"

　이슈인이 질겁하며 말했다.

　"이슈인."

　이안이 조용히 이슈인에게 주의를 주었다.

　"아, 죄송합니다."

　이슈인은 그제야 자신의 실수를 깨닫고는 카를로 백작에
게 고개를 숙였다.

　"맥이라면 혹 타이거 백작의 아들 말이냐? 난 마크로 알고
있다만."

　"네, 이슈인과는 아카데미에서 둘도 없는 사이였습니다.
맥은 이슈인이 지어준 애칭이죠. 훗!"

　이안이 대답했다.

　타이거 로지아 백작. 올해 근위기사단장의 자리에 오르며 자
작이었던 그의 작위가 한 단계 올라갔다. 영지까지 고사한 경
력이 있는 충신이었다. 왕국의 오대기사 중 한 사람으로 가히
근위기사단장과 백작의 작위에 어울리는 인물이었다. 그는 백
작의 작위를 받았음에도 여전히 영지가 없었다. 영지야말로 귀
족의 진정한 힘, 영지가 없는 작위는 그야말로 명예직이었다.

“마크 로지아 써드 나이트 역시 훌륭한 기사입니다. 현재 근위기사단에서 견습 기사로 복무 중입니다.”

근위기사단은 국왕의 신변을 책임지는 중요한 임무를 맡은 곳이다. 오직 의무 복무를 마친 후에만 정식 기사로 들어갈 수 있는 곳이었다. 맥은 의무 복무 중이었기에 견습 기사의 형태로 근위기사단에 배치된 것이다.

“견습 기사라……. 그런데 용케 무도회에 참가할 생각을 했군.”

카를로 백작이 의외라는 듯 말했다.

근위기사단은 국왕이 참가하는 행사가 있을 때 더욱 바빠진다. 견습 기사라고 예외일 수 없다. 그런데 건국절 파티와 같은 큰 행사에 딸의 파트너로 참가한다기에 놀란 것이다.

“뭐, 일 년 동안 휴가를 한 번도 안 썼대요. 이번에도 쓸 생각 없었는데 제가 무도회 파트너 해달라고 해서 썼다던데요.”

이레아가 별것 아니라는 듯 말했다.

그녀는 아직 그런 쪽에 대한 일은 자세히 알지 못했다.

“허허, 그 친구, 대단하구나.”

“정신 나간 녀석이죠.”

이슈인이 마음에 안 든다는 듯 말했다.

마크 로지아 써드 나이트. 그 뛰어난 검술 실력으로 이미 칼버튼과 함께 왕국의 미래를 책임질 이대기사라는 이야기를 듣고 있었다.

이슈인은 국경에서 일 년을 보내 왕도의 그런 소식에는 둔감했다.

"흠. 그래서 라이오네 공작가의 칼버튼 써드 나이트의 청을 거절한 거구나."

이안이 흥미롭다는 얼굴로 말했다.

"아니. 순서가 틀렸어. 그 재수없는 자식이 먼저 수작을 걸었어. 그래서 그 녀석을 뻥 차고 맥 오빠에게 부탁한 거지. 어차피 소문은 날 테고, 그런 녀석을 찼으면 그만한 파트너가 필요할 테니까."

이레아는 생각보다 사교계의 생리를 잘 알고 있었다. 이미 많은 관심을 가지고 있었다는 반증이다.

"휘유, 대단한데? 이제 갓 사교계에 첫 발을 내딛는 레이디로 보이지 않아."

이안이 놀랐다는 듯 말했다.

"그게 무슨 말이야? 칼버튼 녀석을 찬 것은 잘했다만 맥이라니?"

"오빠, 몰라? 이미 왕도에서는 유명해. 왕국 미래의 이대기사 마크 로지아와 칼버튼 카인 라이오네. 일 년 사이에 그 명성이 엄청나게 올랐다고."

"뭐?"

이슈인은 큰 충격을 받았다.

일 년의 시간, 단지 다른 장소에 있었다는 것만으로 그런 차이가 벌어지다니.

"명성이 전부가 아니야."

이슈인의 반응에 이안이 피식 웃으며 말했다.

"이안의 말이 맞다. 명성은 허울일 뿐이다. 특히 너희와 같이 젊을 때의 명성은 작은 입김에도 날아갈 얇디얇은 허울이야."

카를로 백작이 엄정한 얼굴로 이슈인에게 말했다.

"네. 알겠습니다, 아버님."

"그래, 랩터2는 좀 어때?"

분위기를 바꾸기 위해 이안이 물었다. 이안의 물음에 이올린의 두 눈이 반짝였다. 랩터2의 디자인에 그녀 역시 상당히 관여했기에 관심이 가는 것이리라.

"훌륭해."

이슈인이 리콜러가 있는 검집을 잠시 본 후 대답했다. 정말로 마음에 든 듯한 얼굴이다.

"마음에 안 드는 데는 없어?"

이레아가 물었다.

"아직 그렇게 많이 기동한 것이 아니라서."

이슈인이 웃으며 말했다.

그랬다. 이제 겨우 며칠간 시험 기동을 했을 뿐이다. 게다가 이슈인의 랩터2에는 외장갑도 없는 상태다.

"나중에 마음에 안 드는 것 있으면 영지로 가지고 와. 개조해 줄게."

이레아가 눈을 빛내며 말했다.

무언가 위험한 분위기가 풍기는 눈이다.

일 년 사이 여동생도 어딘가 변한 듯했다.

"테스트가 끝난 후 생산 계획은 어떻게 되지?"

"일단 후방에서 아직 사용되고 있는 로딘 오십여 기를 폐기할 생각입니다. 일부는 훈련기로 돌리고요."

카를로 백작의 물음에 이안이 답했다.

"그리고 바일론 중 노후한 것들은 후방으로 빼고 최전방에 올해 양산되는 랩터2를 오십 기 배치할 생각입니다."

"한 해 50기 정도가 한계냐?"

"영지의 생산 기지와 왕도의 메테나이져를 풀가동하면 칠십 기까지는 생산이 가능합니다만… 그러면 신예 기종 개발에 차질이 생깁니다."

"하긴 영지의 생산 기지는 양산보다는 개발을 염두에 두고 지은 것이니."

"네. 전시 체제에 들어간다면 몰라도 지금은 일 년에 50기가 한계입니다."

"그럼 내 건?"

"계속 네 거야. 테스트 기종으로 우선 생산한 넘버 0와 넘버 00기로 정식 기체 번호에 포함되지 않는 녀석들이야."

이안의 대답에 이슈인이 만족의 미소를 지었다.

랩터2가 무척이나 마음에 들었던 것이다.

“공화국과 원글로스는 어떠냐?”

“일촉즉발의 상황까지 몰렸습니다. 곧 무슨 일이 터져도 터질 것 같습니다.”

이안이 어두운 얼굴로 대답했다.

“으음.”

저녁 식사 분위기가 가라앉았다. 아무래도 식사 자리에서 나올 만한 주제는 아니었다.

“우리가 준비할 것은 이미 해두었으니 나머지는 건국절 뒤로 미루자꾸나.”

“네.”

어두워진 분위기를 생각한 것인지 카를로 백작이 화제를 바꿨다.

다시 식사 자리는 화기애애한 가족의 그것으로 바뀌었다.

건국절의 아침이 밝았다.

이슈인은 하릴없이 저택 이곳저곳을 기웃거렸다.

일찍 일어나는 생활이 몸에 밴 군인이라지만 너무나 일찍 일어났다.

할 일은 없었다.

왕도의 저택은 영지의 저택과는 달랐다.

그저 왕도에 머물기 위해 고급 저택가에 위치한 것을 구입한 것으로 작은 연무장이 이슈인이 이용할 수 있는 것의 전부였다.

영지의 저택에 익숙한 이슈인으로서는 무료할 수밖에 없었다. 마음 같아서는 아르시안이라도 찾아가고 싶었지만 이른 아침부터 실례였다. 게다가 파티가 있는 날이다.

에스코트하러 가기 전에 가는 것은 예의에 어긋났다.

그녀도 준비로 정신이 없을 것이다.

"여어~ 이슈인! 오랜만이야!"

그때 예의에 어긋나는 놈의 목소리가 들렸다.

마침 정문 근처를 산책할 때였다.

이른 아침부터 문밖에는 능글거리는 얼굴의 맥이 서 있었다.

"이런 정신 나간 녀석, 무슨 일이야?"

"무슨 일은, 에스코트하러 왔지."

그러고 보니 멋들어진 예식용 장교복을 입고 있었다.

"정말로 정신 나간 녀석이군."

이슈인은 조금 전에 한 말을 다시 할 수밖에 없었다.

"뭐야, 한 번도 아니고 두 번이나?"

맥의 얼굴에 깊은 주름이 파였다. 기분이 상했다는 표정이다.

이슈인의 손가락이 하늘을 향했다. 손가락의 끝에는 동쪽에서 막 떠오르려 하는 태양이 있었다.

"해가 왜?"

이슈인이 가리킨 곳을 본 맥이 알 수 없다는 얼굴로 물었다.

"지금 시간이 몇 시냐? 이레아 아직 자고 있거든?"

이슈인이 어이가 없다는 얼굴로 말했다.

"뭐, 기다리면 되지."

맥이 별것 아니라는 얼굴로 씨익 웃었다.

그것이 더욱 이슈인의 마음에 들지 않았다.

"쳇."

이슈인은 그대로 몸을 돌렸다.

"어, 어어, 어디 가? 문은 열어줘야지?"

두 사람은 저택의 정문을 사이에 두고 대화를 나누던 차였다.

정문의 위병은 어쩔 줄 모르는 얼굴로 두 사람을 번갈아 쳐다보았다.

이 상황에서 자신이 어찌해야 할지 판단이 되지 않았다.

이슈인의 행동은 분명 문을 열어주지 말라는 무언의 명령이다. 하지만 문 앞에 서 있는 마크 로지아 써드 나이트는 왕도의 사람들이 다 아는 유명인이다. 게다가 아가씨를 찾아온 손님이다. 문전박대할 수는 없는 노릇이었다.

"후훗, 열어줘."

언제 나타난 것일까. 이안의 말에 위병은 곤란한 상황을 면할 수 있었다.

"감사합니다, 형님."

맥은 구세주라도 만난 듯 허리를 숙여 인사를 했다.

"하하, 일찍도 왔군. 나랑 같이 가서 차라도 한잔하지."

"네. 그런데 이슈인 저 녀석, 왜 저러죠?"

멀찍이 앞서 걷고 있는 이슈인의 등을 보며 맥이 말했다.

"질투지."

이안이 별것 아니라는 듯 말했다.

"네?"

"너라면 이레아 같은 여동생이 너처럼 산도적같이 생긴 녀석하고 같이 무도회에 참석한다는데 열 안 받겠냐?"

직설적이고도 적나라한 이안의 말에 맥이 살짝 굳었다. 아무리 그렇다고 설마 그렇게 대놓고 말할 줄은 상상도 못한 것이다.

"형님, 너무하십니다. 산도적이라니요. 그저 남자답게 생긴 겁니다."

근육질의 체형에 호인형의 인상을 가진 맥이다. 분명 남자답게 생긴 것이 맞았다. 하지만 다른 시각으로 보면 산도적으로도 보였다.

"이레아가 여신은 여신이군. 천하의 마크 로지아를 이런 새벽부터 몸이 달아 찾아오게 만들었으니."

"혀, 형님."

아카데미 시절의 이레아의 별명을 말하며 이안이 웃었다.

맥 역시 아카데미 시절 이레아에게 마음이 아주 없는 것은 아니었다. 아니, 관심이 아주 많았다.

단지 이슈인의 눈치를 보느라 표현을 하지 못한 것뿐이다.

이레아는 아카데미 모든 남학생들의 우상이었다. 이레아가 조기 졸업하던 날 눈물을 흘리며 통곡을 한 동기와 후배들이 수십 마차는 되었다는 이야기는 아카데미의 전설이었다.

아침 식사 시간은 조용히 지나갔다. 각자가 방에서 알아서 해결했다.

"이슈인."

빈둥거리고 있는 이슈인을 맥이 찾아왔다.

"뭐냐?"

이슈인의 목소리에는 여전히 날이 서 있었다.

그런 이슈인의 반응에 맥이 피식 웃으면서 허리를 툭툭 쳤다.

"한판 어때?"

"그 옷으로?"

이슈인의 물음에 맥이 좀 곤란하다는 표정을 지었다.

"그렇긴 하네. 빌려줄 옷 없어?"

"우리 집에 네 몸에 맞는 옷은 없다."

그랬다. 맥의 체구는 상당히 큰 편이었다.

"하인들 것도?"

"하인들 거라면 있을걸."

"그거면 됐어."

"별난 녀석."

그랬다.

어느 귀족이 하인의 옷을 입으려 할까. 그런 면에서 맥은 분명 별종이었다. 그래서 이슈인은 맥을 좋아했다.

두 사람은 금세 대련에 빠져들었다.

맥에게 좋지 않은 감정이 생긴 이슈인의 공세가 거칠었다.
하지만 맥은 여유있게 막아냈다.

그날 이슈인의 도움으로 맥의 실력은 일취월장한 상태다. 이
슈인도 꾸준히 수련을 했지만 검만 파고드는 기사와 기간테스
를 운용해야 하는 라이더와는 그 차이가 있을 수밖에 없었다.

원래의 차이에 그 차이가 더해지자 이슈인의 발전 속도로
노 따라잡지를 못했다.

아니, 맥이 괴물같이 강해진 것이다.

맥과 맞붙고 나서야 이슈인은 비로소 왕도에서 맥의 명성
을 이해할 수 있었다. 맥은 이미 자신이 알던 일 년 전의 맥이
아니었다.

"헉헉! 대단한데? 피어스 브레이크는?"

"훈련소 퇴소하고 완성했다."

상상을 초월한 성취다. 이슈인은 자신의 도움으로 늦어도
이 년 안에는 완성할 것이라 생각했지만 설마 몇 달 만에 완
성할 줄은 몰랐다.

"리바운드 플래쉬의 덕을 봤지. 그 후로도 리바운드 플래
쉬로 수련해."

맥이 마나 락이 걸린 목걸이를 들어서 흔들어 보였다.

"마음에 들어?"

이슈인은 자신이 만들어준 길을 떠올리며 물었다.

"당연하지. 남자는 한 방이야. 보여줄까?"

"괜찮겠어?"

"뭐, 하루에 한 번이지만… 오늘은 상관없지. 지금은 하루에 세 번까지 가능하게 하려고 리바운드 플래쉬로 수련 중이야."

맥이 피식 웃으며 목걸이를 몸에서 뗐다.

그 순간 맥의 몸에서 이는 격렬한 마나의 소용돌이를 이슈인은 똑똑히 보았다. 엄청난 양의 마나였다.

저 마나를 한 번에 쏟아내다니, 생각보다 강력한 피어스 브레이크일 것 같았다.

"그런데 그런 것 여기서 썼다가는 난리날 것 같다."

이슈인의 말에 그제야 맥이 중요한 사실을 깨달은 듯 목걸이를 다시 목에 걸었다.

"우리 집으로 가자. 피어스 브레이크 연습하던 특수 연무실이 있어. 6서클의 물리 방어 마법진이 새겨진 연무실이야."

"그걸로 괜찮아?"

"뭐, 처음 성공했을 때 3할 정도 날아갔지만 아직 7할이 남았으니까."

맥이 별것 아니라는 듯 웃으며 말했다.

역시 이슈인의 생각대로 보통 위력이 아닌 듯했다.

두 사람은 금세 맥의 집에 도착했다. 맥은 집에 도착하자마자 연무실로 이슈인을 잡아끌었다.

사실 그가 자신의 피어스 브레이크를 가장 보여주고 싶은 사람은 이슈인이었다.

자신이 이 피어스 브레이크를 가질 수 있게 가장 큰 도움을
준 사람이었기에.

이슈인의 눈에 상당한 규모로 파괴된 벽이 들어왔다. 저것
이 그 흔적이리라.

맥이 멀쩡한 쪽의 벽을 향해 검을 세웠다.

"잘 봐라."

그 말을 끝으로 맥의 몸에서 마나가 소용돌이치기 시작했
다. 그리고 한곳을 향해 폭포처럼 몰려갔다. 분명 이슈인 자
신이 의도적으로 넓혀준 길이었다.

사실 이슈인도 그 결과를 알 수 없었다. 자신이 알고 있는
바 가장 가능성이 큰 곳으로 길을 넓혀주었을 뿐이다. 이제
그 결과를 확인한다고 생각하자 자신도 모르게 가슴이 뛰기
시작했다.

"세라핌즈 퓨리(Seraphim's fury)!"

맥의 외침과 함께 맥의 검에서 거대한 날개가 펼쳐지는 듯한
착각이 일었다. 붉은 날개가 활짝 펼쳐지더니 주변을 쓸었다.

곧게 날아가는 날개는 부딪치는 모든 것을 파괴하겠다는
듯 광포함을 보였다. 격노한 듯 보이는 붉은 빛깔은 은연중
신성해 보이기도 했다.

이슈인은 두 눈을 뗄 수 없었다.

피어스 브레이크를 직접 보는 것은 처음이었다.

자신도 아직 제대로 펼치지 못했다. 그레이트 서클을 완성

한 지 얼마 되지 않았기 때문이다.

이슈인은 맥의 피어스 브레이크를 보며 두 주먹을 불끈 쥐
었다.

절로 투지가 불타올랐다. 자신도 반드시 피어스 브레이크
를 손에 넣으리라.

"헉헉헉! 어때? 굉장하지?"

맥은 거친 숨을 몰아쉬고 있었다.

"우리 가족을 제외하고는 네가 처음 보는 거야. 헉헉!"

맥의 모습을 보아하니 익힌 이후 자주 펼치지는 않은 것 같
았다. 그럴 수밖에 없는 것이, 이렇게 무지막지한 위력을 지
닌 피어스 브레이크를 아무 때나 펼친다는 것 자체가 말이 안
되었다. 그 부근은 초토화될 테니까.

이미 이 연무실의 남은 벽도 8할은 망가져 있었다.

그사이 수련의 결과로 위력이 더욱 강대해진 탓이다.

이슈인의 두 눈에 보였다, 마나가 다 빠져나가고 텅 비어버
린 맥의 몸이. 지속적으로 마나가 다시 모여들고 있었지만 빠
져나간 것이 모두 차려면 제법 시간이 걸릴 듯했다.

그렇게 건국절의 오후가 지나가고 있었다.

＊　　　＊　　　＊

"두 곳의 준비가 모두 끝났습니다."

"개시 시간은?"

"21시입니다."

"동시에?"

"네."

"자이안은?"

"동쪽에 세 기가 갑니다."

"녀석늘, 얼이 빠지겠군."

"그렇습니다."

"변수는 없겠지?"

"철저히 검토, 또 검토했습니다."

"성공 확률은?"

"북과 동, 모두 십 할입니다."

"좋아."

나른한 오후의 햇살이 들어오는 따사로운 방.

그 분위기와는 전혀 어울리지 않는 대화였다.

『2권으로 이어집니다』

은하의 계곡

무천향 武天鄕

허담 新무협 판타지 소설

뿌리를 찾아가는 목동 파소의 여행.
그 여정의 끝에서
검 든 자들의 고향 대무천향(大武天鄕)을 만난다.

검객 단보, 그는 노래했다.

…모든 검 든 자들의 고향 무천향.
한 초식의 검에 잠든 용이 깨어나고, 또 한 초식의 검에 잠든 바다가 일어나네.
검의 흐름을 따라가다 보면 어느새, 세월도 잊어버리고, 사랑도 잊어버리고,
무공도 잊어버려…….
결국에는 자신조차 잊어버리는…….

은하의 가장 밝은 빛이 되어버린다는
그 무성(武星)들의 대지(大地).

아, 대무천향(大武天鄕)이여!

유행이 아닌 자유추구 –
WWW.chungeoram.com
Book Publishing CHUNGEORAM

閻王眞武
염왕진무

김석진 新무협 판타지 소설

"그, 그럼 어디서 오셨습니까?"
무심하게 고개를 돌리며 진무가 속삭이듯 말했다.

……지옥에서.

인간이라면 절대 익힐 수 없다는 강호삼대불가득!
그것에 얽힌 비사를 풀기 위해 그가 강호로 나섰다!
피처럼 붉은 무적의 강기, 혼돈혈애를 전신에 두르고
수라격체술과 염왕보로 천하를 질타하는 쾌남아, 진무!
염왕의 진실한 무학을 발현하여 무림삼패세와 고금십대천병을
이겨내고 속세의 악업을 심판하는 진정한 염왕이 되어라!

이제 강호는 진무의
일거수일투족에 열광한다!

유행이 아닌 자유추구 -
WWW.chungeoram.com
Book Publishing CHUNGEORAM

絶代君臨

절대군림

장영훈 新무협 판타지 소설

문피아 골든베스트 1위, 선호작 베스트 1위

「보표무적」, 「일도양단」, 「마도쟁패」에 이은 장영훈의 네 번째 강호이야기.

절대군림

"왜 나를 선택했지?"
"당신은 좋은 어른이니까."

호북 제패를 시작으로 적이건의 강호 제패가 시작된다.

"비록 아버지의 강호가 옳다 해도, 난 어머니의 강호에서 살 거야.
아버지의 강호는 너무… 고리타분하거든."

왼손에는 군자검을, 오른손에는 지옥도를 든 천하제일 과일상 행운유수의 장남 적이건.
그의 유쾌하고 신나는 강호제패기

"문파를 세울 거야. 이 강호에서 가장 강하고 멋진."